火群大戦

01．復讐の少女と火の闘技場〈帳〉

熊谷茂太

ファンタジア文庫

3154

口絵・本文イラスト　転

火群大戦
ほむらたいせん
01. 復讐の少女と火の闘技場〈帳〉

〈火閃〉シムシェ
エクレール
カトー
パトラッシュ
〈煉鉄〉マグノリオ
ブル
〈爆発魔〉カンナビス
パイロ

【火】
の、「禍
して興行

と闘技場を隔て
除いた【地】【水】
が宿っており、【火】

〈学者〉アビ
〈炎砲〉ローズリッケ
マン
肥沃な土壌を持つカルファルグの地に栄
える、ドゥール・ミュール共和国。そこ
で年に一度開催される【火の祭典】こそが、
通称〈帳〉。
「禍炎」と呼ばれ、忌み嫌われてきた
の精霊の加護を持つ者たちを集
炎」同士の殺し合いを見世物と
している。
その名の由来は、観客席
る透明な幕壁。【火】を
【風】の三精霊の力
を遮断する。

火群大戦

01. 復讐の少女と火の闘技場〈帳〉

007 【幕　前】

015 【開　幕】

024 【第一幕】『禍炎』たちの集い

075 【第二幕】【火】の精霊持ちの叫び

108 【第三幕】導火線たちの交錯

164 【第四幕】爆ぜる思惑

194 【第五幕】飛び火の陰で

219 【第六幕】火を喰らう

245 【第七幕】すべていつわり

307 【第八幕】死してなお、

343 【閉　幕】

349 あとがき

人と神の歴史を綴った『創世典』曰く、
神は精神・肉体・精霊の三相を以て人を作りたもうた。
うち精霊は神の加護の最たる恩恵だ。人は生まれながら
にして四精霊【地】【水】【火】【風】いずれかを授かり、
その力を以て他の生命とは一線を画す繁栄を築いてきた。

だが、神の加護全てが祝福されているわけではなかった。
人は有史を経るにつれ【地】は盤石、【水】は恭順、
【風】は主導の精神を宿すのに対し、【火】の精霊は
乱律の精神を宿すとされ、その精霊持ちを忌み嫌うようになったのだ。

『創世典』で太古の神から火を盗んだ『原罪の咎人』に始まり、
歴史に名を刻む独裁者や大量破壊兵器を開発した『悪魔の化身』たち
──【火】の精霊持ちは人類史に色濃い影をもたらす存在として、
いつからか災厄の化身・『禍炎』と仇名されるようになった。

大戦(たいせん)

火群

ほむら

ワ族【わーぞく】

褐色肌に、黒い髪と青い眼を持つ少数民族。
ドゥール・ミュール共和国の南西に点在する
特定居住区域にて暮らしている。

霊髄【くおりあ（クオリア）】

人が精霊の加護を授かり制御する過程で、
より秀でた者のみが獲得できる固有の能力。
『真名』と呼ばれる、万人が持つ
「精霊と心身との親和性の核」を用いて
『真名の契約』を行うことで、ようやく発現できる。
その使い手の力は、標準的な精霊持ちとは一線を画す。

【幕前】

火で殺し合っていた。

野ざらしに設置された石造りの闘技舞台。そこにいる者たちは【火】の精霊をその身に宿した、命を命とも思わない凶暴の権化たちだ。誰もが怒声を飛ばし殺意に顔を歪めながら、舞台上にいる自分以外の者を蹴散らすべく、自らが顕現させた炎を撒き散らしている。

【火の祭典】予選・参戦者総当たり戦。

この場でただ一人勝ち残ること。それがこの予選での勝利条件だった。一戦あたり五十名以上の参戦者が舞台上に集められ、一斉に戦闘を繰り広げる様は総当たりというより乱闘に近い。

勝ち残るには、対戦者を舞台上から叩き落とすか、戦闘不能にさせる必要がある。そのためにはあらゆる武器や手段、殺しすらも許容されていた。

むしろ周囲の観客はそれを望んでいるようだった。舞台上のあちこちで参戦者が斬られ、血を噴き、爆ぜる様に箍が外れた歓声を上げ興奮の渦を作り出している。

わたしもそこに立っていた。

そこへ武器も持たず無造作に佇(たたず)むわたしに気づいた参戦者らが、格好の餌食(えじき)を見つけたとばかりに嬉々(きき)として襲いかかってくる。

「死ねやァ！」「くたばれ焦げ肌ァアア！」「鼈甲飴(べっこうあめ)にしてやるァ⁉」

「…………」

無言のまま目を細めた。

連中の罵声も殺意もその身にまとう火力ですらも、わたしの【火】には値しない。

わたしは躰(からだ)を緩め全方位に対応すべく身構える。周圧の型。己の躰を武器とする無銘の拳闘術によって、四方から襲いかかる獰猛(どうもう)な連中を、間合いに入った者から順に打拳で撃ち、あるいは蹴撃で薙(な)ぎ払ってゆく。

一斉攻撃の連中が呻(うめ)き声とともに足元に倒れると、視界がずいぶんと開けてきた。

舞台上にひしめいていた戦闘者のうち、立って動く者はわずかだった。離れたところで乱闘を繰り広げる連中の周りには【火】と武器に討たれた死体が混じっている。

視線を逸(そ)らす。息を止め動揺を抑えつつ辺りを見回すと、舞台のど真ん中でいかつい筋骨の大男が、広げた両手から炎を翼のように羽ばたかせていた。

「ツハハハァ！　これで一掃かぁ！　オレの〈火炎鳥(フェニックス)〉にかかれば雑魚(ざこ)なんざ瞬殺よ！」

周囲の観客達の歓声すら圧倒する豪放な高笑いが炎の唸りと混ざる。

——あいつか。

わたしは大男に向かって歩き出した。

『——さあ、【火の祭典】予選もいよいよ大詰め、最終の第八戦です！　血で血を洗う戦闘で己の存在を証明する【火】の精霊持ち！　この中から、本戦に挑む八人目のファイナリストが決定するわけですが、不死鳥のごとき【火】の使い手の勢いが止まりませんね！　彼は精霊の独自技能を磨き上げた、いわゆる『霊髄』の使い手でしょうか⁉　その凄まじい火力でこの場を圧倒していると言っても過言ではありませんよッ！』

舞台と観客らとを仕切る柵から身を乗り出しながら、マイクを手にした女が高らかに叫んでいる。傍らには黒い箱——カメラを肩に担いだ者がおり、実況者と舞台の戦闘とを映していた。

実況の注目に大男は勢い付き、向かい来る者を腕に纏った炎で次々と吹き飛ばす。

あらかたを一掃し勝ち誇った笑みを浮かべた大男の真正面に、わたしは立った。

「…………ア？」

無造作に間合いに入ったわたしに気づき、大男は虚を突かれた声を漏らす。

「んだテメ。ガキでアマで……ハッ、薄汚ェカフェオレ肌が。何の用だ」

「おまえを倒す」

それ以外に用はない。つまらない質問に、わたしはつまらない回答をくれてやった。

たちまち大男は鼻に皺(しわ)をよせ威嚇の形相を作る。

「……すっこんでろカフェオレが。黒焦げにしてドブに混ぜるぞ？」

「やってみろ。わたしより強いのなら。吠(ほ)えるだけなら犬にでもできる」

「ア？　……んだとテメェ……」

不遜に言い放つと、呼吸を荒々しく殺気立たせる。が、大男はなかなか動かなかった。

獣じみた唸り声を喉で鳴らしながら、周囲の何かを探るように視線を巡らせている。

なぜか動き澱(よど)んでいる大男に、わたしは水を向けてやることにした。正確には油だ。

「雑魚をいたぶるしか能がないのか？」

「死ィにさらせやカフェオレがァアアアアッ！」

大男の怒気が一瞬で点火し、その両腕が燃え上がった。渦をなした炎が左右から迫る。

わたしは両腕を真横に掲げ、挟み込んで来た炎を掌底で叩き折る。

「のアッ!?」

大男が妙な呻き声を漏らす。大振りな攻撃を挫(くじ)くと、その懐(ふところ)はがら空きも同然だった。

すかさず間合いを詰め足元に迫り、拳を突き上げる。

「ッッツァおらァァアアッ⁉」

大男が慌てて身をひねり紙一重で打拳をかわした。振り薙いだ片手で炎を噴くと、その爆風に乗って後方へと跳ぶ。

「テメなんだよ⁉　何なんだよコラ！　オレ聞いてねぇっつってんだろが！」

喝罵(かつば)を散らす大男を追い、わたしは一足飛びで相手の間合いを奪い取った。見開かれた大男の目が、怒りと混乱に歪んでいた。

「このッ——！」

炎を纏った肢で、力任せに振り下ろされた蹴撃をわたしが片手で受け止めた瞬間。

大男の肢の【火】が急収縮して姿を消した。

「なぁッ⁉」

身を纏っていた炎が突如掻(か)っ攫(さら)われ、大男が引き攣(つ)った声を上げる。

〈火喰(ひくい)〉。

【火】の精霊持ちであるわたしの『霊髄』独自能力が、奴（やつ）の【火】を喰（く）らったのだ。

そのまま間髪容（い）れず、喰った【火】を一気に打ち放つ。

拳からの炎が急激に膨張し、大男を撃つ。弾（はじ）けた巨体が空中で激しくきりもみした。

わたしは豪突の型をとると、落下してくるその躰のど真ん中に掌底を叩き込んだ。巨体が地面を派手に転げ回り、落下。闘技の舞台から姿を消す。

唖然（あぜん）とした沈黙が空間を支配した。

『ダッ、ダウン！　あ、いえっ、舞台より落下……失格ですよコレッ！』

先程までさんざんはやし立てていた実況者が、気の抜けた素の声を零（こぼ）す。

わたしは視線を舞台上に戻した。罅（ひび）と焦げ跡、飛び散った血に塗（まみ）れた舞台に立っているのは、わたし一人だけになっている。

周囲から、どぉ、と声が沸き上がり、空間を轟（とどろ）かせた。

『たっ……大変なことが起こりましたァ！　【火の祭典】予選最終戦にて勝利を収めたのは、出自不明、名前不明、おまけに武器すら手にしない一人の少女ですッ！

その拳のみで、ついには不死鳥を駆使する大男すらも吹き飛ばしてしまった！　とっ、とにかくとんでもない番狂わせです！　この無名の徒手拳士（ゼロフィスト）……いえっ女徒手拳士（ゼロフィスカ）が、間違いなく【火の祭典】を掻き乱す『禍炎』……いえっ、狂乱の中心となることでしょう！
さあっ！　ドゥール・ミュール共和国全国民必見！　第八十九回【火の祭典】決勝ッ‼
いよいよ明日、この地カルファルグの決戦舞台・《繭》にて、盛大に火蓋が切られます！』

上ずった声でまくしたてる実況者の声が、膨れ上がり続ける観客の歓声や雄叫びと入り混じり、空間は瀑布の懐のような轟音に圧された。

――わたしは無言のまま、向こうにそびえるものへ視線を巡らせた。特殊鋼材を編み合わせ、なだらかな球形に象られた銀色の建築物が見える。

そこで行われるのは、こんな野ざらしの乱闘には及びもつかない炎と死に満ちた死闘だ。

【火の祭典】とは名ばかりの、忌み嫌われた【火】の精霊を持つ者同士による殺し合いの狂宴――通称・〈帳〉。

大勢の参戦者を己が【火】で屠り、すでに予選を勝ち抜いた七人がそこに集っている。

そして――わたしの討つべき仇もそこにいる。

無言のまま、胸元に拳を寄せる。懐にあるのは、一枚の血みどろの銀板だった。

それはわたしから全てを奪った「何か」が、わたしをここまで導くために残したものだ。

未だ残る血の気配を感じながら、わたしは再び意を決する。

――必ず暴き出し、その全てを殺す。

かの地を強く見据える眼が熱を凝らせた。
双眸が赤で燃える。

【開幕】

最終予選直後、舞台周辺は未だ興奮で騒然としている。ざわめく群衆の中、跳ねるような足取りで金髪パーマを揺らす青年が、ひときわ陽気な声を弾ませていた。

「ヤハー、見応え抜群だったっスねぇ！　アレで予選だなんてとんでもない祭典っスよ！　まさに百聞は一見に如かず、〈帳〉は生観戦に限るってことっスね、カトー隊長！」

青年が傍らを仰ぎ見ると、鹿撃ち帽を目深にかぶる壮年の男・カトーが気怠そうに呻く。

「『ね』じゃねぇよパトラッシュ……到着早々、地獄の釜の見物に付き合わせやがって」

「いいじゃないっスかぁ。いち記者として上質な記事を作成すべく、やる気に満ちてるんスから！　さっ、せっかくっスから現場の下見にも行きましょうよ隊長！」

そう言いながら金髪碧眼の青年・パトラッシュは目的地の方へ向けて嬉々と足を弾ませており、その勢いに引っ張られる形でカトーもしぶしぶ歩き出す。

「しかしまぁ……見ていい気分はしねぇな。【火】の精霊持ちの殺し合いなんて眺めは」

「それを言うなら観客たちの方がえげつないっスよ。『死ね』『殺し合え』なんて野次、この予選だけで一生分聞いた気がするっスわ。同じヒトでも【火】の精霊持ちならどんな扱いしてもいいって空気っスよねぇ」

パトラッシュは陽気な笑顔に呆れたようなものをにじませた。

――すべての人には加護がある――

人と神の歴史を綴った『創世典』曰く、神は精神・肉体・精霊の三相を以て人を作りたもうた。うち精霊は神の加護の最たる恩恵だ。人は生まれながらにして四精霊【地】【水】【火】【風】いずれかを授かり、その力を以て他の生命とは一線を画す繁栄を築いてきた。

だが、神の加護全てが祝福されているわけではなかった。

人は有史を経るにつれ【地】は盤石、【水】は恭順、【風】は主導の精神を宿すのに対し、【火】の精霊は乱律の精神を宿すとされ、その精霊持ちを忌み嫌うようになったのだ。

『創世典』で太古の神から火を盗んだ『原罪の咎人』に始まり、歴史に名を刻む独裁者や大量破壊兵器を開発した『悪魔の化身』たち――【火】の精霊持ちは人類史に色濃い影をもたらす存在として、いつからか災厄の化身・『禍炎』と仇名されるようになった。

「好きで【火】の精霊持ちになったわけでもないってのに、理不尽な話だ」

「授かる精霊って遺伝性じゃないっスもんねー。神のご加護は気まぐれで残酷っスよ」

身内であろうと【火】の精霊持ちとあらば容赦なく殺し、排除する——今日にいたるまで国や民族、宗教に関わりなく、『禍炎』に対する迫害の所業は枚挙に暇（いとま）がない。

長きにわたる苛烈な『禍炎』迫害史に変化が萌（きざ）したのは、『人権』という言葉が生まれた百五十年前。歴史的に見ればごく最近だ。しかも根深い差別意識に対抗するには、あまりに勢力薄弱なのが現状だ。とりわけこの共和国では。

カトーは溜息（ためいき）をつきながらぼやく。

「まさか神も与えた加護がもとで、こんな奇祭が生まれるなんて思っていなかったろうな」

【火の祭典】。それはドゥール・ミュール共和国で催される年に一度の祭典だ。有志の【火】の精霊持ちが集い、災厄である【火】を鎮（しず）める「競演」を行う。その実態は——

「要するにこの祭典、お国主体で『禍炎』どうしの戦闘を見世物にしてるんスもんね。知名度や闘いそのものを求める【火】の精霊持ちが一堂に会して繰り広げる、技能・武器なんでもござれ、『競演』なんて名ばかりの生き死に不問・野蛮丸出しの一大デスマッチ！【火の祭典】——通称〈帳〉！今やこの共和国の象徴っスよ」

ドゥール・ミュール共和国。ここは周辺の白色人種の移民が建国して以来、肥沃な土壌資源を礎(もと)に急速な隆盛を築く建国二百年の新興国だ。峻厳(しゅんげん)な山脈と広大な砂漠、海に囲まれた天然の要塞たる地形によって周辺諸国の侵略を回避し、一国繁栄主義を謳歌(おうか)している。十年前に隣の帝国からの侵攻を退けてからは、他国との交易をより限定するようになった。

「この国も『堅固なる壁(ドゥール・ミュール)』とはよくいったもんだ。国土的にも、国民感覚的にもここは『鎖(とざ)された国家』ってわけだ。【火】の精霊持ちに対する差別意識も古いまま。この排斥精神が〈帳〉を作り出したんだろうな」

「そーいやなんで祭典の通称がトバリなんスか？」

「行けばわかる……つーか基本情報じゃねぇか。お前取材の事前準備どうなってんだ」

「いやー、共和国の歴史のお勉強辺りでダルくなっちゃって、酒も交えての予習だったんでてててえええ!?　隊長、腕を捻(ひね)って千切ろうとすんのヤメて！」

「酔いが醒(さ)めたか」

「とっくに醒めてるっスよお!?」

　腕の締め上げから逃れたパトラッシュをカトーは冷ややかに眺める。

「情報を疎(おろそ)かにすんな。ただでさえ、今回の〈帳〉は雲行き怪しくなってんだ」

「へ？　……なんか事件ありましたっけ？」

「見ただろ、さっきの予選の〈徒手拳士（ゼロフィスト）〉――いや、共和国は女性名詞が残ってるから〈女徒手拳士（ゼロフィスカ）〉か――とにかく、あの娘が勝ち残り決定した最終戦だよ」

「ああ！　マジサイコーでしたよね、あのかわいコちゃん！　立ってるだけで画（え）になる佇（たたず）まいってやつっスわ。おまけにあんだけ強いって反則レベルっスよお！」

「急激にハシャぐな」

「あの褐色肌って共和国じゃ結構珍しいっスよね。南西の少数民族居住区からはるばるやって来たとしたら……何のために？」

「さあな。居心地が悪かったか、同族から逐（お）われたか。どうあれ愉快な理由じゃないさ」

「ええー、なんでっスか。あんなにカワイイのに」

「見りゃわかるだろ、白い髪に赤い眼――奴は色欠種（アルビノ）だ。悪魔の祝福を受けた者として、生まれた瞬間に殺す文化も多い。人口衰退をたどる少数民族が殺さない決断をしたとしても、居心地いい環境にはなってないだろ。おまけに【火】の精霊持ちと来ればな」

「かーっ、分かってないっスね、あの色合いがめちゃくちゃイイってのに。しかも美人！　オレ、舞台観（み）た瞬間から釘付（くぎづ）けでしたよ。本戦でも応援しよっかな。あー、オレこんなことなら賭博（とばく）であのコに賭けておくんだったっスわー」

「……賭博？」

「運営主体の公式賭博っスよ！〈帳〉では本戦の次に盛り上がってるヤツ！」

【火の祭典】は関連イベントや競演放映権に絡み、役人や資産家、大企業が関わる一大興行だが、中でも公式賭博は格別だった。〈帳〉本戦に臨むファイナリスト八名から優勝者を予想するシンプルな賭け事は、莫大な金が動くほどに賭博者と対戦者に注目が集まり、オークションの様相すら呈する。その熱気は今や本戦に次ぐ祭典の見所となっていた。

パトラッシュはふと思い出したように、にんまりとした笑みをカトーに向けた。

「賭博といえば……隊長知ってるっスか？　あそこでデカい金動かしてるお偉方が、実は祭典の優勝者を予め運営に教えてもらってるって噂」

「ああ、その上で優勝者以外の奴に掛け金ぶちこんで、そのまま政府への献金に流すってやつだろ。出来レースを隠れ蓑にした、いわゆる贈収賄だ。おかげで政府と金を持つ奴らとの関係はますます盤石になる」

「え、ちょ、んなつまんなそーに衝撃の事実言っちゃうんスか？」

「しかも、祭典運営者は予選の時点で優勝するやつを見繕ってるって話だ」

「え……そこまでオレ知らねーっス、てかマジっスかそれ!?　予選からぁ？」

「あくまで噂レベルだけどな」

そもそもは【火の祭典】優勝者に国の最高階位『円卓騎士』の称号が与えられることに

端を発する。国主体の祭典に威厳と箔（はく）をつけるため——という名目だが、実際は野蛮な『禍炎』に国の最高位を与えるなど、政府関係者は快く思っていない。

　そこで〈帳〉の運営は出来レースを仕込む。

　政府筋が御しやすい参戦者を見繕い、その人物を優勝者に据えるべく参戦者の中に政府筋の『調整役』も紛れ込ませ本戦を動かす。こうして運営により「競演」は徹底管理されたうえで開催されている、という——

「〈帳〉を『仕組まれた祭典』と仮定すると、運営の裏事情も賭博の実態もしっくりくる。ゴシップで片付けるには惜しいくらいだ」

「たしかにー。あの賭博は不透明なトコが多いっスもんね。優勝者を当てた奴に賞金を払っても余裕で釣りが来る莫大な金を、政府は何に使っているのやら……。

　しかも〈帳〉優勝者には賞金ってないんスよね。優勝者にはお国が認める称号のみって、考えるとハンパないくらいハイリスクローリターンっスよ！　割に合わねー」

「そもそも〈帳〉に参戦するのは用心棒や力自慢で、自分の知名度を上げようとする連中がほとんどだ。予選の段階でもある程度目立てば、充分に名が知れる。——特に裏稼業（うらかぎょう）で。

　そういう道でしか生きられない奴らを表舞台に出して闘わせることで『【火】の精霊持

ちは野蛮で残虐』ってイメージは深まる一方ってわけだ」

「うげー、負のスパイラル。政府と金持ちだけが良い目見る、悪趣味な娯楽っスわ」

「だがさっきの予選で『仕組まれた祭典』の噂もかなり現実味を帯びて来たな」

「え、どういう事っスか？」

「言ったろ、雲行きが怪しいって。あの娘、〈女徒手拳士(ゼロフィスカ)〉が勝ち残った直後、裏方の連中が怒号上げてあちこちに連絡入れたり、お役人とは思えねぇ殺気ぶりだったろうが」

「はぇー。オレ、野郎どものバタつくサマなんて見てな――あ、でもたしかに実況がやけに慌ててたっスよね。生中継で『禍炎』なんておもくそ差別用語口走ってたし」

「もしも〈帳〉が『仕組まれた祭典』だとして」カトーは気怠い口調で淀(よど)みなく続ける。

「今回運営は第八戦で一番派手に暴れていたあの大男を優勝者にするつもりだった。実況も意図的に大男に注目して本戦への布石にしていた。だが――とんだ番狂わせがあった」

「あのかわいコちゃんっスね！」

「素性不明で無名の参戦者が優勝予定者を叩(たた)き潰しちまった。おかげで裏方はてんやわんやの大騒ぎだ。ファイナリスト八人のうち、今から優勝者を見繕わなけりゃならん」

「ヤハ、『もしも』そうだとしたら――マジ痛快っスね！　あのかわいコちゃんの番狂わせのおかげで、〈帳〉がますます狂っていくってことじゃないっスか！　――と、お？」

はしゃいでいたパトラッシュが、ふと目の前の気配に気づいて足を止めた。

大勢の人が行き交う中に傲然とそびえているのは、祭典の聖地・《繭(クリザ)》。

カトーは鹿撃ち帽をわずかに持ち上げ、波乱と混沌(こんとん)を孕(はら)もうとしている繭玉を眺める。

「『もしも』その通りなら——この〈帳〉は今までにない祭典になるだろうな」

【第一幕】『禍炎(かえん)』たちの集い

予選を終え、《繭(クリザ)》に到着したわたしを出迎えたのは、大勢の警備兵だった。

手にした槍(やり)の穂先を向けながら、うち一人が「控室に行け」と言い放つ。警備兵に取り囲まれ、さながら処刑台に向かう大罪人の風情(ふぜい)で建物に入り、灯(あか)りの乏しい通路を通る。

ほどなく木製の扉の前に立たされ、背後から不躾(ぶしつけ)な声がかかった。

「貴様らの控室としてあてがわれているのはここだけだ。会場内外で問題を起こし祭典を穢(けが)すような真似(まね)をすれば――本戦の前に我々が貴様を即時に処す。肝に銘じておけ」

唾を吐くような口調でそれだけ言い、警備兵らはその場を去った。

控室の観音扉を開けると、そこに人気はなく至って簡素な空間が広がっていた。小さな窓からわずかに差し込まれる陽の光。薄暗い室内にあるのは、くすんだ大理石の床と部屋の中心にある丸テーブル、端に点在するソファのみ。物置といっても差し支えない。

窓からの光の中で舞う埃(ほこり)に目をやっていると、突然の破裂音が空間で連発した。

振り返る。と、開いた扉の横から、長刀を腰に佩(は)いた一人の男が手を叩きながらわたしに歩み寄って来た。

「本戦進出おめでとう！　これできみも晴れて歴史に名を連ねるファイナリストの一員ってわけだ」

はじめからこの部屋にいたのか——全く気づかなかった。鳥の巣のようなぼさぼさ頭と酔いどれたように締まりのない目つきをした長身の男は、けたたましい拍手を終えるとわたしを見下ろし、にんまりと緊張感に欠けた笑みを見せる。

「素晴らしかったよ、予選最終戦。きみの戦闘は実に鮮やかだった。武器もなく、たった一撃の【火】の力で勝利を収めるなんて過去の予選でも例を見ないんじゃないかな」

まるで舞台の台詞(せりふ)じみた口調でそう言うと、男は長刀に片腕をもたれ全身を傾け、にやけ顔でこちらの姿を眺めまわす。

「きみは〈帳(とばり)〉初参戦だろ。——きみのように美しい獣のような子は、初めて見る」

わたしは険しい眼(め)のまま、酔いどれ男の佇まいを眺めた。

「わたしに用か」

「用がなくても話しかけたくなったのさ。俺ぁユルマン。昨日の予選第三戦で運よく勝ち抜けてね。きみと同じファイナリストの一人だ」

微(かす)かに緊張を走らせたわたしの眼に、ユルマンはなれなれしい笑みを返す。

「予選で見せていた格闘技術も目にしたことはなかったな。あれは我流の武術かい？」

「わたしのいた一族が使う無銘の格闘武術だ」

「ほう。いやぁ武器も持たない参戦者なんてなかなか見ないからねぇ。新鮮だよ」

弛緩した口調と居住まい——対するわたしは緊張を解けなかった。わたしはユルマンを見据えながら、自分の参加票の銀板を取り出す。

「お前はこの銀板を持っているのか」

「ん？　ああ、そりゃあね。なにせこれがないと舞台に上がれない」

ユルマンは懐から銀板を取り出すと、わたしの前に掲げて見せた。

「実は予選前夜に意気込んでキツめの酒を飲み漁ってたら、どっかに落としちゃったみたいでねぇ。予選舞台に上がる前にあわてて再発行してもらったよ」

「再発行？　この銀板は再発行ができるものなのか」

「祭典の参加票だからね。予選までに参戦する気があれば、また配布してもらえるのさ。死ぬ気がある奴は拒まず、祭典の心意気ってやつは実に素晴らしいよ」

——わたしは懐にしまった血塗れの銀板を思い出す。わたしが探そうとしている仇は、あの時あの地に銀板を残したのでその手元にはないと思っていたが……そうとは限らないということか。ならばこの銀板は、何の手がかりにもならないのか。

思考に沈んでいたわたしの様子に、ユルマンが呑気そうに首をかしげてきた。

「そうか、きみは初参戦なら知らないことが多いのかな。

明日からの〈帳〉の本戦は三日で展開されるよ。一日目はファイナリスト八名による一対一の対戦が合計四戦。各対戦者はもう間もなく発表される予定だ。二日目には前日勝者による準決勝が二戦、三日目には決勝戦——とまぁ至ってシンプルな流れだ。

勝敗はどちらかが死ぬか、降参するまで——だが血の気が多いファイナリスト相手に『降参』は通用しないのが現実さ。おかげでここ最近、敗者の死亡率は七割を超えるとか。どうだい、楽しみだろう?」

ふとわたしは控室を見渡した。この場にいるのはユルマンとわたししかいない。

「他の参戦者たちはどこにいるんだ」

「さあねぇ。それぞれが勝手にしてるんじゃないかな。こんな埃臭い場所でじっとしてる義務もないし、極端な話、自分の対戦が始まる時に舞台に立っていればいい。迂闊に遠出はしないだろうから、みな今頃《繭》のどこかにはいるんじゃないかな。

おやもしかして——ファイナリストの面々に興味あるのかい?」

「お前は全員を知っているのか?」

「まあね」

ユルマンはにやりと目を細め、頼んでもいないのにすらすらと語り出した。

「ファイナリストのうち、本戦経験者は三人。俺と、用心棒稼業では有名な〈火閃〉のシムシェと〈煉鉄〉のマグノリオ。今んところ俺ぁ彼らのどちらかが優勝候補とみているね。

あと物騒なのが二名、飛び入り参戦してきた。反政府組織の首謀者〈学者〉として指名手配間近と噂のアビって男と、裏稼業を生業としている〈爆発魔〉のカンナビス――この女に関しては昨日突如参戦して最短時間で本戦進出を決めている。彼女を知る連中は、奴が何か企んでいるんじゃないかってピリピリしているところだ。

残り二名は、まだ名も知られていない。一人はやたらと賑やかだった銃使いの娘〈炎砲〉のローズリッケ。もう一人は、アイザックって男だ――こいつが今のところ最も油断ならない奴でね。昨日行われた予選第四戦目の勝ち残りなんだが、総当たりを見ていた観戦者ですら『気づけば奴一人が勝ち残っていた』って状況だったらしい。なにせ正攻法が通用しなかったとか――さぞえげつない手段でも使ったんだろうって専らの噂だ」

「そうか」

姿形は分からないが、名前を知れただけで上々だ。手がかりは多い方がいい。

「――ところで、きみの名前はなんていうんだい？」

不意にユルマンは顔を寄せてきた。鉱石を思わせる紫水色の眼が好奇心で艶めいている。

「予選では実況者が『ゼロフィスカ』なんて呼んでそのまま定着してきてるけど、きみの名前があるだろ。ファイナリストのよしみだ、教えてくれないかい」

「ない」

「ナイ?」

「わたしに名前はない。『名無し』と呼ばれていた」

――『禍炎』にくれてやるような名前などない。一族の長老がそう告げ、周囲の老人たちもまたことあるごとにわたしを忌避し、蔑んだ。

わたしたちワ族は褐色肌に黒い髪と青い眼を持つ少数民族だ。だが、色素を欠いて生まれたわたしは一族と対を成すように白い髪と赤い眼で生まれ落ちた。

おまけに災厄の化身である【火】の精霊持ち。

それでもわたしが間引かれず生き残ったのは、頭数として存在するためだった。

十年前の帝国との国境戦争の折、政府は共和国建国以降、特定居住区に住まわせていた先住の少数民族たちの当時十代からわたしの親世代までを兵士として強制徴用し、そして誰一人かえってくることがなかった。

戦後、老人と幼い子供のみが残された少数民族は存続の憂目に見舞われ、ワ族も例に洩れなかった。悪魔の祝福を受けた『禍炎』であろうと、嫌々生かさざるを得ないほどに。

老人らに『名無し』と呼ばれ手酷(てひど)い仕打ちを受け続けたおかげか、いまやわたしは白色人種からの奇異の眼や『禍炎』をはじめとする罵声も、何ら痛痒(つうよう)ですらなくなっていた。

年季の入った淡白さに、ユルマンがたじろいで顔を後ろに退く。

「……おいおい、そんな言い方はないだろう」

「ここでも必要ないはずだ」

「いやあ、そういうわけには。すでに《繭(クリザ)》をうろつく大勢の取材陣はきみの素性を知りたがってるし、本戦は共和国全土に動画放映されるから、実況もきみの名前を呼ぶ。特に〈帳〉をネタにする記者を放置すると、あることないこと好き勝手に発信して騒ぎ立てるんだから。『名無し』なんて面倒な話題提供はしないほうがきみの身のためだよ？」

「勝手にすればいい。わたしは国の連中に用はない」

ユルマンのおしゃべりが干渉めいてきたのを感じ、わたしは扉へと向かった。この場にいないファイナリストに接触するためだった。彼らに訊(き)きたいことがある。

すると扉の手前でユルマンの声が追いすがった。

「じゃあさ、きみは今回何の用があって〈帳(ここ)〉に来たんだい？　実況者が『優勝候補だ』と宣(のたま)っていた大男を倒して無名の少女がファイナリストになっちまったんだ——おかげで祭典の運営者が今や上を下への大騒ぎさ」

「なぜ。騒ぐような結果ではない」

「さあ……なぜだろうねぇ？」ユルマンは思わせぶりに口の片端を吊(つ)り上げ、「ともあれ、今や女徒手拳士(ゼロフィスカ)の噂で観戦者は大盛り上がりなんだぜ」

「知ったことではない」

「そうだ、大男をぶっ飛ばした一撃――あれはきみの『霊髄(クオリア)』だろ？　どんな能力なの？」

「お前が見たままの力だ」

露骨な探りにわたしが肩越しで答えると、ユルマンは緩んだ笑いを零(こぼ)した。

「だよねぇ。簡単には教えてくれないか。

じゃあせめて、きみが今回〈帳〉に来た理由くらいは訊かせてくれよ」

なおも食い下がってくるユルマンに、わたしは無言で向き直った。姿勢の悪い長身としまりのない笑顔――その眼の、わたしを探るような光だけがやけに鋭い。

そうだ、こいつもファイナリストの一人だ。

「その前に、わたしの質問に答えろ」

そう言ってユルマンの真正面に進み出た。間合いとして充分な距離に立つ。

「三日前、お前はどこでなにをしていた？」

「三日前？」

おうむ返しするその目の前に、わたしは懐から布に包(くる)んだものを取り出し掲げて見せた。

乾いた血で赤黒くなった、一枚の小さな銀板。

「この銀板でわたしをここまで招き寄せた者を探すため、わたしは〈帳〉に来た」

血みどろの銀板と唐突な「理由」の回答に、ユルマンはかすかに眼を揺るがせた。

「三日前、わたしの同胞たちが鏖(みなごろし)にされた」

喉に力をこめ、声を抑えながらわたしは言った。

老人たちを除く、わたしの同胞――次世代を担(にな)う若い者たちのみで行われた三日前の〈族長儀式〉。

その時の光景は今もはっきりとわたしの中に灼(や)きついている。口にするだけで今にも爆(は)ぜ上がりそうな感情を力ずくで圧しながら、わたしは向かい合うユルマンを強く見た。

「この銀板は、わたしの同胞の亡骸(なきがら)のもとに残されていた」

◇

その日。

わたしは老人らの仕打ちにより〈族長儀式〉から一人外されていた。

だが全ての儀式を終えてから老人たちを迎えるより早い時間を、同胞はわたしに教えてくれた。ワ族の未来はわたしたち皆のものだからと、儀式の最後はわたしを含めたワ族の子どもたち十八人全員で迎えるために。

——老人たちの陰惨な仕打ちにわたしが耐えられたのは、彼らがいてくれたからだ。わたしにとっての同胞とは、親を失(な)くしながら共に支え合って生きて来た、今儀式に集ってわたしを待ってくれているあの子らだけだ。

儀式の地へ延びる山道——そこで唐突に目にしたのは、わたしのよく見知った少女・アネモネの顔だった。

目と口を虚(うつ)ろに開いたまま地面に転がるその顔は、首から下がない。

「ア…………」

二才下の甘え上手で、愛らしい笑顔の持ち主。見間違えようがない。だがわたしは彼女の許(もと)に駆け寄り、膝をついてまじまじとその死相を凝視しても、それがアネモネのものだとすぐには受け入れることができなかった。

「アネモネ——、イリスは」

震える声で辺りを見回す。深い緑の森に延びる一本道に、異様に鮮明な赤の筋が延びている。その深紅に導かれるように視線を伸ばす。

折り重なった二つの躰がこちらに向かって倒れていた。一つは首から先がない、おそらくアネモネのものだ。

彼女の躰の下から覗いていたのが、アネモネと同い年でいつも連れ立っているイリスの亡骸だった。華奢な躰が禍々しい三本の線に引き裂かれ、扇のように開かれている。巨大な獣の爪のような斬跡の一つが、少女の顔を蹂躙していた。

紅い血の轍はさらに先に延びている。投げ出された足が眼に飛び込んできた。

「ロロク」

喉が、勝手にその名前を呼んでいた。鋭い勘と抜群の戦闘センスを持つ頼もしい少年は、他民族を交えた力自慢たちとの決闘で常に勝利するわたしに純粋な憧憬を抱いてくれ、わたしが呼べばいつでも子犬のようにわたしの傍に駆け寄ってくる。

だが今は、わたしの声にロロクは応えなかった。

仰向けで倒れた躰は胴を縦一文字に裂かれ、鮮血と臓腑を晒している。絶命する瞬間まで「何か」と闘おうとしていたのか、右腕は自前の槍を硬く握りしめたままだった。

なぜ。なぜだ。なんで。どうして。

躰が震えだす。ヒューヒューと首に風穴を開けられたような奇妙な呼吸が喉をならす。

感情が凍り、思考が働かない。ただわたしは血の気配を手繰（たぐ）るように足を動かしていた。滴（したた）る緑で覆われた道を抜け、〈族長儀式〉が行われる祭壇のほとりへ。

開かれた視界に飛び込んできたものに、わたしは全ての動きを止めた。

広がっているのは終焉（しゅうえん）の景色だった。

幌布（ほろぬの）が破れ、花の飾りが潰され、篝火（かがりび）が散っている。儀式のために設（しつら）えたもの全てが破壊されていた。そこには先の道にあったアネモネやイリス、ロロクの死にざまですら生ぬるい、凄惨な死が一面に広がっている。

頭頂から真っ二つに割れた死体。手足が千切れた骸（むくろ）。全身を切り裂かれ、赤黒い血だまりに沈んだ肉体。そのどれもがかつての面影を奪われ、苦悶（くもん）と恐怖に歪（ゆが）んでいた。

リーリヤ。グラナ。サフィール。オルクス。ラスネ。ビフィオ。ユクル。キカ。グリシナク。ルルヌイ。ウィミカ。プリムラ。ミシュフィス。

みんな。みんな、死んでいた。今日の〈族長儀式〉のために集った、次世代を担うワ族の少年少女達。わたし以外が。

その地に充満する血腥（ちなまぐさ）さに溺れ、息が詰まる中で、はっとする。あいつは――

「　」

その名前を呼ぼうとしたのに、声が出ない。かろうじて動かせるのは両の眼だった。まばたきを忘れ乾ききった眼が、揺れる視界の中でその姿を見つけた。

わたしの半身。

目に鮮やかな碧に染められた新たなる族長の長衣に身を包んだ彼女は、崩壊した石積の祭壇にもたれて両脚を投げ出していた。

「——！」

言葉にならない悲鳴が喉を引き裂く。地面に広がる血に足をとられながら、わたしは彼女のもとに駆け寄った。

もう息がないことは明らかだった。何重にも捻られた両脚、両肩を斜めに切り裂いた赤い十字傷。はだけた腹部は大量の穴で穿たれ赤で爛れている。それでもわたしは彼女の息を探し求め、致命にいたる全身の傷すべてを検めていた。

日の光のもとで眩しさを放つ褐色の肌。豪快な格闘をほこる、獣のようにしなやかな四肢。風になびくつややかな黒髪。吸い込まれるほどに鮮やかな瑠璃色の双眸。低く穏やかな声。

わたしが五感で抱き取っていた彼女の全てが、死に奪われていた。

「」

それでもその名を呼びかけようと、わたしは喉に力をこめ、全身全霊を振り絞った。

そのとき。

ごとり、と彼女の首から先が転げて目の前に落ちた。凝視するわたしに「死んだ」と思い知らせるように、斬首の断面を見せて。

わたしはゆっくりと視線を巡らせた。

首が落ちた亡骸。その美しいまでの斬断の切り口をまじまじと見つめる。

「何か」が彼女の首を斬ったあと、据え直したのだ。簡単に落ちないようにと、丁寧に。

その底知れぬ邪悪の残滓(ざんし)を、足元に転がった首から感じ取る。

わたしは叫んでいた。喉が破れ全身が灼(や)ける。躰の裡(うち)から爆ぜたものは全身をばらばらに引き裂く代わりに、絶叫となって血みどろの祭壇に響き渡った。


「これが……ワ族の迎えるべき終焉ということなのだ」

皆の亡骸を迎えたワ族の長老は、悄然(しょうぜん)と、しかしはっきりとそう言った。

その言葉に老人たちは枯れ木のような躰を寄せ合い、しわがれた声で嘆き合う。

――ふざけるな。

強烈な憎悪(ぞうお)がわたしの裡(うち)を燃やした。

彼らは十年前の戦争の時もそうだった。政府に言われるがまま一族の大人たちを全て差し出し、まだ幼く生まれたばかりの子からも親を奪い取った時となにも変わらない。

無力を晒し、悲劇に溺れ、嘆き咽(むせ)ぶことで、何もかもやり過ごそうとしている。

わたしは口を開いていた。

「このまま黙って彼らを弔えるか。埋葬なら、老人たちだけでやるがいい」

「――――!!」

悲嘆の空気を邪魔された老人たちが一斉に眼を剝(む)いた。

『禍炎』が、お前が死ねばよかったのだ、災いを招いたのはお前だ――嗄(か)れた罵声の中、

長老は即座にわたしのワ族追放を言い渡してきた。

すでにわたしは踵(きびす)を返していた。そしてその足で一族の元を去る。

大切なものは全て失った。大切でないものも自ら棄(す)てたわたしは、居住区の境を越えると、草葉を風で揺らす平原に一人立った。

日が落ちて冷えた空気を吸って、吐くと、わたしは右手に握りしめたものを見る。

乾いた血に塗れた銀板(タグ)。そこに刻まれた文字は、血の奥からもはっきりと読み取れる。

表面には共和国の暦と、カウント数、国内のとある地名。裏には十二ケタの数字。

『一六七九季　八十九回　カルファルグ　参加票』

これが何なのか、わたしは知っていた。

ワ族の若者たちを鏖にした「何か」は、ここに存在しているはずだ。

なぜならこの銀板は、わたしの半身の斬断された首の切り口に置かれていたからだ。

まるで亡骸を嘲笑うかのように。そして残された者へと己の存在を示すように。

わたしがやるべきことは決まっていた。

必ず仇を暴き出し、討ち斃す。この行いの報いを、必ず受けさせる。

彼女の首とともにこぼれ落ちた銀板。それが【火の祭典】──〈帳〉の参加票だった。

◇

「わたしの仇が、〈帳〉のどこかにいる」

わたしはあらためて正面に立つユルマンの眼を見据えた。

──ひとつ、確信していることがあった。わたしの仇は同胞を一方的に殺し尽くし、わたしの半身ですら討つ力を持っている。

予選で他を圧倒する実力を持つ、〈帳〉ファイナリスト達は仇の最たる候補だ。眼の前の男もその一人。

「答えろユルマン。お前は三日前、どこで何をしていた」

銀板の有無が決め手にならないのなら、直接問いつめるまでだ。ぼさぼさの髪の毛の向こうで、ユルマンの眼は微かな驚きで見開かれていた。その動きを含め、わたしは彼の反応を一切見逃すまいと、目に力をこめ返答を待つ。

ユルマンは、ゆっくりと唇を開いた。

「三日前か――。三日前なら、俺ぁ人を殺していた」

聞き間違えようもないくらい、明然とした返答だった。

全身が一瞬にして逆撫でられる。見開いた眼球の奥で血管が千切れたような音がした。

「……どこで」

「町はずれのつまんない土地さ。地名は――オレも忘れちまったなぁ」

「なぜ」

「仕事でね。いつものことさ。きみの土地ではどうだったか知らないが、【火】の精霊持ちってのは汚れ仕事を生業にしている連中が多いんだよ。おれもその手の人間だ。三度の飯のために人を殺せる」

淡々とした彼の言葉に、わたしは感情と思考の交錯で立っているだけになってしまった。

「俺の知る限り、ファイナリストはほとんどその類(たぐい)さ。まぁたまに呼吸するように人を殺す奴(やつ)も混じっているから、きみも気を付けた方がいい」

空っぽのようになったわたしに、ユルマンは最初と同じ気の抜けた表情を見せてきた。

「――ところでさ、きみのこと『フィスカ』って呼んでもいいかい？　周りはすっかり〈女徒手拳士(ゼロフィスカ)〉で通してるけど、俺ぁきみへの親しみを込めたいからさ」

「…………好きにしろ」

愛想(あいそ)のつもりか、ユルマンは口の端を吊(つ)り上げてみせると控室から立ち去った。

わたしはまだ動けずにいた。

薄暗い通路には人気がなく、壁越しのざわめきだけが届く。

この建物は通路を複数に分けることで、出場者と観戦者とが容易に行き交えない造りになっているらしい。わたしは建物に入る前に見た外観からあてを付けつつ、《繭(クリザ)》内部を歩き回っていた。

黙々と歩いているうち、徐々に頭が冷めてきた。

――あいつが。ユルマンがわたしの仇なのだろうか。

そう断定するにはあまりに尚早過ぎる。それにあいつの言葉が本当なのだとしたら、ユルマン同様に人を殺せる者がファイナリストの中にはまだ存在するということだ。

まずは誰かと接触しなければ。

通路の角を曲がりかけた矢先。すぐ近くから声がして思わず足を止めた。

「――じゃあぼちぼち取材といくかね」

「ファイナリストは八人っスよね。上手く声拾えればいいんスけど」

「素性はそこそこでいい。肝心なのは『例の技術』だからな」

「了解っスー」

声と気配が遠ざかったところで、そろそろと角の向こうを覗き込む。

明るくて広い。そこは通路が合流して大勢の人々が賑わう回廊だった。外周に張り巡らされた巨大な窓からの燦燦とした光のもと、人々がひしめき賑わっている。

この喧騒に姿を出せば、悪趣味な連中の格好の餌食になるだろう。【火】の精霊持ち達が闘い、殺し合う姿を見ては狂喜する連中の有様は予選で充分に見知っている。

「…………」

だが、ファイナリストの残り六名と接触するためには動くしかない。思い切って回廊へ踏み出そうとした足が――ふと止まる。

【火】の精霊持ちを蔑み、殺し合う姿を見て歓声をあげるような連中の前に、自らの姿を見せ存在をアピールするようなファイナリストなどそもそも存在するのだろうか。記者たちにあれこれと穿られれば、己の手の裡を明かすことにもなりかねない。

自ら的になって「さあ狙え」と進み出る、そんな酔狂を上回るようなやつが――

「聞きたいことがあるなら何でも答えてあげるわよ！　もちろん撮影もね！　今回の〈帳〉を制するのは間違いなくこのあたし、〈炎砲〉のローズリッケなんだから！」

……いた。

声につられ、通路の角から身を出して覗き込む。

視線の先に賑わいの塊がある。つい先刻聞いたばかりの名を名乗った少女が、ペンやカメラを手にして半円状に広がる記者たちを前に仁王立ちしていた。

小柄な少女だった。身軽な装備がなじむ引き締まった体軀。二つ結びの波打つ豊かな赤毛が、手足を大袈裟に動かすたびに跳ねまわっている。軽やかに響き渡る声が、彼女を幼く見せていた。

腰のベルトから一丁の拳銃を目にも止まらぬ速さで抜き掲げると、周囲から「おぉっ」と歓声が上がる。

銃を顔の横に添え、もう片手を腰に据えたポーズに、カメラが一斉にフラッシュを焚く。

「まぁ予選であたしの姿を見た奴なら、全員が確信してるんじゃないかしらっ。卓越した戦闘センスに抜群の火力――〈帳〉を制するのはローズリッケ一択だってね！」

回廊に声が朗々と響き渡る。ローズリッケは数秒前とほぼ同じようなことを言い放つと、素早く銃をベルトにしまい腕を組んで仁王立ちになった。

「賭博（とばく）に臨む大金持ち連中にも教えてやんなさい。まぁあたしの噂（うわさ）はとっくに耳に入ってるでしょうけどっ。勝率レートがあたしに偏り過ぎて、運営は大慌てなんじゃない？」

得意げな笑みを見せる顔に再びフラッシュが焚かれ、ペンを手にした記者たちが次々と声を浴びせかけた。

「おぉっ、それは自ら優勝宣言をしたということでいいんですかっ？」

「そう取ってもらってもかまわないわっ。あんまり予告通りじゃつまんないでしょうけど、どうしたって実力は偽れないもの！」

「ローズリッケさん！　今回が初参戦なんですよね？　どちらのご出身で」

「ふっ、とうに故郷なんて捨てたわ。まぁあえて言うなら……東海岸のレンクトって町よ」

「そうですか！　調べるのラクです、ありがとうございます！」

「ちなみに称号を授与された暁には、何をなさるんですか？」

「へ、しょーごー？　……ああ、称号ね！　知ってるわよ、なんか聞いたことある。そうねっ、使い道に関してはあとでゆっくりと考えるつもりよっ」

「先の予選では並みいる参戦者を大砲のような一撃で倒したらしいですが――」

「ええっ！　あんた見逃してたの？　ったく残念なやつね！　予選第五戦目、あたしが華麗な必殺技で参戦者を軒並み一掃したのよ！　この――ダチュラ・ストライクで！」

ローズリッケは朗々と言うや、腰から再び拳銃を抜き頭上に掲げた。

派手な装飾に釣鐘形の花を思わせる砲身。全体的におもちゃのような外観だ。

「もちろんただの拳銃じゃないわっ。常識外れのあたしの【火】を内包できる超耐火性の特注銃でね、繊細にして大胆なあたしの【火】の操作に応じて、攻撃規模が多様に展開できる銃撃をお見舞いできるってわけ！　しかも弾丸はあたしの【火】そのもの。つまり、リロードや弾切れの心配なんて皆無ってことよ！　この銃を手にしたあたしが無敵である以上、〈帳〉はこのあたしが制したも同然なの！」

また同じ地点に着地した台詞（せりふ）に、おおおー！　と記者たちが感心声を唱和する。盛り立てるほどに自分のことを語りまくる少女を面白がっている、どこか間延びした声。

……全部喋（しゃべ）っている。

素性はもとより、戦闘で使う得物や自らの火力に関することまで喋り尽くしていた。これから死力を尽くす〈帳〉本戦の戦闘が繰り広げられるはずなのに。

わたしは眼の前で繰り広げられるローズリッケの一人舞台を唖然と眺めてしまった。

「あの、」

無防備に立っていたわたしの足元から、鈴の転がるような声がした。

小さな少女が、強いきらめきを帯びた翡翠の双眸でわたしの顔をじっと見上げている。

陽光に映えるふわりと揺れる金髪と白磁のような肌。その眼の色に合わせて仕立てたような上質な生地のワンピース姿と華やかな髪飾りという上品な出で立ちだが、白い服でも着せれば降臨したばかりの天使のようだった。

「お待ちしていましたわ」

少女の可憐なかんばせに、花のような笑顔が咲きこぼれる。

「やっと見つけましたわ！《繭》まで来てみてよかった――あたくし、あなたにお会いしたかったんです！」

そう言うと同時に弾けるように跳び上がり、少女はわたしの胸元に飛び込んできた。

その勢いに押され後ろへたたらを踏む。危ういバランスにもかまわず、少女はわたしの首元に顔をすり寄せた。

「先ほどの予選を拝見していましたのよ。とってもつよくてお美しい――あたくし、一目であなたのとりこになってしまいましたの！」

丁寧な言葉にまだ慣れていない、幼い口調で少女はまくしたてる。わたしは彼女をゆっくりと躰から剝がして床に着地させたところで、やっと声を返した。

「……だれ」

「あっ、ごめんなさい。お会いできたのがうれしくって、ご無礼を。あたくし──」

「！　オイ、あそこにいるの例の褐色じゃないのか！」

不意に、ローズリッケの前で屯していた一人がこちらに気づいて声を上げた。

「ほんとだ！　例のファイナリスト」「〈女徒手拳士〉！」「オイカメラこっちに回せ！」

記者の群れがどっと波を打ってきた。ものものしい気配に、少女が「きゃ」と身を竦め、さっとわたしの足元にしがみついてくる。

立ち去る機を奪われたわたしは、取り囲んだ記者から爛々とした眼とカメラの閃光を一斉に浴びせられた。

「【火の祭典】決勝トーナメント進出おめでとうございます！　出場は初めてですよね？　なぜ今回出場を決めたのですか？　やはり少数民族の権利を国政に訴えるために？」

「居住区域と権利を保障されていながら、まだ不満もあるということでしょうか？」

「すみませーん！　こちらからも質問いいですかあ？」

それは予選舞台の観客らの歓声に似た、ひどく神経を逆なでる喧騒だった。最前列には長い手足で忙(せわ)しなく動き回り、至近距離でわたしの姿を撮影する者もいる。

「………」

取り囲む者たちから滲(にじ)む異端への好奇と蔑視には向き合わず、わたしは無反応を貫いた。

集束する視線にも眼を灼(や)く光にも慣れてくると、徐々に記者側の方が焦(じ)れてくる。

「――あのー……こっちの言葉、分かります？」

「おい、コトバ通じてねぇんじゃねーの、どこの部族だよこいつ」

「通訳は？　ていうかコイツ飼ってるオーナーとかいるの？　野放しにすんなよな……」

白けた空気が漂い出した。隙を見てその場を立ち去ろうとした矢先、

「ちょっとぉ！　なに人の晴れ舞台横取りしてんのよゼロフィスカっ！」

人垣の向こうから、尖(とが)った声が割り込んで来た。

ローズリッケが群がる記者たちを押し退(の)けながらずかずかとわたしに近付いてくる。

「記者たち集めて注目されてたのはあたしでしょーが！　途中で割り込みしてオイシイとこ横取りしようなんて、許さないんだからね！」

今にも飛び掛かってきそうな彼女の険しい顔に、記者たちはにわかに色めき出した。

「場外乱闘だ」「因縁の始まりってか」「ちょ、今からでも動画撮影――」

わたしは内心で溜息（ためいき）を吐いた。これ以上騒がれて見世物になるのはごめんだ。

正面のローズリッケをあしらい、足元でこちらを見上げる少女から逃れ、取り囲む記者の群れを抜ける——そんな都合のいい手立てを探そうと視線を周辺に巡らせたそのとき。

眼の前の壁が轟（とどろ）き、粉々に破壊された。

外からの爆発だった。爆煙と瓦礫（がれき）、砕け散った窓ガラス片が一気に押し寄せる。

「きゃあああっ」

咄嗟（とっさ）に腕のなかに引き寄せた少女が悲鳴をあげた。記者も皆、腰を抜かし床に這（は）いつくばっている。

「ったぁー……ちょ、なに、なんなの！　爆発っ？」

衝撃を背中に浴び、前に転んだローズリッケが立ち上がる。

爆煙が薄れると、大穴を空けた回廊の向こうから、ぬぅ、と巨大な影が現れた。

「カフェオレがああっ‼」

怒号とともに凄（すさ）まじい熱波に襲われ、人々の悲鳴が重奏を成す。

「ブチ殺してやるぁあああああっ‼」

獣じみた罵声を上げた二メートル近い巨漢が、太い腕に纏（まと）った炎を震わせる。

そいつはわたしが数刻前に予選舞台上で倒した、あの大男だった。

加熱する空気に記者たちの叫び声と逃げ出す足音が絡み、一帯が騒然とする。

「あ……あの方は、たしか……」

少女がわずかに身じろぎし、おそるおそる大男の姿を覗き込む。

予選を見ていたのなら、覚えがあったはずだ。だが、観戦とは違い眼前で殺気を漲らせている大男の姿に少女はすっかり怯え、わたしの腕をつかむ手を微かに震わせていた。

「歩けるか」

「え、と……ごめんなさい。あしが、ふるえてしまって」

辛うじて立つ少女を素早く抱き上げ、わたしは近くにいたローズリッケに差し出した。

「――へっ？　え、なにっ」

大男を凝視していたローズリッケが、目を白黒させながらも反射的に少女を受け取る。

「この子を連れて逃げろ」

「どういうことっ？　なんなのアイツ⁉　ていうかあたしが逃げるわけないでしょ」

「なら、この子を親のもとに連れていってくれ」

「そりゃ危ないから連れてくけど、何なの誰なのアイツ――」

突如熱が迫った。大男の拳から炎の塊が飛来する。

一歩踏み出し火を蹴り飛ばすと、わたしは二人の退路を確保するため大男の前に立った。

「わたしに用か」

「ブチ殺しに来たぜカフェオレァあ！」

大男が吼え、両腕の炎が毛並みのように一斉に猛った。

「後にしろ。今はお前に付き合ってやる暇はない」

「ざッけんなァ！　予選で、大勢の前で、このオレに大恥かかせやがってェエ‼」

「負けた自覚はあるんだな」

「んだとッせェぞコラてめェはよぉッ⁉　あのクソ役人もそうだ！　くそ、話が違うじゃねえか……！　『用無しだ消えろ』だと⁉　ナメてんじゃねえ、聞いてねえんだよ‼」

癇癪とともに振り下ろされた右腕が足元に炎塊を落とす。叩かれた石造りの床がたちまち火ぶくれし溶岩と化した。

圧し寄せる熱風に目を細めた。この男に何かがあり、誰かに怒り狂っていることは明らかだが――わたしの知ったことではない。

周囲から人の気配が退いたのを確かめると、わたしはきっぱりと言い放った。

「お前は負け、本戦には出られない。優勝もできない。ここに用はないはずだ。帰れ」

「るッセエなさっきから減らず口が！　テメェは大人しくビビってりゃいいんだよ！」

「負け犬に怯える馬鹿はいない」

ビキッ、と大男の両腕の血管が総じて切れたような音が迸った。

「え、ちょ待って……あんたさっきからアイツにケンカ吹っかけてんの？」

背後に居残っていたローズリッケが、たじろぎながら問うてくる。

わたしは振り向かないまま、素っ気なく返した。

「いつも通りだ」

いうなればこれは処世術だ。【火】の精霊持ちだから、褐色の肌だから、髪や眼の色が同族と違うから——色々な理由でわたしに敵意や排除の意思を向ける者は常におり、相手にしていればきりがない。常時は放っておく。だが本来は、早々に片付けてしまった方が手っ取り早いのだ。

攻撃的な相手に油を注いで煽り、襲いかかるところを完膚なきまでに叩きのめす。

荒っぽいが、挑発はわたしなりの流儀だ。

「いいから早く行け」

そう言うと、ようやくローズリッケが動いた。抱えられた少女が悲痛な声を上げる。

「いやっ、待って！　お姉さまがっ！」

「ちょっ、こら危ないってば！　いたた蹴るなっての！」

ごたつきながらも、二人の声が遠ざかる。

一方で眼の前の大男は肩をわなわなと震わせ——哄笑を爆発させた。

「フ……フフフ、フハハハ……ッ、上等だテメ、鼈甲飴にして捻り焦がしてやるァあ！」

血走った眼が剝かれ、燃え上がる両腕が振り下ろされる。

「シィイイイエエアッ！」

頭上から真っ直ぐに落ちる炎を横跳びで躱した。

炎に叩かれた床が、たちまち熱に溶かされ爆ぜる。だが、恐れるに足りない火力だ。大仰な攻撃は多数の雑魚を一掃するには有効だろうが、無駄な動きが多すぎる。

わたしは次の踏み込みで一気に大男の元に迫近すると、両腕を振り下ろした直後で無防備になっている顎へ、旋回で加速した蹴りを叩き込んだ。

「へげぇアッ⁉」

潰れた声とともに大男の躰が独楽のように鋭く回転し、そのまま自分が空けた壁の穴にひっかかる形で仰臥する。顎への襲撃は脳を盛大に揺さぶった。さすがにもう起き上がりはしないだろう。そこに、
ピリリリリリリリ——と、鋭い笛の音が回廊を劈いた。

振り返ると、回廊の向こうから槍を携えた警備兵が駆けこんで来る。

「どけ」

警備兵たちはわたしを押し退けると、昏倒している大男に向かって有無も言わさず槍の柄を振り下ろし殴り始めた。わたしは唖然とした。その執拗な殴打に、意識を失った大男から鈍い呻き声が漏れだし、そこではっとする。

「やめろ！」

わたしの一喝に警備兵の動きが止まった。彼らは何の感情もない顔で向き直ってくると、槍の穂先を突き付けてきた。代表格と思しきガタイのいい猪首の男が前に進み出る。

「褐色肌――貴様、本戦出場者だな。余計な真似をしやがって」

「余計なのはお前たちだ。こいつはもう意識がない。これ以上殴って殺すつもりか」

首筋に迫る刃に構わず問うと、猪首の男は鼻先で笑った。

「そうだな。その方が都合がいい」

周りの警備兵たちも、同じような色の眼をしていた。

「貴様ら『禍炎』はことあるごとに調和を乱し国民を脅かす。国を守護する我ら警備兵にとっては忌々しい病原体のようなものだ。

罪を犯した人間として捕らえ、取り調べ、裁判にかける――そんな我が国の尊い法規に基づいたやりとりにも値する存在ではないのだからな」

「そんな考えでこの男を殺すのか？　無抵抗をいいことに、大勢で一方的に殴って。尊い法規に関わる者が聞いてあきれる」

「黙れ『禍炎』風情が」

猪首の男は声を凄ませ、槍の刃をわたしの首に押しあてた。

「これ以上減らず口を叩くなら、貴様もこの場で処す。我々に口答えなど――今も昔も、貴様ら『禍炎』にそんな立場など微塵とて存在しない。

貧相な部族では知る由もなかろうが、昔の【火の祭典】の方がもっと適切だった。舞台上に『禍炎』を寄せ集めた後、地下牢に仕込んでいた獣どもと殺し合わせていたのだ。興行としての運営が重視されたおかげで、今の手ぬるい対戦形式になったが」

興が乗じたのか、猪首の男は饒舌に罵倒を連ねる。

「今、貴様らが注視されているのは、あの舞台上で殺し合うからにすぎん。だが我々の邪魔をするようならば容赦などない。

祭典をつつがなく決行する――そのためにはどんな手段も厭われん。これが鉄則だ」

「…………」

【火】の精霊持ちに対するこの国の在り方に、今さら動揺するようなことなどない。猪首の男が放った言葉に、わたしはかすかな蔑みを帯びた眼を返した。

それがかえって彼の気に触れたらしい。猪首の男は眦をきつくすると槍を持つ手に、わたしの首を裂く方向へと力を加え出す。

と、その槍が唐突に真下に叩き落とされた。

「──なっ」

直後、警備兵たちが手にする槍も次々と弾き落とされていた。目に見えない何かの力で。

いやこれは──【火】の気配。

「聞くに値しない意見ばかりでしたが、最後の一言については支持しますよ」

抑揚に乏しい静かな声が、やけにくっきりと回廊に響いた。

少し離れた裏の通路につながる角に、一人の男が立っていた。ロングコートに身を包んだ細身で、後ろに手を組んだまますっと直立している。陰で顔がよく見えない。

「『祭典をつつがなく決行する』──じつにいい心がけです。どうぞそのまま遂行してください。ですがあなた方警備兵も、余計な真似をしないよう留意していただきたいですね」

猪首の男が慌てて足元の槍を拾い、細身の男に向かって構え直した。

「貴様は──〈学者〉だな。参戦者風情が、口答えする気か」

敵意とともに口にされたのは、あるファイナリストの通称だった。たしか、反政府組織の首謀者で、指名手配間近の――アビという名の男は淡白な声を発する。

「健全で一般な市民として、ごく当たり前の意見を口にしているまでです。

【火の祭典】の秩序を守る。それが政府の忠実な番犬である警備兵の為すべきことですよ。無抵抗の人間に対し過剰防衛を犯すなど、それが世間に知れ渡れば、ただごとでは済まされないでしょう。犬は犬らしく、命令だけ聞いていればいいのに」

その時。パシャッ、と乾いた音が空間に響いた。

いつの間に、あるいは最初からいたのか、カメラを掲げた記者風の人間が立っていた。注視された途端、無言で踵を返すや長い手足で床の瓦礫を飛び越えて逃げ去ってしまう。

チッ、と記者が消えた方向へ、警備兵の誰かが舌打ちした。【火】の精霊持ちへの差別にはなんら呵責はないが、あの記者に余計な情報をバラ撒かれれば、法に抵触する過剰防衛の部分だけが世間に広まり厄介なことになる――そんなところだろう。

猪首の男は忌々し気な表情で、構えていた槍をドンと地面に立てた。

「貴様らこれ以上祭典を荒立てるような真似をすれば、命はないと思え！」

凄んだ声でそう言い放つと、他の警備兵に顎で指示を出し、倒れて動かない大男を数人がかりで搬送させる。

わたしが通路の角に視線を戻すと、細身の男——アビの姿は忽然と消えていた。

その姿を追って通路に向かう。だが直線に延びる薄暗い道には人の気配すらなかった。

あの男もファイナリストの一人だ。接触しなければ。早く、仇の、手がかりを——

駆けようとして、だが突如、違和感を覚え、わたしは壁に手をついていた。

行きで歩いたはずの通路がやけに長く感じる。薄暗い通路がどんどん暗転し、先が見えなくなっていた。夜目が利かない——いや、視界全体が狭くなっている。

「……っ」

躰からずるりと力を引き抜かれたように、立っていられなくなる。壁にもたれると、次には視界が大きく傾き、躰が横に倒れ、そこに根を張ったように動けなくなった。

「………っ、」

手足が凍り付いたように固まる。眼の前がますます暗くなる。

何が起こっているのかわからない。自分の意識が、全ての感覚が遠ざかる——その間際。

「派手にやらかしたねぇ、フィスカちゃん。……いや、今回は不運にも巻き込まれたというべきなのかな」

気づくと眼の前に見覚えのある靴があった。眼を動かすと、ユルマンがにやけた表情でこちらを見下ろしている。

「むしろやらかしたのはカイザーの方か。――あ、カイザーってきみがさっき蹴り飛ばしてくれた大男な。旨い話に飛びついて調子に乗った、所詮は詰めが甘い三流野郎だ。本戦に出なきゃ、こっちも仕事のしようがないってのに――予選で負けを晒したのは、テメェのヘマだ。

まあ……あいつはもう二度と現れないさ。『お役御免』てやつだ」

「……なんの話だ」

横たえて動かない躰のまま、かろうじて出せた声で問う。

「さあねえ」と気のない声でユルマンは膝をつき、投げ出されていたわたしの手を取った。その冷たさに少し驚いた顔を見せながら、

「フィスカちゃんも、災難だったね」

強い【火】の気配を帯びたユルマンの手が、労るようにわたしの手を包み込んだ。

「だけど、余計なことまでする必要はないさ。あんな負け犬の命なんざ助けなくて良かった。警備兵どもの好きにさせて捨て置いてやりゃよかったのに」

「……助けたつもりはない」

「かぁっこいい」

「無意味な殺しになるから止めただけだ。…………死は、もう、たくさんだ」

躰はどんどん重くなる。自分の身に何が起こっているのかわからなかった。

ただ、意識の縁で絞り落とした言葉が、自分に滲むのを感じる。

ずっと分かっていた。知っていた。

この世界では、常にあらゆる暴力がわたしたちを取り巻いている。

人は憎悪と差別で【火】の精霊持ちに応じる。居住区域内では、領土を奪おうと武力で脅してくる別部族もいた。

わたしもまた力でそれに抵抗した。部族の所有地を巡り諍っていたある一族の戦士を殺して襲撃を退けたこともある。だから暴力も殺しも死も、この身で見知っている。だが、あの死は——あの森に広がっていた殺戮は異常だった。あんなにたくさんの命を、一つ残らず蹂躙し冒瀆していたあの光景は。

この世界はこういうものだと、受け入れられるわけがなかった。

皆を、同胞たちのことを心から愛していた。彼らがあんな死を迎えていいわけがない。わたしの半身が——あんな死に方をしていいわけがない。だから。

「かならず、さがす——仇を、」

声を出す力すら失い、意識が滲み薄れていく。

その中で、ユルマンの気配が今までより近づいてきたことだけが分かった。

「甘いぜ、ゼロフィスカ――そんなザマじゃあこの先の〈帳〉を生き残れない」

耳元でささやかれた言葉に何かを返そうとして――わたしの意識は沈んでいった。

◇

生まれたときからわたしの体はずっと【火】で燃やされていた。

ただでさえ忌(い)まわしい『禍炎』を一族は持て余していた。親はわたしを守ろうとしていたようだが、戦争で他の大人たちとともに徴兵されると、【火】の精霊持ちはワ族でわたし一人となり、老人たちはますますわたしを阻害するようになった。

幼い頃、制御が利かないわたしの【火】は触れるものを燃やしがちで、ある日わたしに何気なく触れた同い年の少女の手に大火傷(おおやけど)を負わせてしまった。すぐさま老人らはわたしを木の棒で小突き倒して集落の外れのゴミ山に突き落とすと、そのまま置き去りにした。

蟻地獄(ありじごく)のようなゴミの底。自分の【火】の熱でぼやけた頭では這(は)い上がる力もなかった。手にした紙切れが発火すると、あっという間に辺りに炎が広がった。

「あつい」

ゴミの生臭い臭(にお)いが煙とともに立ち込め、呼吸する喉を灼(や)く。苦しい。

赤黒い炎に包まれる。この世にあるすべてが、わたしという存在の一部であるはずの【火】までもが、自分を憎み、いなくなれと念じているのを感じた。

――わたしはこのまま、いなくなった方がいいんだ。

炎の中でそう悟る。目から涙が一粒だけこぼれた。涙は頬を伝う寸前で蒸発して消える。

このまま、自分も、消えていく。

「つかまれ！」

強い声が熱を割り、目の前の炎から細い腕が突き出された。火ぶくれした火傷の痕が残っているその手は、わたしが火傷を負わせてしまった、あの少女のものだった。

「くるな」

わたしは驚きで目を瞠り、とっさに身を引いて彼女から遠ざかろうとした。

だが少女は熱さに顔をしかめながらも、猛る炎の中に躰ごと飛び込んできた。流れる髪の深い黒と、双眸の鮮やかな瑠璃色がわたしの視界を奪いとる。

「はやくつかまれ！　なわを使って、上からみんなで引っぱり上げるから！」

「はやくー！」「こっちー！」「もえちゃうよー」「いそいでー！」

頭上で縄を手に必死で叫んできたのは同じワ族の子供たちだった。老人たちからわたしには近づくなと言われていたはずなのに。どうして。

目の前にあるものが信じられず茫然とするわたしに、少女が手を伸ばした。

「来い！　わたしたちが助けるから！　はやく！」

自分の目の前にあるのが救いだとわかっても、わたしはひたすら首を横に振った。

「来ちゃだめ。もやしちゃうから。おねがい、にげて」

自分の命惜しさにその手に縋りつけば、わたしの熱が彼女を焼き殺してしまう。そんなのは嫌だった。ぜったいに。だからわたしはここで死ななければ。

それなのに、目の前で自分を助けようとしている少女と、頭上から必死でこちらを呼ぶ小さな者たちの声が嬉しくてたまらない。自分の裡から溢れるなにかを抑えるように両手で顔を覆ったわたしを、少女は抱きしめた。炎とは違う熱がわたしを包み込む。

「死ぬな！　いっしょに生きるんだよ！」

少女の猛々しい声が耳朶を打ち、脳髄を貫く。

瞬間、迫り来る炎や熱が凪ぎ、自分の感覚だけが鋭く研ぎ澄まされるのを感じた。

この子を火から守る――

そう思うと同時にわたしは両腕を彼女の背中に回していた。少女が抱き返してくる。

「ぜったいにはなすなよ！　みんな、引っぱって！」

頭上の子どもたちがいっせいに掛け声をあげる。焦げ付いた縄はかろうじて千切れず、少女の自力と相まって山を這いあがることができた。

わあーっ、と幼い歓声があがる。

「やったー！」「たすかったぁー」「よかったー！」

少女はへたり込んだ体勢で飛び跳ねる子どもたちを眺めると、わたしを見て笑いかけた。

その目じりをくしゃりと柔らかくさせながら、

「助けてくれて、ありがとう」

彼女の言葉の意味が分からず、わたしは空っぽの表情を晒した。

「……わたしは、たすけてない」

「火でやかれなかったもん。おまえが炎から守ってくれたんだよ」

そう言って少女は自分の上衣をめくって見せた。わたしに触れ、本来なら火傷を負っているはずの胴体は傷も火傷もない褐色に照り映えている。

わたしが制御したのだ。自分の【火】を。さらに周りの炎も抑え込んで、彼女を守れた。

安堵と驚きで茫然とするばかりのわたしに、少女は眩しそうに目を細めて笑った。

「精霊の制御ができるなんて、すごいな。【火】の精霊はあつかいが大変だろうに」

と、そこへ子どもたちがわらわらと少女を取り囲み、思い思いの発言を連ねてきた。

「なーなー、せいぎょってなに」「もうここあついよー」「ゴミってもえるとくさいなー」

「ねー、山のはっぱとるんでしょー?」「きのこがいいな」「はやく行こうよー」

「あーよしよし、わかったよ。じゃあ行こうか。——ね?」

少女は立ち上がるとわたしに手を差し伸べる。

だがわたしはその場にへたり込み、未だ目の前の光景を呑み込めずにいた。するとわたしの傍らに、ててっ、とまだ足取りも覚束ない小さな少女が歩み寄り、全身を預けるようにわたしにもたれると、そっと耳打ちしてきた。

「あたし、姉ぇの目とおなじ色の花、みたことあるのよ。きれいね」

そう言って笑いかける小さな少女の言葉に、とうとうわたしは決壊した。

大きな声をあげてわたしは泣いていた。

今この瞬間に生まれたばかりのように、全身を振り絞った声があふれ出る。

「あっ、ないちゃった」「どうしたの?」「ないてるー」

子どもたちがびっくりしたのは束の間で、傍らの小さな少女はわたしの頭を撫で、周りの皆がわたしを慰めるように子守唄を一斉に唄い出した。

本来は囁くように唄われる唄が、幼い子供たちの明るい合唱となってわたしを包む。

「もう大丈夫。みんないっしょだから」

そう言ってわたしの手をとって笑う少女の目の瑠璃色は、奇跡のように美しかった。

◇

朧であの唄を聞いた気がした。

わたしは目を覚ます。見覚えのある天井に嗅ぎ覚えのある埃の臭い。あの控室だ。

わたしの躰は長椅子に横たえられていた。小さな窓からの星明かりで、あたりは青みを帯びた薄暗さがある。ゆっくりと視線を巡らせると、間近に気配が二つあった。

「――貧血はそれほど深刻じゃない。薬も必要ないのは僥倖だったね」

「あ、そう？　俺ぁてっきり何かの病気で気絶したのかと思ったんだけど」

「自分が思うに……彼女、栄養不足だと思うな――あ、気がついた」

ユルマンの横に立っていた色白の長身瘦軀の青年がわたしの気配に気づき、穏やかな笑みを見せた。柔らかい目もとが、笑うと弓のような弧を描く。

「こんばんは。あ、もう夜なんだけど、ここが何処で、直前に何があったか、覚えてる？」

「……《繭》の、控室。わたしは、通路で倒れたはず――」

「正解」青年はにっこりと頷いた。

「介抱のためにここを使わせてもらっているよ。警備兵からも追い出されないし、そもそも寄り付かれないし。なんならここでこのまま寝泊まりもできそうだ」

「おかげさまで、ゆっくりきみの介抱ができてるってわけさ」

気楽な声のユルマンがひょいと顔を覗かせてくる。

「介抱……？　どうして、おまえが」

「あれ？　瀕死のきみが気を失う寸前オレに頼んできたんだよ。『助けてくれたら、あなたのどんな望みでも叶えます』って」

「……嘘をつくな」

眼に険を含ませつつ上半身を起こすと、長身痩軀が素早くわたしの肩を支える。

「大丈夫？　気持ちはわかるけど、今は動かない方がいい。ほんと彼は適当だよねー。でも、ユルマンがあなたの治療を自分に頼んできたのは本当だよ。急に倒れたんだろ？　原因は貧血だけど、寝不足と栄養不足も合わさってる。最後に食事したのはいつ？」

「……三日前」

「みっかぁ⁉」

ユルマンの素っ頓狂な声が控室に響き渡った。

ワ族のもとを去り居住区を出ると、三日かけてカルファルグに辿り着いた。その間気を張り詰めていたせいか、空腹も感じず何も食べていなかった。水なら飲んだ気はするが。

ユルマンはなおも驚くやら呆れるやらで首を振っている。

「かわいそうだなー。ここに来るまでに路銀でもつきたのかい？　何ならオレが今すぐ水飲ませてやるよ。口移しで」

「殺すぞ」

「うお、嘘です」

「今のはあなたが悪いよ、ユルマン」

長身痩躯は、丁寧な口調でユルマンを制するとわたしの傍らに腰掛け、手を伸ばした。慣れた手つきで脈を測り、下瞼を見て、躰のあちこちを撫でてくる。見知らぬ人間の挙動に為されるがままだったが、その丁寧で無駄のない動きに、わたしは警戒すら忘れていた。

「――うん、大丈夫。でもこのままじゃ明日はまともに闘えないよ。栄養摂らなくちゃ。まずは水飲んで。あと、このナン食べて。よく噛んで、呑み込めたら次に干し肉も」

そう言って彼は手元の布袋から手製と思しき粉練の食べ物や保存食を取り出した。わたしが受け取り、口にするのを待ってはせっせと差し出してくるので、気づけばわたしは素直にそれらを咀嚼し飲み込んでいた。

「……ありがとう」

初対面の人間にここまで親切にされたことなんてなく、驚きが先行していた。やっとお礼がぽつりとこぼれると、長身痩軀の青年は嬉しそうに眼を細めた。

「そうだ——もしよかったらこれも口にしておきなよ。糖分も摂（と）っておかないと」

そう言って小さな袋からころころした粒を手の平に載せて差し出してくる。

石ころより小さな塊。粒は白や薄紅、薄緑に黄色……ひとつひとつ違う色をしていた。

「…………なんだこれは」

「飴（あめ）だよ。砂糖の塊みたいなもので、糖分が摂れる。栄養になるよ」

「お？　フィスカちゃん、もしかして飴食べたことないのかい？」

ユルマンの言葉に、わたしは丸い粒を凝視したまま首をふるふると横に振った。

河原の石粒みたいな、ひとつひとつの色がこんなに違う食べ物なんて見たことがない。

わたしがあまりに深刻な表情をしていたからか、青年が気遣うように言葉を足した。

「大丈夫、見た目は違うけど、どれも甘みがあるんだ。口の中にずっと入れて舐（な）めてたらそのうち消えていくもので。……うーん、飴の説明って、難しいな」

青年を悩ませるのが忍びなかったので、わたしはそろそろと粒の一つを指でつまんだ。

そのまま口の中に入れて舌の上にのせる——

「っ…………………！」

今までにない刺激に、わたしはびくりと身を震わせた。青年の言う「甘み」が口の中で溶けて、そのまま全身の血管を伝って躰を駆け巡っていくのを感じる。

甘み――そうか、甘い味か。今まで花の蜜や咬み続けた米の甘さなら味わったことがある。けれどこの飴の甘さはもっと強く真っ直ぐだった。口の中の唾液が一気に溢れる。

あまりの衝撃に両手で口元を押さえ全身を丸く縮ませていると、青年が慌てだした。

「だっ、大丈夫っ？　美味しくなかった？　躰に合わない？」

わたしは首を振った。小さくなった飴が口の中から消え、やっと声が出せる。

「……おいしい」

「えっ、そうだったの？」

「これは毒の類じゃないのか？」

自分でも躰の抑えが利かない反応をしてしまったので思わず尋ねると、青年は全身を跳ね上げた。大袈裟なほどの驚き具合で、

「ええっ、やっ、いや、ちがうよっ？　毒なんて全然！　これはその辺で買った普通のお菓子で……あ、まだあるし、美味しいのなら残りもぜひ」

「いいのか？」

反射的に顔を上げて問うと、青年は「もちろん」と頷き飴を差し出してくれた。

「大きいのをすぐに呑み込まないようにね」

「うん」

頷いてそっと口に入れる。が、再び襲いかかる甘みの衝撃に堪らず躰が震えてしまう。躰を丸め、口元を両手で押さえながら飴の甘さが全身に行き渡るのをじっくりと感じていると、青年が心配そうにこちらを覗き込んでいた。

「大丈夫？　無理して食べてるんじゃなくて……美味しいんだよね……？」

「うん」わたしはすぐに頷き、彼を見る。「こんなおいしいものをくれて、ありがとう」

感激しすぎたせいで、ひどく子供っぽい言葉遣いになってしまった。

顔を上げると、こちらを見る青年の耳がなぜか赤くなっている。

「…………。あっ、いや、いいんだよ、そんな。飴くらい、ほんとに」

「…………『うん』て。かわいいな」

わたしの様子を眺めていたユルマンが、ぼそりとよくわからないことをつぶやく。

そんな餌付けじみたやりとりがひと段落したところで、ユルマンは息を吐いた。

「……ていうか、その躰でよくあの総当たり戦を勝ち抜けたもんだ」

「本当だよ。こんな状態であの荒くれどもたちの戦場に飛び込むなんて無茶がすぎる。いったいどうしてこんなところに来たの？」

「……それは――」

わたしが青年への返答を探しあぐね視線を落とすと、彼は何かを察し、小さく頷いた。

「ごめん、立ち入ったことを聞いて。人に聞くのなら、まずは自分の方から話すべきだ」

その言葉に、わたしは自分の傍に座っているその青年をまじまじと見つめ直した。

そうだ。この男は、誰だ。

わたしを介抱してくれた、医者のような存在だとは察せられる。だが【火の祭典】がそんな施しをするとは思えない。本戦参戦者だろうと『禍炎』と呼び、躊躇いなく殺しにかかってくる警備兵を見たばかりだ。

色白の長身痩軀はわたしに向き直ると、穏やかな眼をわたしに返した。

「自分はアイザック。毎日流血と死体の絶えない治安の悪い地域育ちだったから、人を助けたいと思って医者を志した一学生だよ。

資格試験をクリアして、あとは免許だけってところで、自分が【火】の精霊持ちだってことが医師会に知られてね。そうしたらなぜか資格を剝奪されて、免許ももらえなくなった。そのうえ、なぜか家が燃やされて家族が皆いなくなっていてね」

アイザックはおどけるように言うが、笑っているのは彼だけだった。

「……なぜだろうね。誰も傷つけず奪ってもいない。求めるものは自分の力で手に入れたのに、周りは自分が何かを手にすることを許してくれないんだ。

だけど【火】の精霊持ちにとって世の中って『そういうもの』みたいだ。そういう世の中でも【火の祭典】では【火】の精霊持ちに『称号』が授与されるでしょう？　国の最高位の栄誉。それさえあれば、自分でも何かを手にすることが許されるんじゃないかなと思って。だから、〈帳〉に来てみたんだ」

そう語る彼が、最初に名乗った名前をわたしはようやく思い出す。

「それなりに痛い目みて苦労もしてきたけど、運よく本戦に残ることができてね」

ユルマンがファイナリストの一人として挙げた名前だ。予選第四戦では『気づけば奴一人が勝ち残っていた』と評された――ファイナリストのうち、最も油断ならない存在。

アイザックは、わたしを介抱した時と同じ気遣いと柔らかさに満ちた声でこう言った。

「明日、第一戦目ではあなたと対戦することになったよ。どうぞよろしく」

【第二幕】【火】の精霊持ちの叫び

『全ての創造が為されたその時、神は我々に精霊の祝福を授けた。

【地】【水】【風】そして【火】。これら精霊の御加護により、我ら人は生きとし生けるもののうち大いなる繁栄を約束された存在となった。

精霊の加護は偉大なる御稜威――それは神の祝福であると同時に宿業でもある！

【火】の精霊――かの力は災厄となり、太古より神を怒らせ大地を乱し、人を惑わせてきた。これは神が我らに与えた非情なる試練！　だが我らはそれをも加護として賜るのだ！

これより我らは【火】の精霊を称え、それを使う蛮奴の所業に耐え、聖き精神を養う。

【火】の精霊よ、我らの不屈を認めよ。

【地】と【水】と【風】の祝福の精霊よ、我らにその大いなる加護を授けよ。

ここにドゥール・ミュール共和国第八十九回【火の祭典】の開幕を宣言する！』

低く厳めしい声による開会宣言が《繭》に響き渡った。

すり鉢状に広がる観客席にはみっしりと観客が詰め込まれており、耳を聾するほどの歓声に溢れ返る。観客席の所どころには丸いレンズを備えた黒い箱――国内に〈帳〉の戦闘を中継するための撮影機器が点在している。

ゴゥン、と太鼓の重低音が会場を震わせると、複数の精霊の気配が辺りに満ちた。

【地】【水】【風】――【火】を除く三精霊だ。その使い手と思しき、白い祭服に身を包んだ者たちが両手を掲げて宙を薙ぐと、舞台と観客席とを隔てる巨大な幕壁が顕現した。

帳が降りる――

その光景に、昂った観客達がひときわ大きな歓声を上げる。

日光を反射してオーロラのように揺らめく透明の幕壁。それは【火】の精霊の力を遮断することに特化しており、舞台上の戦闘の余波が観客席へ及ぶのを防ぐ力がある。

【火の祭典】を催すために共和国が総力を挙げて作り出した、祭典の象徴。人々は小難しい開会宣言そっちのけで、視界いっぱいに広がるこの帳に、祭典を感じている。

【火の祭典】よりも〈帳〉という呼称が人口に膾炙するゆえんだった。

会場底辺に設えられた石造りの舞台は、目に眩しいほどに白い。それは【火】による破壊や、討たれる人、飛沫をあげる血がもっとも映える色だ。

たった二人で立つには広すぎる舞台の上で、わたしは一人の男と対い合っていた。

小さなボディバッグを身に着けただけで、武器らしいものもなく佇む長身の青年。

アイザックは、この場に似つかわしくない穏やかな口調でわたしに問いかけてきた。

「今朝からの具合はどう？　昨日より顔色は良くなったみたいだ」

「問題ない」

「よかった」と、その目元がほっとしたように細められる。

「やっぱり体力があるからすぐに回復するんだね。でも食事はちゃんと摂らないと」

「アイザック。この闘いから降りろ」

わたしの言葉に、アイザックの微笑みがなりをひそめた。

「だしぬけにどうしたの。自分はこの本戦を勝ち進みたい理由がある。あなたもそうでしょう？　それなら、正々堂々と闘おう」

「お前は弱く、闘いに向いていない。万が一わたしに勝ったとしても次で死ぬ」

わたしの断言に、アイザックは一瞬押し黙った。

手の内など見せずとも、ただ立っているだけでわかる。この男は戦闘の経験などほとんどない。予選でどんな手を使ったのかは不明だが、大勢がひしめく総当たり戦とは違い、ここは誤魔化しようのない一対一だ。わたしなら【火】を使わずとも彼を倒しうる。

「……そんなに自分は弱い？」

「狩りを覚え始めた子狐以下だ」

「たしかに……自分どんくさいところがあってね。部屋に入った小さな虫を窓から追い出すのにも毎回苦労してたな」

懐かしそうに笑おうとするが、彼はすぐに表情を淡白なものに戻した。

「うん、そうだね。あなたほどの人が言うんだから、間違いない」

「わかっているなら降りろ」

「それはできない。したくない」アイザックは即答した。声が尖る。

「今の自分には何もない。この先手にできるものなんて何もない。ただ生きていても全部奪われる。手にすることができるのは、〈帳〉での称号だけだ」

医者になろうと思い人を救いたいと願っても、『禍炎』だと人々に知られた途端、その志も夢も奪い取られてしまう。それまで当たり前にあったものすらも。

理由は明確だ。彼が【火】の精霊持ちだから。

アイザックはわたしを見据えた。涙か怒りを堪えるような強い眼で。

「自分にとっては、世の中を生きるのも〈帳〉で死ぬのも大差ない。なら、何か得られる方を選ぶまでだ」

「わたしはお前を殺したくない」

「でも勝ち進みたいのなら殺すしかない。本戦の勝敗は対戦者の死か降参で決まるからね。自分は手足を取られても、降参するつもりはない。だから──殺せばいい」

急かすような早口は、むしろそれを焚きつけるような切実すら帯びていた。

わたしは──仇を探すため、まだ闘わなければならない。

だが、そのために目の前の男を殺すなんて間違っている。

『五、四、三、二、一──』

惑いの中、昂る観客が開戦のカウントダウンを合唱する。

『第八十九回【火の祭典】本戦第一戦──開始せよッ‼』

銅鑼の合図が轟く。

次の瞬間。目の前が白閃した。

「──！」

眼を灼く衝撃に、わたしは全身を己の【火】で覆って身構えた。

閉じた瞼と腕越しに、観客席からの悲鳴が届く。驚愕と、困惑。

と、視覚を取り戻す前に胸の前に裂帛するものが迫った。反射的に腕を振るう。

【火】で阻まれ、小さな金属音が足元に落ちる。ただの針──のようだった。まだ眼が利かない。

その間にも空気を圧する小さな音とともに複数の針が迫った。すぐに炎で阻む。

『――と、ここで先手を打ったのは〈魔術使い〉のようですッ！　〈女徒手拳士〉が防御の【火】を使い身構えました！

さて皆さま、【火の祭典】が誇る幕壁はあらゆる危険や災厄を防ぎますが【火】の精霊持ちが放つ光や音など充分には阻めないものもございます。彼らの力は大変危険なのです！　私のようにサングラスや耳栓は常備しておきましょうね。売店にて絶賛販売中！

おっと、中継画面上の視界も晴れてまいりました。――と、なんと〈魔術使い〉の姿が舞台上にありませんッ！　これはいったいどういう事態でしょうかッ！　予選でも『気づけば勝ち残っていた』という謎に満ちたファイナリスト。再び魔術が炸裂したのかッ⁉』

見た状況をいちいち声高に喚く実況に苛立ちつつ、わたしは低身で構えた。

やっと慣れた眼で舞台上を見渡すと――アイザックの姿は忽然と消失している。

だが時折こちらを窺い、身構えている気配は感じ取れる。なのに、見えない。まるで幻術にでもかけられたかのように――

「……っ！」

次に眼前に迫った針を躱した瞬間。左腕を鈍い衝撃が突いた。察知していた音や気配とは全く別の方向だ。

手の指ほどの細長いナイフが腕に刺さっている。針を囮（おとり）に投げてきたのか。

柄に繋（つな）がった紐（ひも）が引かれ、腕に食い込んだ刃が横に薙がれる。皮膚がすっぱりと綺麗（きれい）な一線に裂かれた。

白い舞台に赫赫（かくかく）と飛沫（しぶ）いた鮮血に、悲鳴じみた歓声が一気に渦巻いた。

『出ました〈魔術使い〉の先制攻撃ィイイーッ！　姿なき者による不可視の攻撃ですッ！　どこから襲いかかるか予測不能、〈女徒手拳士（ゼロフィスカ）〉、気づけば切り裂かれ血飛沫（ちしぶき）が上がりました！　防戦一方の様子です！　このまま為すすべなく血まみれかぁッ!?』

喧（やかま）しい音の洪水の中、わたしは攻撃を受けた自分の腕を眺めていた。

皮膚を真（ま）っ直（す）ぐに裂く切り口。そこから滴（したた）り落ちる血の雫（しずく）。

あの日に見たものが一気に脳裏を埋め尽くす。皆の躰（からだ）が切り裂かれ、真っ赤になってこと切れていた――終焉（しゅうえん）の光景。

頭の奥で、ぴきりと血管が千切れるのを感じた。燃え立つ赤を凝らせた眼でわたしは舞台上の、姿の見えない存在に向かって殺気を滾（たぎ）らせる。

「ずいぶんと使い慣れているんだな」

すると声が横から返って来た。

「スリットナイフだよ。眼球の外科治療とか、主に手術で繊細な作業ができる――」

わたしは声のする方へ疾ると、炎塊と化した拳を叩き落とした。地面がひび割れて窪む。

アイザックは——即座に逃げたようだった。相変わらず視界にはいないが、床を転びながら立ち上がり、走って遠ざかる気配だけが伝わった。

わたしは紅を熾した鋭い眼を剝く。

——お前が殺したのか。

気配を追えばその姿を捉えられる。わたしは獅子のように手足で地を踏み張り、アイザックの気配に向かって飛び掛かろうとした寸前。

ぼう、と揺らぐ炎がわたしの耳元を焼いた。

「！」

とっさに身を躱して視線をやると、宙空に茫洋と浮かぶ白色の鬼火があった。その炎はかすかに揺らめくと、その光量で周囲の空間を歪めて眼の前から消えてしまう。

消えた——いや、見えなくなったのだ。

わたしはアイザックの〈魔術〉の正体に気付いた。

「光を捻じ曲げているのか」

「正解」

わたしのつぶやきに、すぐ背後から即答と微笑みの気配があった。

とっさに身を翻(ひるがえ)したわたしの顎を、突如視界に飛び込んできたスリットナイフの刃が掠(かす)める。避けていなければ頸動脈(けいどうみゃく)を切り裂いたであろう正確無比な攻撃。

地味で精密。そんな彼の攻撃を実現させている〈魔術〉こそが恐るべきものだった。

彼は【火】の力でこの闘技舞台上の光量を操り、可視光を捻じ曲げることで視覚を撹乱(かくらん)させているのだ。

「まともに闘えば自分みたいなものは、即死するに決まってる。少し工夫したんだ」

【火】が発する光は視界に強い影響を及ぼせる。開戦と同時にアイザックが放った閃光(せんこう)のような、目くらましの使われ方がいい例だ。

だが、ものを見るための光の屈折を【火】の光量で操作するとは。最初の閃光の直後仕込んだのだろう。「工夫」なんて言葉では到底及ばない、驚異的な精霊制御能力だ。

「こんな【火】の使い方は見たことがない」

「あなたにそう言われると悪い気はしないな。【火】で攻撃するってことが、自分の性に合わないだけなんだけど」

何も見えない視界のどこかから、押し殺した気配と朴訥(ぼくとつ)とした声が届く。

精霊による【火】はこの世界に存在する火とほとんど性質を同じくする。熱を発し、ものを燃やし、空気を孕(はら)んで拡大し、水に触れれば消える。

最大の違いは精霊の加護の有無。ひいては使い手の「制御」が可能であるということだ。何もないところに火を顕たせ、身に着けるものが燃えるのを防ぎ、火力次第では水に触れようと燃焼を拡大できる。

そうした制御を以て、大概の精霊持ちは自身や武器に【火】を加え攻撃力を強化することに使う。だが――こんな飛び道具としての使い方があるとは。

わたしは突如視界から現れては振り薙がれるスリットナイフの襲撃を躱しつつ、紐の動きから持ち主の存在する地点を探った。

「――医者の商売道具では攻撃するのか」

「こっちの方が使い慣れているからね。有用なものは積極的に使っていかないと」

見上げた向上心だ。

次の刃を躱し横に飛んだ先でアイザックが仕込んだ【火】とまともにぶつかってしまった。たちまち炎に包まれたわたしに、観衆が狂喜に沸く。

「燃やせ！」「もっと焼け！」「火だるま見せろォ！」

わたしは余裕をもって片腕を横に薙いだ。それだけでわたしの躰を包んだ炎が跡形もなく消え失せる。

「ええ……」「なんだ……」

あっけない鎮火に観衆が拍子抜けする中、アイザックの苦笑が零れた。

「そりゃあ制御できるよね。そう簡単に【火】でダメージは受けないか」

彼の言う通り、こんなもの精霊制御の初歩だ。

【火】の精霊持ちは、火に触れた程度では火傷を負うことはない。

この身を成す血肉や骨と同等に、【火】がわたしたちの躰を成す一部分だからだ。無論、心身を鍛え上げるのと同様に、制御には技量を要するが、〈帳〉に現れる【火】の精霊持ちともなれば、その身に火傷を負うような者はほとんどいないだろう。

他の精霊が制御のままならない持ち主の命を脅かすことはそうないが、【火】はその性質上、制御できない者を燃やすことすらある。その過酷な制御ゆえに、苛烈な精神を宿し、戦闘能力に長けた者が大多数を占めるのは必然といえた。

「いい加減、隠れてないでかかって来い」

そう言うと、好戦的な一閃が空気を切り裂いて応じた。

一直線に飛んで来た刃物を最小限の動きで躱す。直前まで視認こそできないが、正確無比にわたしの急所を狙う攻撃はむしろ読み取りやすい。

わたしは刃物の柄を宙で摑むと、そこに繋がっている紐を勢いよく引き寄せる。

「――っ」

腕に紐を絡ませていたアイザックの姿が視界に転がり込んできた。体勢を整えようとしたその右腕をわたしが摑むと、アイザックの方からわたしに迫近してきた。

「動くな！」

鋭く叫んだアイザックの左腕には逆手持ちのナイフがあった。刃先がわたしの首に添う。至近距離で摑み合うと、凄んだ眼の光がわたしに迫った。

「毒を塗っている。三日三晩高熱で苦しみたくないのなら、降参するべきだ」

「断る」

「はったりじゃない。予選では最後まで残っていた男をこれで仕留めた。この期に及んで、自分が怖気づくことはない。あなたが引かないのなら、ここで――」

「だったらなぜ昨日わたしを助けた」

途端、わたしを見据えた眼が微かに揺れた。

「……人を助けることと、この闘いとは関係ない」

「関係あるだろう。わたしは本戦参加者で、しかもお前の対戦相手だ」

「関係ない。あなたは倒れていたから、自分が治して助けた。ただそれだけだ」

「だとしたら免許などなくとも、お前はとうに医者なんじゃないか」

「……なにを、言って――」

戸惑いで声が乾く。わたしは眼に力をこめて彼を捉えた。

「お前は『称号』を手にしたいのなら、どんな手でも使っていたはずだ。昨日の時点でわたしを見殺しにするか、気絶していた合間に首でも掻っ切って仕留めた方が確実だ」

わたしはアイザックをさらに引き寄せる。

「それをしなかったのはお前が医者だからだ。技術のことは知らないが、医者としての姿勢をお前はとうに持っている。誰が否定しようと、充分に医者を名乗っていけるほどの」

首にあった刃物からの圧迫が一瞬緩む——が、すぐにアイザックは眼に険を宿した。

「心意気があるから、無免許でも医者と名乗っていいとでも？　そんな勝手な理屈——この世の中では誰にも通用しない」

「そうだろうな」わたしはすんなりと認めた。

「それはきっと『称号』を手にしたとしても同じだ」

「……！」

見開かれたその眼が、大きく揺れた。

〈帳〉の予選に身を晒した時から、充分に思い知っている。観衆がわたしたち【火】の精霊持ちに求めているのは、暴虐と野蛮を呈した戦闘だ。この先アイザックが人のためを思う医者となり、どんなに清廉であろうとしても、奴らが彼を認めるなど決してない。

「オイつまんねぇぞテメェら！」「とっとと殺せー！」「血ィ見せろや！」

掴み合った状態のまま動かない——わたしとアイザックの戦闘に、観客席の声が徐々に野次と罵声を帯び始めていた。

「ごちゃごちゃ喋ってんじゃねぇ！」「殺し合えよ！」「どっちか火だるまになれや！」

わたしは周りを眼で示してみせた。

「こんな連中の見世物になる必要はない。こんな場所からは降りろ」

「……そんなこと、今さら——できない！」

膨れ上がった惑いが炎となって眼の前で爆ぜた。

衝動的に発動したアイザックの【火】。飛び退くと、焦げた臭いの中でアイザックが自ら編み出した視覚撹乱の向こうに消えるのが見えた。

——簡単に降りられるわけがない、だろう。彼は卓越した精霊制御で視覚の撹乱という離れ業を獲得した上で、死をも覚悟して〈帳〉まで来たのだ。わたしに放たれた正確な刃の攻撃もまた、彼の決意の表れだった。

これ以上説得しようとしても頑なになるだけだ。それなら。

「だったら——その身で思い知れ」

わたしは短く告げると、真正面に腕を掲げた。

空気が変質する。わたしの掌から大気が熱を帯びるや、花開くように炎が咲き乱れた。巨大な炎の渦が一瞬にして舞台全体を紅蓮で包む。帳の向こうでも驚嘆と悲鳴が奔流する。炎が収束し、熱が捌けると――

「な――――」

アイザックの、唖然とした姿が舞台上にはっきりと現れた。

彼の【火】による視覚撹乱が消え、舞台には本来の視界が取り戻されていた。

大した仕組みではない。わたしが己の【火】を最大放出したことによって、彼の【火】を薙ぎ払っただけ。彼が行使した繊細で高度な技術を台無しにする、力押しによる荒技だ。

「……燃やし過ぎた」

思わずぽつりと独り言ちる。アイザックの【火】を圧倒する火力を発動させたが、炎の竜巻を生むほどの威力はあまりに過剰だ。自身の【火】として制御したはずなのに。

「どうして……」茫然と、アイザックが呟いた。

「それほどの火力があるのなら、さっさと自分を倒せばよかったのに」

自分は見くびられていたのか――失望で表情を歪ませるアイザックに、わたしは言った。

「できるのならこんな力、使いたくない」

「……え……」

「わたしは【火】が嫌いだ」

この【火】が、かつて手を差し伸べてくれた少女を傷つけた時からずっと——

わたしにとって、【火】の精霊は人を傷つけ、大切なものを破壊する存在でしかない。

【火】を忌む周りの者と同じかそれ以上に、わたしは【火】を憎んでいる。

それに打ち克つため武術を修め鍛錬を重ねても、この身の【火】が消えることはない。

決して失せない自分自身への憎悪を押し殺すと、わたしはアイザックに向き直り、硬い声を放った。

「アイザック、この舞台から降りろ」

二度目の提言にアイザックは顎を引き、険しい顔でわたしを睨み据えた。

「自分の答えは変わらない。あなたが勝ち進みたいのなら、殺しにかかってくればいい」

「断る。お前の自棄に付き合うつもりはない」

「……！」

見透かされたように、全身が紅潮する。

〈帳〉で死ぬことすら厭わない——そんなアイザックの思惑に乗り、彼を殺して勝ち進むなど。今のわたしが選択するわけがなかった。

強くて脆い、弱くてしたたかな、自分を取り巻く全てと一人で闘おうとしてきた青年。

わたしはある確信とともに、一歩進み出た。

「わたしが探しているものはお前ではない。それに、お前にここで死んでほしくない」

「……わかったようなことを言うなっ！」

ひきつった叫び声を上げたアイザックの手足が、一瞬にして【火】に覆われた。

「自分のような――強くもない【火】の精霊持ちが、簡単に生きられるような世界じゃないのに！　この先死なずにすんでも、どんな目に遭うか――わかり切ってるだろ！」

医師の道を絶たれたこと、家族が姿を消したこと――それらはきっかけでしかない。

ずっと彼は周囲を恐れ、脅かされてきていたのだ。自分が【火】の精霊持ちだから。ただそれだけの理由で。

叫び声に滲む絶望が、猛る炎の唸り声と重なり合う。

アイザックは燃える手にスリットナイフを携えた。そのまま真っ直ぐ、捨て身同然でわたしに走り迫る。紛れもない殺気。それと同時に、わたしに「自分を殺せ」と訴えかけている。

わたしが身構えたその瞬間。

轟とひときわ大きな炎の猛りがアイザックの全身を包んだ。

「あ……っ」

声を零して立ち止まる。放心したような顔が一瞬わたしを見、その姿は炎に呑み込まれてしまった。【火】の色が淡い白から紅に転じ、細長い柱となって眼の前にそびえる。

観客から狂ったような歓声が巻き起こった。喧しい実況が嬉々と喚きだす。

『おぉぉぉぉっとぉおおおー！　なんとこれはっ！　【火】の精霊持ちの焼身です！　制御を越えた【火】によって自らの身が燃えようとしております！　地味な闘いの中で勝機を見失ったかぁ!?〈魔術使い〉、痛恨のミスですッ！』

なにが痛恨だ。わたしは怒りとともに駆け出した。

燃え続けるアイザックの躰が、ゆっくりと後ろに倒れ仰臥する。

「…………ふ……」

炎に巻かれた細い長身から、薄い笑いが漏れた。制御を外れ、宿主を燃料にさらに猛ろうとする炎に喰われながら、はらわたを自ら晒した獣のようにアイザックは無抵抗だった。

わたしは加熱する炎に飛び込むと、アイザックの胴の上へ馬乗りになった。

焦げた上衣を引き裂くと、【火】を帯びている痩せた胸板の中心——心臓の地点へひたりと自分の手を置く。そこは精霊の加護が籠る箇所だ。【火】に直接触れるより早い。

驚愕に見開かれた眼に、わたしは己の眼をぶつけるように睨みつけた。

「くたばらせるか」

同時にわたしは己の『霊髄(クオリア)』を使った。

〈火喰(ひくい)〉。

心臓を起点に、わたしはアイザックの【火】を一気に喰らい尽くした。急速に炎と熱が収縮したことで、空間に軋(きし)んだ音が響き渡る。

一瞬にして、肥大化していた炎の塊が消え失(う)せた。

「…………あ……？」

耳に痛いほどの静寂の中、アイザックは火傷(やけど)と熱でぼんやりした表情を浮かべている。

余熱が漂う空気の中で、仰臥した彼を組み伏せた体勢のままわたしは口を開いた。

「お前にとって世の中を生きるのも〈帳〉で死ぬのも大差ないのなら、生きていてほしい」

「……どうして」

「お前は、いいやつだから」

「…………へっ？」

ひどく間の抜けた声をあげ、アイザックは眼を瞬(しばた)かせている。

「わたしのことを助けてくれた。お前はいい医者だ」

「でも……自分には、資格も免許もない」

「『世の中』が認めなくても、人を治して医者と名乗ればそうなんじゃないのか。怪我人(けがにん)も病人もどこにだっている。現にわたしは昨日医者としてのお前に助けられた。だから——簡単ではないかもしれないが、この先もいい医者でいてほしい」

こんな素人(しろうと)の意見が通用するような『世の中』ではないことは分かっている。けれど。

(おまえは、いいやつだから)

かつてわたしを助けてくれた少女にその理由を問うと、彼女はそう答えて笑ってくれた。

(【火】の力って、すごいんだな)(おまえがいてくれてよかったよ)

それからもずっと、わたし自身が憎む力を、わたしの存在を認めてくれた——それがわたしの半身だった。彼女の言葉がわたしを生かし、支えになっていた。

自分が誰かに肯定されることがどんなに大切か、わたしは知っている。だからアイザックにも伝えたかった。彼に生きていてほしかったから。

彼にとって、わたしの言葉などさほどの重みがないとしても、何かの足しになればいい。

アイザックはじっとこちらを見つめ、やがて深く長い息を吐き——ぽつりと呟いた。

「反撃しようにも、自分の【火】はもう喰いつくされている……さっきの力押しとは違う。【火】を奪い取られた。これがあなたの『霊髄』なの?」

わたしは頷(うなず)くと、彼の躰から離れ傍(かたわ)らに立った。

〈火喰〉――わたしの『霊髄』の能力は、直に触れた【火】を喰らい、取り込んだ【火】で自らの【火】を一時的に増幅させ、吐き出すこともできる。

【火】の精霊持ち相手にしか通用しない【火】を圧倒するための能力だ。

――【火】が嫌いだ。

だから眼の前の【火】を、手に届く範囲の炎を消し尽くしたかった。荒んだ憎悪と希いのもと獲得した、わたしの『霊髄』による独自能力。

「全ての【火】を喰い切ることはない。時間が経てば、お前の【火】も元に戻る」

命がある限り精霊も共にある。わたしたちは、己の【火】と生き続けなければならない。

「そんな……自分みたいな格下相手に、あっさりと手の内を明かしていいの？」

「その身で思い知っただろう。お前を降参させられるなら、安いものだ」

「あ――はは……嬉しいけど、それは自分のことを買いかぶりすぎだよ」

アイザックは肩を揺らして小さく笑うと――頷くように静かに瞬きした。

「うん。そうだね、思い知ったよ。自分はもう……ここでは闘えない」

そう言うと、倒れた状態のまま片手を五秒以上、天に向かってあげた。

それが〈帳〉での『降参』の合図らしい。周囲の気配がどよめきに転じる。

『こっ――降参ですッ！〈魔術使い〉からの降参の合図が！

【火】の暴走により焼身、瀕死(ひんし)の間際(まぎわ)の〈魔術使い〉を〈女徒手拳士(ゼロフィスカ)〉が組み伏せ、とどめを刺すのかと思いきや――両者生存、〈魔術使い〉降参で幕切れとなりました！

【火の祭典】本戦第一戦目、終了となります……っ！』

不本意露(あら)わな声で実況者が宣告するや、観衆の声が気も狂わんばかりの怒りに転変した。

「フザけんなァア！」「ちゃんと殺し合え‼」「血ィ見せて詫(わ)びろ！」「ブッ殺すぞ‼」

確かに観戦者からすれば肩透かしもいいところだったろう。残虐も、殺しも、期待していたものは一つもない。多少派手に火を噴き散らかしてやったくらいか。

わたしは周囲にかまわず、アイザックの挙がったままの手を取って立ち上がらせた。

アイザックは服が破れてはだけた胸を軽く撫(な)でると、やや呆(あき)れたようにこちらを見る。

「あなたは昨日からやたら観客を盛り上げてるね。……いろんな意味で」

知ったことではない。わたしは舞台をあとにした。

◆

《繭(クリザ)》が擁する観客席の一角――のさらに端くれの隅の席。

舞台は爪のサイズ、そこに立つ人間にいたってはゴマ粒サイズでしか拝めない通称『貧乏席』。そこで第一戦を観戦していた鹿撃ち帽の男と金髪の青年、もといカトーとパトラッシュは、覗（のぞ）き込んでいた双眼鏡を同時に膝の上におろした。

「……そりゃあ観客も荒れ狂うだろうな」

「いやいやいやいや！　かっけーでしょあのコ！　まじで超ヤバ！　あんな手数の少なさで、こんな圧倒することあるんスか⁉　激つよじゃないスかぁ！」

興奮で眼を輝かせるパトラッシュだが、周囲にひしめく観客たちは、かの少女の戦闘と決着——その全てに対する罵倒と怒声で茹（ゆ）で上がっている。

カトーは周囲の空気にかまわず、ふむ、と目を細めた。

「やるな、〈女徒手拳士（ゼロフィスカ）〉。この会場の空気を完全無視して、対戦者に降参させるとは」

「なおさら痛快っスよ！　さすがオレの推し！　んでもってオレの目に狂い無し！」

「やっとあの娘の【火】の能力もじっくり拝めたな。予選じゃカウンター技と見ていたが、相手の【火】に触れ、自分に取り込む——さながら【火】の精霊持ちにして【火】の精霊持ち殺しってところだな。当然『霊髄（クオリア）』の使い手レベルだろうよ」

「えっ、『霊髄』の使い手……って、まさか⁉　精霊との親和性を高める『真名（サウンド）』で作り出せる、独自能力としておなじみの、あの！」

「そう」

「ただの精霊持ちとは一線を画す！　人間の頂点！　それが『霊髄』の使い手ででで」

「うるせえ。自分も『霊髄』の使い手だからって、うっとおしいんだよなぁ」

「だからって耳もぎ取ろうとすんのやめてくださいよぉ！」

人は精霊の加護を授かり制御する過程で、己の精霊と心身との親和性の核となる『真名』という個々の言葉を有するようになる。洗礼や儀式、一定の年齢に達したら自ら決める——など国や民族、宗教により有し方は様々だが『真名』自体は万人が所持するものだ。

そしてさらに秀(ひい)でた精霊制御を果たした者が、「使い手」と呼ばれている。

彼らは『真名』を用いて心身と精霊との親和性を強化する『真名の契約(サウンド・フリエ)』を行うことで独自能力『霊髄』を持つ、通称・『霊髄』の使い手。パトラッシュの言う通り標準的な精霊持ちとは一線を画す存在だ。

「てゆーかむしろ、あのインテリひょろ青年の方は『霊髄』の使い手じゃなかったんスね。過剰な精霊の行使で自爆しかけるなんて」

「精緻な精霊制御だけ見れば、充分に使い手レベルだがな。てめえの【火】に呑まれたとはいえ——将来性はあるってところだ」

「にしても、やっぱあのかわいコちゃんの圧倒ぶりっスよ。少数民族には独自の精霊ブーストの裏技とかあるんスかね？」

「シンプルに奴(やつ)が強いだけだろ。裏技なんてあればとっくの昔に移民の白人を排除してる。……でも独自といえば、少数民族には『真名(サウンド)を交わし合う』って文化があるらしいぞ」

「エ⁉　どういうことっスか、『真名』を……交わし合うっ？」

「文字通りの意味だ。『真名』を持つ者同士がお互いの名を分け合うことで、相手の精霊の力も使えるらしい」

「マジスか⁉　それスゲ……て、待てよ？　『真名』っていわゆるＩＤ、いや他人に知られたら命取りって意味じゃ超重要パスワードっスよ。フツー分け合えなくないっスか？」

心身と精霊をつなぐ核・『真名』。それを他者に知られることは、心臓を握られるも同然だ。つまり『真名』を他者に呼ばれるや心身を強制的に支配される、ということになる。

「そりゃ俺らの感覚からすればな。あくまで少数民族内の伝承止まりだが、交わし合った両者は二種類の精霊を持ち合えるってことになる。もし本当にそんな技術が実在するのなら――見過ごす理由はない」

にわかにシリアスな鋭さを帯びるカトーの声に、パトラッシュは軽く肩をそびやかす。

「やーちょっとオレにはピンと来ないっスわ。――んなことより、当面の仕事っスよ隊長！　オレ〈帳〉ファイナリストたちの情報収集、見事完遂したんスからぁ！」

と、得意げに身を翻し、腰のベルトに丸めて挟んでいた紙束をさっと掲げて見せた。

「ちょ、お前な、ふざけんな。大事な調査資料をんな無防備に持ち歩いてんじゃねえ!」

「あえてっスよ。貴重な資料を競馬新聞みたいに扱ってるなんて誰も思わないっしょ?」

「冗談か本気か区別しにくいんだよ、お前の言動は……」

カトーはしかめっ面で書類の束を受け取ると、紙面上へすばやく眼を走らせた。

「で、お前の見立てとしてはどうだ? ファイナリストのうち該当しそうな奴は」

「ふっ、聞いて驚かないでくださいよ………ゼロっス! 該当者なし!」

「そうか。ご苦労。じゃあこいつらは全員調査対象から外す」

「んあれ? ここで『本当だろうな?』とか『サボってねぇのか』はないんスか……?」

「ねぇよ。ああ、あとこの資料は『別口』が使うから大切に保管しとけよ」

カトーはきょとんとするパトラッシュへ書類の束をまとめて返した。

「お前の人間性はともかく、調査能力に関しては全幅の信頼を置いてるんでね。

空間の振動で声を拾って広範囲の情報を取得できる【風】の『霊髄』〈順風耳〉、だよな。並みの制御じゃ及ばない、超緻密な技能だ」

書類を受け取りポカンとしていたパトラッシュは――たちまち眼を輝かせた。

「た……たたた隊長ぉー! マジっスか隊長! オレ、今の言葉で全てが報われた気ぃするっス！　この先も隊長と調査のため、オレの『霊髄』と身命をささげるっスぅ！　全ては帝国のため！　取材もとい調査、記事という名目の報告書、必ずや仕上げるっス！　張り切ってわれらがスフォルツァ帝国から盗まれた【火】の精霊持ちに関する機密技術情報の追跡キィヤアアァァ⁉」

「うるせえ。すっげぇうるせえ」

「いま隊長が前歯引き抜こうとしたあああ⁉」

「これ以上叫ぶならついでに舌も引きちぎるぞ？　あと、デケぇ声で『調査』の詳細喚（わめ）くなよ。新聞記者に扮装（ふんそう）してる意味がねぇ」

「うっ、すみませんっス、興奮して。あと隊長にこき使われた激務の疲労で」

「ああ言えばこう言う奴だな」

――スフォルツァ帝国。十年前この共和国を侵攻し国境間で退けられた帝政の大国。二人はそこから密入国を果し、この〈帳〉観戦者に紛れ込んでいた。『ある調査』のために。

カトーの半眼にパトラッシュは、にぃ、といたずら小僧のような笑みを見せた。

「いやぁ、密入国もあっさり果たせたし、偽造身分証で取材記者として《繭（クリザ）》にも入れたんで、共和国ってチョロいなーってのが正直なとこっス。現に今のオレの失言だって、誰も気にせずワーワー盛り上がってるし。やっぱ共和国民てヌルいっスよね」

「そんなチョロくてヌルい連中に、帝国は例の精霊技術を盗まれたんだよ」

「まっ、それもそうっスよねー。帝国もシャバいっスわ」

例の精霊技術――それは【火】の精霊持ちを別の精霊持ちに転換するという、超機密レベルの医療技術だった。それを共和国の何者かに盗まれた。その容疑者を特定するべく、国防調査員である二人は帝国から派遣されている。

「しかしよぉ……【火】に関する精霊技術が盗まれたからって【火】の精霊持ちが集結する〈帳〉にいる奴らが怪しいなんて、上の指示も短絡的すぎるんだよな……」

「あ、でも今回のファイナリストの中には医者っぽいのいたっスよね。ついさっきの」

「まあな――て、お前さっき該当者から外してなかったか？」

「後ろ盾もない、いち個人が帝国から技術盗み出すなんて現実的じゃないっスからね。でも流出した情報を受け取ったって可能性はあるっスよね。医療技術を施せる腕があるならもしかして――隊長、さっきの報告訂正っス。該当候補、あの――さっきのやつ！」

「名前くらい憶えとけアホ……まぁたしかに、奴には例の技術を行使する技能はあるが」

「んあれ、でもあいつ自身は【火】の精霊持ちのまんまっスよね」

「アホか。別精霊の転換なんて技術が一朝一夕で済ませられるわけがねぇ。まずは相当な数の実験体が必要になる。最近死体の山が発見された事件でもあれば怪しいが」

「それ調べてみるっスよ」

「ああ頼む。――それと、コイツの調査も追加でやっとけ」

すっと眼の前に差し出されたメモに、パトラッシュは「ん？」と怪訝になる。

「なんスか、これ。人名？」

「オーレン・マルス・ペフェルタクスっていうお偉方だ。南西地方の代議士」

「え、知らねっス。何なんスかこいつ？」

「昨日、予選敗退者が《繭》に乱入して大暴れした騒ぎがあったろ。そこで巻き込まれたのがかの代議士のご令嬢だったらしい」

「はあ」

「その代議士の前職業は医者だ。ついでにこいつの動向も確認よろしく」

「や、よろしくじゃないっスよ隊長ぉ⁉」

パトラッシュは立ち上がり、周囲で怒号を飛ばす観客と似た不満顔でカトーに詰め寄る。

「ついでの方が厄介っスよぉ！　代議士なんてガード堅くて〈順風耳〉で拾える情報も限度あるし……えーやだやだ！　お堅い野郎の調査なんて中耳炎になるっスよぉー！」

「――いいなー」

突如。背後の座席から、ひょろりと細い気配がこちらに身を乗り出してきた。

駄々をこねていたパトラッシュが間抜け面で「へ？」と振り返る。

こちらの背もたれに腕を乗せ、眼差しを寄せる者がいた。中肉中背に、短く切られた紺青を帯びた黒髪。中世的な顔立ちで、首から下の滑らかなラインから女性だということが判別できる。上下黒ずくめのパンツスタイルに、首からはカメラを一台下げていた。やけに長い手足が唯一の特徴といってもいい。

「よす」と、挨拶のつもりか、小さく手を挙げて見せる。

「その資料、いいね。今回の〈帳〉ファイナリストの情報でしょ？」

寝起きのような流し目のような視線が、パトラッシュの手元の資料を捉えている。

「実は取材であちこち動き回ってるのはいいんだけど、全然情報が拾えなくてさ」

「あー……取材。あんたも記者っスか」

「私じゃファイナリスト達の姿をカメラに収めるので精一杯なんだよね」

と、気怠げな猫背姿勢のまま、首にぶら下げたカメラを掲げて見せる。

「もしよかったら、その情報とこっちの画像シェアしない？」

「えっ、いやっスよ。これは調査ほうこく……じゃなくてうちの記事にするんスからっ」

新聞記者という表面上の身分を思い出し、パトラッシュは慌てて言い直した。

「写真もあった方がいい記事になると思うよー？　しかも君の推してるゼロフィスカのか

っこいい写真もたくさん撮ったし」

「え、マジっスか？」

身を乗り出したパトラッシュの額を、カトーがすかさず叩く。

うぎゃ、と呻く部下に代わり、カトーは女カメラマンを肩越しに見やった。

「同業者かよ、ご苦労さん。ならこの情報の重要性は分かってんだろ」

「もちろん」

「盗撮写真なんかじゃ釣り合わねぇぞ」

「えー。結構価値はあると思うけどな。大変だったんだよ？　《繭（クリザ）》の隅から隅まで探し回ってファイナリスト全員カメラに収めるの」

「そうかい。だが割には合わん。なにせうちの優秀な部下が集めたこの情報は、今〈帳〉にいる取材陣の誰よりも豊富で高品質なんでね」

その言葉に、額を押さえていたパトラッシュの顔が「隊長ぉ……！」と感激に転じる。

「……ふーん。じゃ、駄目なんだ」

「交換条件に追加がある」

カトーはパトラッシュから人名の書かれた紙切れを回収し、女カメラマンへと手渡した。

「そいつは今〈帳〉観戦に家族で連れ立ってきているお偉方だ。そいつの身辺、近況、過去――なんでもいい、詳細な情報をよこせ」

「ペフェルタクス……南西の代議士か。へー、こいつにファイナリスト達の情報並みの価値があるってこと？」

「さあな」

　カトーの眼の奥が細く鋭い光を帯びる。それ以上は踏み込ませない圧に女カメラマンは、

「わかった」と、平淡な口調で頷（うなず）くと、背もたれに預けていた躰（からだ）を起こした。

「それじゃこの情報と、おたくの若手記者の情報と交換するってことで」

「そっちはファイナリスト達の画像付けるの忘れるなよ」

「……ちゃっかりしてるなぁ」と、ぼやいて立ち上がる彼女に、カトーは問いを足した。

「そうだ、あんた名前は？」

「ヨヨット」

　立ち去る背中が簡素に答える。喧騒（けんそう）にありながら、その声はやけに明然と耳に届いた。

　彼女――ヨヨットの姿が見えなくなったところで、パトラッシュが口を開いた。

「て、いいんスか隊長？　貴重な情報、簡単に渡しちゃって」

「記者に扮（ふん）したメリットは使っていこうや。効率よく情報収集ができる。

まぁあいつ記者っぽくなかったけどな。なんだあの覇気のなさは」

するとカトーの横に座ったパトラッシュが、ぷふっ、と噴き出した。

「隊長だって人のこと言えないっスよ〜。ずっと気になってたんスけど、なんでその死ぬほど似合わない鹿撃ち帽被ってるんスか？　まさか記者の扮装のつもりぃたたぁあー！」

「扮装に帽子は基本だろ」

「どこの基本っスかぁ⁉　てーか隊長ブレーンクロー痛い！　ちょっと聞いてみたかっただけなんスから、頭蓋骨の形変えようとすんのヤメて！」

「弄る気まんまんだったじゃねぇか。

——さて、一つ情報収集の手間が省けたんだ。じゃれてねぇで『調査』始めるぞ」

「そーやって隊長は人のことこき使って——て、あれ、隊長どこに行くんスか？」

おもむろに動き出したカトーは、後を追うパトラッシュへ振り向かずに答えた。

「お前が言ってた、『該当者候補』の一人に会いに行くんだよ」

【第三幕】導火線たちの交錯

腕の傷は【火】で焼いて塞げばすぐに血も止まる。

相応の痛みも伴う荒療治だが、今までも一人で闘っていた折頻繁に使ってきた手法だった。今も動かす分には支障ない。

第一戦を終え、わたしは厄介な喧騒を逃れ控室に向かって歩いていた。昨日の様子からして、他の場所よりは幾分か静かなはずだ。

そこから――声がする。反射的に扉の前で立ち止まった。

「――だろ？　悪くない話だ。きみらにとっても、こっち側にも」

いやに芝居がかった言い回し。ユルマンの声だ。

「つまりこれは勝者にも敗者にも美味しい話なのさ。現に今賭博で一番盛り上がってるカードがきみら第三戦。注ぎ込まれた金額は前回の決勝戦並み、いやそれ以上だ。観客らも判っているんだよ、きみらの対戦が『事実上の決勝戦』だってね」

話し相手は扉から離れたところに居るのか、返す声は低くくぐもっていた。

「……が全部こっちに回るっていうのか？」

「莫迦(ばか)な。そんな上手(うま)い話が——」

漏れ聞こえる話は、途切れ途切れのまま続く。

埒(らち)が明かない。わたしは扉を開けた。

無遠慮に登場したわたしを凝然と見たのは、二人の男だった。

身丈よりも長い槍(やり)を背負った魁偉(かいい)な日焼け肌の男と、腰の両脇に二振りの曲刀を下げた無精ひげの男。

じっと無言で見つめ返していると、二人はほぼ同時に目を逸(そ)らした。

「——おっとぉ、フィスカちゃんじゃないか」

すぐ横からなれなれしい声がかかる。腰の刀に片手を載せて立つユルマンが笑みを寄せてきた。扉越しにわたしの気配を察知していたのか、二人の男より余裕がある。

「その様子だと、第一戦目は勝利したんだろうね。どうだった？　初めての〈帳(とばり)〉は」

「いかれた祭典だ」

にべもなくわたしが言い放つと、ユルマンは陽気な声をたてて笑った。

「あっはっは。これ以上ないくらい、的確なご意見だね。経験者だと感覚が慣れるもんだから、〈帳〉がいかに狂った催しかってこと忘れがちだよ——なあ、お二方？」

その問いかけに、しかし二人の男は何も答えない。その仏頂面に、直前まで交わされていた話に関わる「何か」を内包したまま、二人は控室の扉へ向かってしまった。

わたしが眼で追っても見向きもしない。扉が閉ざされ、二人を追う視線が阻まれる。

「シャイな奴らだねぇ」

会話が中断されたのに、なぜか可笑しそうにユルマンはくっ、と小さく喉を鳴らす。

「あの二人と何の話をしていたんだ」

単刀直入にわたしが問うと、ユルマンは企むような笑みを作って見せた。

「相談だよ。俺ぁ昨日〈帳〉に現れた美しい子に一目ぼれしてね。どうしたら落とせるもんか助言を乞うたのさ。なにせ孤高な獣のような存在だ。やっぱりここは搦め手より正攻法かなぁ」

「喉笛でも食いちぎられてこい」

「そりゃあ斬新なアドバイスだ」

まっとうに答える気はないようだ。軽薄に笑うユルマンをわたしはひとにらみする。

「あの二人は誰だ」

「年季の入った武闘派って感じだったろ？　長槍持ちが〈火閃〉のシムシェで、曲刀二刀流の方が〈煉鉄〉のマグノリオだ。二人は第三戦目でぶつかる。

もともと因縁のある二人でね、仕事柄対立する組織に雇われることも多くて、会えば鍔迫り合いする仲だ。ふっ、あいつら〈帳〉予選の五日前も街で大喧嘩して警察官憲にしょっぴかれて、予選当日にギリギリで釈放されたとか。ほんと血の気の多い奴らだ」

わたしは眼を瞬かせた。ユルマンの話が本当なら、虐殺のあった日、彼ら二人は警官に拘留されていたということになる。

だが——別の疑惑が残った。

「あの二人に言っていた、『悪くない話』とはなんだ」

「——ナイショ」ユルマンはひっそりと、立てた人差し指を口元に添えて見せた。

「男子の恋バナを詮索するもんじゃないさ。なにせ男心は乙女よりもデリケートなんだからね」

「………その指をへし折るぞ」

露骨にはぐらかすユルマンの芝居臭さに、わたしは鼻づらをしかめて唸った。

「ふ——辛口だなぁ、フィスカちゃんは。……おや、待てよ？　フィスカちゃんがここにいるっていうことは、次は第二戦目か。俺の出番じゃないか」

「！　舞台にいなければいけないんじゃないのか？」

「まだ余裕でしょ。一戦終わるごとに上品な観客たちがメシ食ったりクソしたりする、長ったらしいご歓談タイムが設けられてるからさ。どう、これから俺と食事でも」

「断る」

「つれないなぁ」

へらへらと笑いながら、ユルマンはだらけた足取りで扉に手をかける。

「そんじゃ、ぼちぼち舞台に参上しますかね。俺の対戦相手、初参戦の〈炎砲〉のローズリッケなんだよ。手の内が読めなくてちょっと心配なんだよねぇ」

「会えばすぐに判る。全部本人が自分で喋るから」

「――なるほど。それはいいこと聞いた」

控室を出る間際、ふっとユルマンはこちらを振り返って来た。

「そうだ、控室も《繭》のあちこちでも、昨日の乱闘騒ぎみたいなことがあったら大変だ。よければ舞台袖で俺の応援しててくれない？　きみが傍にいれば力が漲るってものさ」

例のうさんくさい笑みとともに、ユルマンはウインクまでしてきた。

――そういうわけで、わたしは控室を出て《繭》の回廊にいた。

ユルマンが舞台上でどうくたばろうが知ったことではない。余計な時間をとってしまったが、わたしは本来の目的――ファイナリストたちと接触すべく、まずは人気の多いところに赴くことにした。

昨日と同じルートで回廊に出ると、外壁が崩壊した廃墟(はいきょ)のような光景が広がっていた。この辺りだけ人払いをすることで、表面上は恙無(つつがな)く〈帳〉を進行するつもりなのだろう。あの大男カイザーによる乱闘の痕跡は昨日のままの状態だった。見回す範囲に人はいない。

──話が違う、聞いてない──ふと、昨日大男が喚(わめ)き続けていた言葉を反芻(はんすう)した。奴の言葉と、その直後のユルマンによる意味深な呟(つぶや)きは、つながっているような気がする。

──本戦に出てもらわなきゃ、こっちも仕事のしようがない──そう言っていた。

つい先ほどのシムシェとマグノリオへの『相談』といい、あいつは充分に不審だ。胡散(うさん)臭(くさ)さで嗅覚が正常に機能しないほどに。

「ユルマンが、同胞たちを、わたしの半身を──殺した」

かりそめに、口にしてみる──が、どうしても馴染(なじ)まない。

大切なものが鏖(みなごろし)にされたあの日に、「人を殺していた」と答えたあの男を、わたしは仇(かたき)だとは思えなかった。それは間違っても奴の人間性にほだされたわけではない。

仕事で人を殺せると言った彼と、あの森の虐殺とが結びつかなかったからだ。

あの場に残っていた気配に結び付くとすれば──観客席で興奮した声を撒(ま)き散(ち)らしてい

る連中の獰猛で凶暴な気配の方が、よほどしっくりきた。

今、どこにいる。何をしている。皆を殺し、わたしを銀板でここに招き寄せたものは。わたしが舞台に姿を晒しても、その気配すら未だない。どこかで〈帳〉の行く末を眺めているのだとしたら、そいつの狙いは一体何なのか——

……わたしは思考の詰まりを感じて、一度大きく息を吐いた。考えるのは苦手だ。そういうことはいつもあいつに——わたしの半身に任せっぱなしだった。

（いいんだよ、お前は感覚先行だからな。頼りにしてる）

長老から次期族長と認められるずっと前から、彼女は思慮深く、皆を慈しむ人間だった。幼くして、あるいは生まれた直後親を奪われた子供たちにとって、彼女は親であり姉であり、支えであり導きだった。老人の忌避に構わず、わたしにすら触れた——

そんな彼女と共にいたから、子供たちも皆わたしを恐れず、真っ直ぐに慕ってくれた。アイザックを生かし闘いから降ろせたのも、あいつの言葉があったからだ。

だからわたしは彼女の盾と矛になり、守り抜くつもりだった。命をかけて。なのに。

「先に、死ぬなんて……」

自分の弱い呟きで我に返る。だめだ、考えても状況が拓けないのなら行動するしかない。そう、わたしは感覚先行だ。

眼の前の砕けた壁からの陽の光を見据え、足を動かしかけると、

「あーっ、いた！　見つけた！　逃げ隠れしたってムダなんだからね、ゼロフィスカ！」

――聞き覚えのある声が、背後から弾け飛んで来た。

振り返ると、回廊の奥から少女が二つ結びの赤毛を弾ませて近づいてくる。

ローズリッケだ。円らな瞳と子供っぽい顔を凄ませており、なんだか剣呑だ。

「わたしに用か」

「当然でしょ！　対戦前の貴重な時間をゼロフィスカ探しに費やしたんだから。

あんたとあたしの因縁を忘れたのっ？　何ならここで決着つけてもいいんだからね！」

わたしの真正面に立つと、ローズリッケは鏃のように人差し指を突き付けてきた。

「因縁」

単語をおうむ返しするものの、ぴんとこない。

正面対峙で仁王立ちする少女だけが、いやに滾っていた。

「そう！　あんたはこのあたしの晴れ舞台を奪い取ったでしょうが！」

人気のない回廊に、ローズリッケの朗々とした声が響き渡る。

「昨日、この場所で！　全国各地からの記者たちが大勢詰めかけてこのあたしに注目して

たっていうのに、最後の最後でみぃーんなゼロフィスカの方に殺到してっちゃったんだから！　おまけによくわかんない乱闘騒ぎまで起こったし。

結果——このザマよっ！　みてよ今朝の新聞！　ほらこれ！」

わたしを指さしていた方とは反対の手が翻り、がさりと新聞紙をかざしてくる。

鼻づらに寄せられた紙面にピントを合わせると、そこには無表情のわたしの顔が大写しになっていた。思わず眼を逸らすと、紙上あちこちに散っている見出し文を拾う。

『【火の祭典】異例の幕切れ』『少数民族の進出』『本戦開幕前に乱闘騒ぎ』

「…………」

眉を顰めた。昨日の一連の騒動が、まるでわたし一人の仕業であるかのようだ。

だが、ぱっと新聞紙を横に振って現れたローズリッケの顔の方が憤慨していた。

「ね!?　やってらんないでしょ！」

言葉そのものには大いに同意だが、おそらく彼女の怒りとわたしの不快は別物だ。

「昨日負けたバカが大暴れしたせいで、あたしの扱いが米粒程度になっちゃってんの！

本当ならあたしの写真と名前が各紙一面を席捲してたのにー！」

あんたもそう思うでしょ、と言わんばかりに彼女は怒りをぶつけてきた。

「あたしが本戦開始前から大サービスであんなに大勢の取材に応じてあげてたのにさ！

あんなサービス精神旺盛なファイナリスト、他にいなかったでしょ絶対！」

「……ずいぶん乗り気で応じていたように見えたが」

「そりゃあしょうがないわよ。あたしって強くてかわいくてかっこよくてキレイでしょ？　あたしの有り余る魅力が、自然と記者達を招き寄せ、相乗効果で取材も盛り上がっちゃうんだもん。持って生まれたスター性ってやつね！」

ふっと赤毛をかき上げると、腰に手をやり得意げな笑みでポーズを決める。

が、すぐにキッと尖った眼差しをこちらに向けてきた。せわしない娘だ。

「でも！　あたしが軽んじられた発端はあんたの登場にあったのよ、ゼロフィスカ！」

急に矛先が戻って来た。

「なんであたしの晴れ舞台を奪い取ったのよ！」

「そんな覚えはない」

「とぼけんじゃないわよ、記者が全員あんたに殺到してったじゃない！」

「わたしが呼び寄せたわけじゃない」

「じゃあなんでみんな無言で突っ立ってただけのあんたの方に流れてったのよ！」

「知らない」

「もうー！　なによずるいよ、いいとこ全部持ってってー！」

とうとうローズリッケはその場で地団太を踏み出した。手に握りしめた新聞紙が彼女の有り余る【火】に触れたのか、一瞬で燃えて真っ黒な消し炭と化す。

「……落ち着け」

垣間見えた【火】に彼女のただならぬ火力を感じ取り、思わずわたしは呟いた。

「それだけ目立つなら、〈帳〉が終わった後でもお前には記者が寄ってくるんじゃないか？」

「どーだか！　あいつらいざ本戦が始まったら勝ち進む奴にしかスポット当てないのよ。まぁ、負けたやつはほとんど死んだからっていうのもあるけど」

「だったら勝てばいい」

「あ、それもそうね」

パチン、と指を鳴らすや、その表情が燦燦と輝き出した。

「そうよ、要は勝てばいいんだもんね！　で、優勝したら今度こそ一面トップであたしの姿が載るってわけだわ。なぁーんだ、簡単じゃない！」

底抜けの眩しさを放つその笑顔に——わたしは軽くめまいを覚えた。

奇しくもファイナリストと接触はできたわけだが、今眼の前にいる少女がわたしの目的に該当する人物とは到底思えなかった。彼女にあの日の動向を問い質したり、あれこれと探る必要すら感じられない。

でも……いちおう、訊いておくか。

「ローズリッケ。お前は四日前にはどこで何をしていた？」

「へ？　一週間前からこの辺、カルファルグ市内にいたわよ。予選の参戦に洩れたら大変でしょ。あたし、遅刻とかすっごい気を付けるタイプなのっ」

「そうか」

「ちなみに一昨日は祭典前の肩慣らしに、カルファルグで有名なチンピラ集団をぶちのめしてたの。ひったくりとか集団リンチの常習犯だったんだから。捨て置けないでしょ」

「そうなのか」

そのあまりに真っ直ぐな正義漢ぶりに、心中で感心してしまう。

「ふっ！　ただの喧嘩じゃなくて、あたしの大捕り物だって判った警察官憲たちの驚きっぷりったらなかったわね。【火】の精霊持ちが悪を挫いて何が悪いってのよ」

「お前のように、人前で堂々としている【火】の精霊持ちの方が珍しいんだろうな」

そう言うと、ローズリッケはつまらなそうに肩をそびやかした。

「あたしの故郷でも【火】の精霊持ちはとにかく慎ましく、気配も隠すように生きなきゃいけないなんて空気があったけど、そんな馬鹿馬鹿しいことないわよ。

精霊なんて関係ない。あたしはやりたいようにやるし、心のままに生きる。それに――あたしの持って生まれた魅力を、この世の中が黙って見過ごすはずがないでしょっ！」

日の昇る方角を指すのと同じくらいの当然さで、ローズリッケは宣った。

「そんなわけで、あたしの魅力に釣り合う晴れ舞台といったら【火の祭典】以外ないと思って出場したの。予選も余裕だったし次も勝って、あたしが優勝するってわけよ！」

どういうわけなのかは知らないが。

混じり気のない自信に溢れた彼女を見て、わたしは思わず口にしていた。

「お前に死なれたら悲しくなりそうだから、応援してるよ」

すると、ローズリッケはびっくりしたように眼を瞬かせた。

「えっ、なにっ？　ゼロフィスカ、実はいいやつなの？」

「いや――」

思わず言いよどむ。さっきまで因縁どうこう言って噛みつこうとしていたのに、ローズリッケはしげしげとわたしの顔を見つめ出した。

「そうよ、昨日だって記者に囲まれていたあたしを陰から拝みに来てたんだもんね。よっぽどあたしに注目してたってことでしょ？」そこではっと目を見開く。

「そっかゼロフィスカあんた――あたしのファンだったのねっ？」

どうしてそうなるんだ。

わたしが言葉を逸して口を半開きにしていると、彼女は勝手にこくこくと頷き出した。

「なんだそういうことなら最初っから言ってくれればよかったのに！　あたし、ファンは大切にするタイプだから！」

「……そうか」

もうなんとでも言え、と適当に相槌を打つと、ローズリッケの表情がふと曇る。

「けど、ちょっと残念ね。だってあたしが第二戦で勝ったあかつきには、明日の準決勝の対戦相手がゼロフィスカなんだもん」

明日は第一・二戦の勝者と第三・四戦の勝者同士の対戦なのでそういう流れになる。

「まあ、その時はその時ね！　正々堂々、いい闘いにしましょう！」

すでに準決勝に勝ち進んだような体で、ローズリッケは堂々と言い放ってきた。

これから開始する第二戦目。たしか彼女の相手は――

「次のあたしの相手はアイツでしょ、〈炎刀〉のユルマン！　本戦出場経験はあるらしいけど、あんな嫌われ者に、あたしが負けるわけがないわっ！」

「ユルマンのことを知っているのか」

「え？　ゼロフィスカ、あいつのこと知らないの？」

考えてみれば、ユルマン当人以外から、彼のことについて知る機会がなかった。

ローズリッケは遍く知れ渡った話題とばかりに、もったいぶった様子もなく喋り出す。

「アイツは『万屋』よ。腕がいいってかなり有名で、表でのさばる力自慢とか、裏稼業を生業にする連中にも知られてるの」

「裏稼業にも」

「そっ。だから悪い連中ともつながってるし、本人だって悪行もするし」

——三日前なら、俺ぁ人を殺していた。

仕事で。そう言っていたあの男の言葉を思い出す。彼の生業について具体的に訊き出せはしなかったものの、その底知れなさだけは充分に感じ取っていた。だが。

「それでお前が言う『嫌われ者』になっているのか？」

違和感があった。ユルマンの言う通りなら【火】の精霊持ちが裏稼業や後ろ暗いことを請け負って生きることは珍しくないはず。嫌われ者呼ばわりされる理由とは思えない。

ローズリッケは再びあっさりと答えた。

「だってアイツは政府筋とも通じてるって、もっぱらの噂だもん」

「政府筋？」

「そうよ。共和国の政府関係者とか。お偉方直々の依頼にも応じてるから、自然に同業者とぶつかっちゃうのよ。もともと官民って対立しがちでしょ。それで民間はもちろん、裏稼業の連中もアイツと敵対することが多くなるってわけよ」

「それで『嫌われ者』か」

「そうよ。しかもしぶとく生きてるしっ！」

裏と表を渡り歩き、同業者と対立しながらも未だ健在——物騒な世界であればあるほど驚異的なことなのではないか。むしろ脅威すら覚えるほどに。

「けど、奴の悪名もここまででしょうねっ。なんせ次の対戦ではこのあたしが——」

ローズリッケが腰に手をやり仁王立ちを決めようとした矢先。

「きゃあああああっ」

唐突に、幼い子どもの切迫した悲鳴が回廊の向こうから飛び込んで来た。

「——いやっ、やだっ離して……っ、誰かっ……」

「おとなしくしろこのチビガキ！」「おいっ騒がれる前に黙らせろ」

見ると、人気のない回廊の一角に男二人が身を寄せ何かを押さえつけていた。

そこからばたばたと暴れる小さな手足が見える。

「なにしてんのよこの悪党どもがあああああっ！」

すぐさまローズリッケが吼え、瞬時に手にした拳銃も吠えた。

まばゆいほどの橙色の炎が伸び、数十メートル先の男二人の背中を一瞬にして吞み込む。

「おいっ——」

思わず声を荒らげる。彼らに襲われている子供がすぐ近くにいるはず。

「きゃふ」

すると小さな躰が悲鳴とともに転げ出た。炎に圧されてはじき出されたのだろうか。駆け寄って抱き起こしてみると、怪我や火傷もないようだ。

「平気か」

「は——はいっ、」

「うぅぅぎゃあああぁぁぁ!?」「あづいたすけてえええ!」

炎に巻かれ床をのたうち回る男二人に、銃を携えたローズリッケが仁王立ちして見せた。

「ふっ、どこの誰だか、なにしようとしてたのか知らないけど……とにかく悪党は問答無用で成敗するに限るわねっ!」

言い分に異論はないが、もし誤解や勘違いだったらどうするつもりだったのだ。

「子どもは無事だ。そろそろこいつらの【火】は消してやれ」

「へ? 消すって? 火は燃え尽きるまで燃やすもんでしょ」

「！　早く消さないとこいつら消し炭になるぞ」

精度は粗いものの、彼女の火力は放っておけば火葬もできそうな熱量だ。慌てて詰め寄ると、きょとんとしていたローズリッケはすぐに自信に満ちた表情を返してきた。

「安心しなさい！　死にはしないわよ。みねうちだから！」

「意味わかってないだろ……」

わたしは手を伸ばし、のたうち回っている男二人の【火】に触れた。炎が失せ、足元には熱と火傷で全身を鬼灯のように赤くした悪党（おそらく）が転がっている。二人とも悪夢に襲われた直後のように、ひぃひぃと喘鳴を繰り返していた。

「失せろ」

それだけ言うと、男どもは赤ら顔を歪めながら「『禍炎』どもが！」「地獄に落ちやがれ！」と捨て台詞を吐き、伏し転びながら回廊の向こうへと退散していった。

幸いにも勘違いではなく、ただの悪党だったようだ。

ふんっ、と銃を収めたローズリッケは鼻を鳴らす。

「カルファルグって治安悪いのね。ちょっと身なりの良い子供見つけたら、誘拐して親から身代金をぶん獲る卑劣な奴が多いんだって。まさか《繭》にも出没するなんて」

ようやく安心したように、わたしの腕の中にいた少女がそっと顔を上げる。

「ありがとうございます、お姉さま」

「ふっ、いいのよお礼なんて。当然のことをしたまで」

「憧れのお姉さまに助けていただけたなんて……あたくし感激です！」

「んお？」

変な声とともにローズリッケが少女を見下ろす。が、少女の熱っぽい視線はローズリッケではなく、わたしを真っ直ぐに捉えていた。

目にも鮮やかな金髪と翡翠の眼。上品なワンピース姿の少女は——

「昨日、ここで会ったな」

「はいっ」わたしの言葉に、少女は嬉しそうにうなずく。

「昨日も暴漢に襲われかけたところを、お姉さまに助けていただきましたわ」

ローズリッケに屯していた取材陣を眺めていた時、わたしの足元に現れた子だ。

少女はわたしの前に立ちワンピースの裾をつまむと、ちょこんと膝を折って見せた。

「申しおくれましたわ。あたくし、コルレス・フロル・ペフェルタクスと申します。南西都市ケルビウの代議士、オーレン・マルス・ペフェルタクスの娘ですわ」

口にし慣れた様子の挨拶をすると、人形のように可憐に一礼する。

「昨日あなたのお姿を拝見して以来、すっかり『とりこ』になってしまいましたの！　ど

うそお見知りおきを、お姉さま」

　にっこりと眩しいほどの笑顔を見せられ、わたしは阿呆のように棒立ちをしていた。

「て、ちょっと待ったぁ！　昨日もさっきも、助けたのはあたしなんだけど!?」

　向かい合っていたわたしと少女の合間に、ローズリッケが文字通り割って入ってきた。

「あたしのこと思いっきり無視して失礼なくせに、口調がばか丁寧だし。お嬢様か！」

　不機嫌露わなローズリッケを、コルレスと名乗った少女は落ち着きある眼で眺めやる。

「あ、ごめんなさい。あたくし、お姉さまのことしか見えていなかったんです。

先ほどは助けていただきありがとうございました」

　礼節は整っているもののどこか薄情な受け答えに、ローズリッケの眉根は険しいままだ。

「もうっ、わかってないわよ、ちびっ子！　あたしがいなかったら、あんたは悪党に攫われて変な薬で生殺し状態の廃人にされて、身代金たんまり絞り取られてたのよっ」

「まあこわい。あぶないところを、救っていただきましたわ」

「ふっ、分かればいいのよ。まぁあたしの実力なら余裕だし」

　ようやく機嫌が直ったローズリッケに、コルレスは小首を傾げ純朴に問いかけてきた。

「ですが、あなたはお姉さまほどお強くないのでは？」

幼い子供ゆえの余計なひとことに、「なっ」とローズリッケは瞬時に点火した。

「なぁんですってぇ⁉」

「お手元の拳銃による火炎の砲撃のようですが、火力を優先する分精度が低いとお見受けしますわ。大人数相手の予選ならまだしも、一対一の本戦ではかなり分が悪いのでは？」

両手の指どうしを合わせながら滔々と、しかも的確に指摘してのける少女に対し、ローズリッケは分かりやすいほどに悔しそうな顔をする。

「そんなのっ！　あたしの実力があれば平気だもんっ！　不利なわけないでしょ！」

「まあ。そうなんですのね。ご武運をお祈りしていますわ」

「なんか上から目線で応援されてる気がするんだけどっ？」

もはやローズリッケがコルレスに往なされている。どちらが年上なんだかわからない。

「――ローズリッケ、そろそろ第二戦目が始まるんじゃないのか」

わたしの言葉に、がばっとローズリッケは顔を上げた。

「はっ、そうよ！　こんなところでちびっ子に好き勝手言われてる場合じゃないわ！　そういうわけだからゼロフィスカ！　次に会うのは準決勝よ！　因縁の決着はキッチリつけてやるんだからねっ！」

指をつきつけ言い放つと、ローズリッケは弾丸の勢いで回廊を走り去ってしまった。裏通路を使った方が早いはずだが、あくまで人の目がある表舞台を突き進むらしい。

見当はずれな因縁を蒸し返され内心溜息(ためいき)を吐いていると、コルレスが純粋そのものの笑顔で、じっとわたしを見上げている。

「やっとゆっくりお姉さまとお話ができますわ」

「……わたしに用か」

屈託のない友好的な雰囲気に気圧(けお)され、ぎこちなく問うた。彼女はいつの間にか、いや、初対面の時からわたしのことを「姉」よばわりしている。ワ族の子たちから血のつながり関係なく呼ばれていたのでさほど抵抗はないが——丁寧すぎるその言葉は、妙にこそばゆくて落ち着かない。

コルレスはあらためてわたしの全身を上から下までまじまじと見つめ、胸元で手をあわせながら、ほう、と息を漏らした。

「艶(つや)やかな肌に無駄のない体の線。しなやかな手足はただ動くだけで流麗な舞いのようでしたわ！　紅玉(ルビー)のように鮮やかな眼(め)に、月の光のような白い髪……！　やっぱりお姉さまは美しいわ。なにより、とってもおつよくていらっしゃる」

「………」

眼の前の少女から称賛されているのだと理解するのに数秒かかった。

こんな無防備な状態、もし戦闘であれば優に五回は致命傷を喰らい、躰中の臓腑を晒していただろう。

「……何を言ってるんだ」

思わず口走る。肌の色も振る舞いも、目や髪の色も、他人からは詰られる材料でしかない。こんな陶然とした眼差しと笑顔が向けられるなんて。

(姉ぇの色、だいすきよ——)

わたしを慕ってくれた子たちの、もう二度とこの身に受けることがないはずの——

「あたくし、お姉さまのこと大好きなの！」

真っ直ぐな、親愛の言葉。

何も返せず茫然とするわたしに、コルレスは上品で丁寧な口調で語りかける。

「あたくし、少数民族居住区域にはご縁があるんです。代議士のおとうさまが、あの区域を管理していらっしゃるから。ちなみにお姉さまはどちらの民族の方ですの？」

「ワ族」

「ワ族！　あのきれいな碧い色の民族衣装の……！　あたくし、大好きですわ」

「…………そうか」

芳しくないわたしの反応にも、少女は眩しいばかりの笑顔を咲かせる一方だった。棒立ちしているわたしの手をそっと手に取り、その両手に包み込む。

「あたくし、少数民族の方々にとっても興味があるの。おとうさまのお仕事で、少数民族居住区に出かける時はご一緒して、よく区域に足を運んでいるんです。この土地で長きにわたって文化を築いて来られた方々と、もっと仲良くなりたいと思っていますのよ」

幼いなりに紡（つむ）がれたあどけない言葉に、わたしは徐々に平静を取り戻した。

仲良くなりたい――少女の言葉は、移民たちによって荒野同然の痩せた土地と森だけの区域に追いやられた先住の少数民族たちからすれば、ただの欺瞞（ぎまん）に聞こえるだろう。

だがコルレスの笑顔は、そんな倦（う）んだ猜疑心（さいぎしん）をもはじき返すほどの純真さに満ちていた。

「まさか【火の祭典】でワ族の方を、しかもこんなにつよくてお美しい姿を拝見できるなんて思いもしませんでした。なので、ぜひ近くで拝見して、ご挨拶もしたかったの！

それで、おとうさまとおかあさまに『ホテルに忘れ物をした』って嘘（うそ）をついて、観客席を抜け出してきましたのよ。《繭》のどこかにお姉さまがいらっしゃると思うと、いてもたってもいられなくなったから！　そうしたら、さきほど襲われてしまって――」

「親が心配するだろう」

思わず口を挟むと、コルレスはしゅんと躰を小さくする。

「だって……どうしてもお姉さまにお会いしたかったんですもの」

「親に嘘はつくな」

わたしがやんわり諫めると、コルレスは「はい」と寂しげな翳を帯びた顔でうつむいた。

「ほんとうはね、あたくし、いつもはいい子にしてるんですのよ。【風】の精霊持ちの家の子として、おとうさまやおかあさまからの言いつけも、ちゃんと守って……」

コルレスは何かを堪えるようにきゅっと口をつぐんだ。わたしが膝を折って視線を合わせると、彼女はそろそろと翳った瞳を持ち上げた。

「でもね、お友達も、使用人も、必ずおとうさまとおかあさまが選んだ方でないとだめなんです。いつもお忙しいお二人が、あたくしを大切にしてくださってることは分かっているの。でもね、時々、どうしてもさびしくなってしまうの。だから……」

円らな瞳が潤んでいく。わたしは彼女を見据えたまま徐に口を開いた。

「お前はとても朗らかだから、すぐに誰とでも仲良くなれる。寂しくなることはない」

あと少しで涙が落ちそうな濡れた眼が、じっとわたしを見つめてきた。

「それに……一人がいやなら、そのまま親に伝えればいい、と思う」

気の利いた台詞も浮かばず、ぎこちないわたしの様子にコルレスは徐々に頬を緩めた。

「……ありがとう、お姉さま。あたくしを元気づけてくださって」

コルレスは涙の引いた目でにっこりと微笑んだ。

少なくとも、嘘をついて危険な目にあうよりよほどいい。こんな所、子どもが一人で出歩くべきじゃないのだから。そうだ、そもそも——

「コルレスはどうして〈帳〉に来たんだ？」

祭典とは名ばかりの、殺し合いを求め盛り上がるような場所に子連れで訪れるなんて、物騒な話でしかない。しかも彼女は昨日の予選まで観(み)ていたというのだ。

すると先程までしょげていたコルレスは、よそ行きのような澄ました表情になった。

「それは、あたくしの次のボディガードを探すため、ですわ」

「ボディガード」

「はい。地元でもよそへ出る時も、なにかと物騒なので、いつも『つよい方』があたくしの傍についてくださるの。でも、つい先日までいてくれた方がとつぜん姿を消してしまって——おとうさまったらかんかんに怒ってしまわれたのよ」

愛娘(まなむすめ)を守る恃(たの)みの護衛に突然失踪され、さぞおかんむりだったことだろう。当のコルレス自身は深刻な事態を理解していないような、屈託のない笑顔だ。

「それでね、『つよい方』が必要ならこの【火の祭典】で探してみたらどうかしらって、あたくしが提案してみたのよ。だって、【火の祭典】で優勝したら、『円卓騎士(ガーディアン)』の称号をさずかれるでしょう。それってとってもつよいって証明ですもの」

護衛にできる者を〈帳〉で探すとは。純粋に「強い者たちを観戦できる」くらいにしかこの場所を捉えていない、子どもならではの着想なのかもしれない。

しかし【火】の精霊持ちを護衛にするなど——よく親が彼女の提案にのったものだ。

「あっ、そうだわ！　ねえ、お姉さまがあたくしのボディガードになってくださらない？」

ぽんと手の平を合わせたコルレスの言葉に、わたしは大きく瞬きをした。

「……わたしが？」

「ええ、ぜひ！　昨日までの予選では、いろんなつよい方がいらっしゃいましたが、お姉さまは格別ですもの！　ぜひお招きしたい！　あたくしの傍にいてほしいわ」

ぱっと両手を広げてこちらを迎え入れる仕草を見せる少女に、わたしはとっさに首を振って立ち上がった。

「そんなこと、できないだろう」

「あたくしは真剣ですわ。つい先ほども、あたくしを暴漢から守ってくださったもの！」

わたしは【火】を消しただけだ。ローズリッケが聞いたらまた怒りそうなことを言う。

「ねっ、お姉さま！　おとうさまたちも、きっと認めてくださるわ」

わたしは再び首を横に振った。

「わたしは【火】の精霊持ちだ。お前の親が、大事な娘の傍に置きたがらないはずだ」

共和国政府の関係者は特に【火】の精霊持ちを忌み嫌っている。政治に関わろうとすれば当然のように悉く排除される。そうでなければ〈帳〉などという祭典は存在しない。

だがコルレスは純真に眉根を顰め、わたしに詰め寄った。

「そんなの……あんまりです！　おとうさまもおかあさまも、【火】の精霊持ちをいつも悪く言ってるけど、そんなこと言うひとの方が悪いと思うわっ」

彼女の怒りの矛先が両親に向けられてしまった。わたしはあわてて口を開く。

「たとえ両親が認めたとしても、わたしはお前の護衛にはなれない」

「……！」

ひどく裏切られたような表情でわたしを見つめるコルレスに、わたしは言った。

「わたしの力は護衛には不向きだ。なにかを守るような、そういう力ではないから」

なにより――今わたしが為すべきことはわたしの仇を探し出すことだ。

はっきりと言い切ったことで、コルレスは何かを察したようにそれ以上食い下がることはなかった。すん、と一度小さく鼻を鳴らし、こっくりと首を縦に振って見せる。

「いじわる。つれないですわね、お姉さまは」

彼女なりにおどけたつもりなのだろう。淡い笑みを浮かべると、コルレスは突然わたしに抱きついて来た。

「ざんねんです。お姉さまに傍にいて欲しかったから」

細い腕に抱きしめられ、わたしは何も言えずそのまま力が抜けていた。

(おれもいつか、姉ぇみたいに強くなりたいな)

ロロク。鍛錬を突き詰めていたわたしを見て、まぶしそうな憧憬の眼差しを向けてくれた少年の言葉がよみがえる。

(きれいね)(つよいね)(姉ぇがいちばんすき)

わたしの姿や力をいつも祝福してくれた、同胞たちの姿が脳裏をかけめぐった。

もういない。二度と会えない。

今さら。そして、再び、思い知る。

急に、気が狂ってしまいそうだった。

「──お姉さま……?」

硬直したわたしに、顔を上げたコルレスが心配そうな眼差しになる。

わたしは彼女を安心させようと口元を緩めかけ──ふと、思考を凝らす。コルレスが自ら名乗った素性を思い出していた。

「コルレス、ひとつ訊いていいか」

「はいっ、なんなりと！」

「コルレスの父親は少数民族居住区域を管理していると言っていたな。居住区の出入りには役場の申請が必要なはずだ。四日前、あの区域に出入りした者を知らないか？」

「あら、それならすぐお答えできますわ！　ちょうど四日前なら、あたくしのおとうさまと代議士の方々が、視察のため居住区を訪れていたんです」

「ほんとうに？」わたしが眼を瞠ると、

「ええ、まちがいありませんわ。じつはあたくしも、代議士の方々へのごあいさつをかねて、視察に連れられていましたのよ」

はっきりと淀みなく、コルレスは答えた。

「でも、おとうさまは大人の方々と難しい話ばかりされて、ずうっとほったらかしにされていましたわ。気づいたら、森の近くで置いてけぼりでしたのよ」

拗ねるように唇を尖らせるコルレスの言葉に、わたしはしばらく固まった。

あの日、居住区域を出入りしていた南西地方の代議士たちが――なにをしていたのか。姿形も目にしたことのない存在への、強い疑念が湧きだした。今すぐにでもこの場を飛び出し、当の代議士達から無理やりにでも訊き出さなければ――凶暴な衝動に襲われる。

「――お姉さま……どうかなさいまして？」

ふと、年端にそぐわぬ丁寧な問いかけが、わたしを我に返らせた。

コルレスはわたしに近付くと、小さく手招きして見せた。身を屈めて視線をあわせると、
彼女は小さな手をわたしの頬に添え、そっと労るようにささやいた。

「お姉さまは、なにかむずかしくて、大変なことをかかえていらっしゃるのね？」

答えられずにいるわたしの反応すら受け入れるように、コルレスは微笑んだ。

「けど、さきほどのたたかいを勝利したお姉さまなら、きっとこの先も大丈夫ですわ。明日のたたかいも、あたくし精一杯応援しますからっ。お姉さまにも声が届くくらい！」

「……そんなに熱心に観なくていい」

この先の殺し合いを思うと、この少女が熱心に応援する様子など、喜べたものではない。

「お姉さまが優勝する瞬間を観られるのが、今からとっても楽しみだわ！」

そんなもの、楽しみにしなくていい——言いかけて、はっと口を閉じた。

——会話は終わりだ。終わるべきだ。今は。

コルレスから離れ、わたしは立ち上がった。

「コルレス、お前の親が心配しているはずだ。そろそろ戻った方がいい」

「あ、いけない。すっかり忘れていましたわ！」

自分の迂闊さに小さく飛び跳ねた少女は、くるりと軽やかに踵を返して回廊を駆け出し

——途中振り返った。

「ごきげんよう、お姉さま！　またお会いしましょう！　お姉さまの優勝お祝いで！」

コルレスは踊るように軽やかな足取りでそのまま回廊の向こうへと消えていく。

急に中断した会話だったが、特に違和感を与えず切り上げられたことに内心ほっとする。

——わたしは無造作に佇(たたず)んだまま、両腕の拳を一度強く握り、そっと開いた。準備運動のようなものだ。これでいつでもどんな型でも取れる。

万全の戦闘態勢を整えたところで、わたしは振り返った。

いつからそこにいたのだろうか。昨日の崩壊を免(まぬが)れた巨大なステンドグラスを背後に、一人の女性が窓辺に腰掛けていた。

スリットの入った黒ドレスに身を包み、長い四肢がしなやかに伸びている。艶(つや)めく豊かな黒髪をまとめ上げ、切れ長の眼とうすく開いた紅唇(こうしん)が微笑を象(かたど)っていた。衣服以外の装飾は何一つ見当たらないのに、流麗な躰(からだ)のラインと完璧な黄金比を備えた全身のパーツだけで圧倒的な華美を誇る。

彼女がそこに居るだけで、回廊の一角が王宮の玉座と化すような強烈な存在感だった。

「わたしに用か」

こちらの言葉に、女は微笑のまま立ち上がる。長い脚をさらに強調するピンヒール。堂々とした足取りは女王然としている。

「もちろん。あなたに話があるの。そろそろ私の殺し合いの時間だから手短に言うわ」

顔が寄せられ、強い香水の匂いが嗅覚を襲う。

「あなたとは近々決勝で闘うことになる。だから提案をしに来たの。私と闘技場を囲っているあの帳をぶち壊してみない？　いっしょに観客全員を火だるまにしましょうよ」

彼女は世界をも傾けそうな美しい笑顔でそう言った。

その女はカンナビスと名乗った。

ユルマンが口にしていたファイナリストの一人だ。裏稼業で名を馳せているその女性は、凝然としたわたしを見下ろす視点のまま話を続けた。

「あなた、予選でカイザーのバカを片付けていたでしょう。見どころあると思っていたの。さっきの本戦の火力といい、気に入ったわ」

「見込み違いだ。わたしはあの幕壁を壊しに来たわけじゃない」

「つまらない嘘はやめてよ。あなたは称号欲しさに〈帳〉に来たわけじゃないでしょう」

カンナビスはわたしを射貫かんばかりの強い眼で見据え、断じた。

「売名か乱闘目的の有象無象とは違う、凄まじい怒りをもって〈帳〉ごと世の中を破壊しようとする【火】の精霊持ち──そんなの見ればわかるわ」

「見当違いだ」わたしは彼女の言葉を遮った。

「わたしの目的は破壊じゃない。『世の中』に文句があるなら、お前一人でやれ」

「あら、私はべつに世間には何の怒りも怨みもないわ。私が観客を火だるまにしたいのは、仕事の取り立てのためよ」

「………取り立て？」

「つい先日、ある閥族の依頼で敵対勢力を片付けたの。一匹残らず、徹底的にね。でも、依頼主が仕事の完遂後に報酬の支払いを渋って、はした金で済まそうとしてきた。条件を呑まなければびた一文支払わないだとか──笑わせるでしょう？」

そう言って笑うカンナビスの眼が硬い光に凝る。

「あの肉ダルマは私の仕事をナメ腐ってきた。到底赦されたものではないわ。その愚かな一行は、〈帳〉決勝を観戦に来る。そこで物の道理が分かっていない愚かな閥族をその場で丸焼きにすることにしたの。だから取り立てというよりは、制裁ね」

わたしは唖然として言葉を失った。仕事で不義理を犯した依頼人を裁くためだけに、そのとき観戦に居合わせただけの人間をも巻き込もうというのか。

ものの尺度がイカれている。何よりも畏れるべきなのは、そんな計画をまるで食事でも誘うように語るこの女の口調と態度だ。カンナビスは思い出したように付け加えた。

「ああ、私はその目的が果たせれば充分だから、優勝はあなたに差し上げるわよ」

「いるかそんなもの。話にならない」

咄嗟に言葉を返す。混乱のせいか、我ながら間の抜けた質問を次いで口走っていた。

「あの帳を壊せる方法なんてあるのか」

「あるわよ。この世に完全なんてない。共和国製の幕壁なんて、所詮はハリボテも同然なんだから」

カンナビスは軽やかに嗤うと、首を傾げてみせた。

「あなたも見たでしょう？　あの帳が、ただの継接ぎで出来ていた瞬間を」

「……他の属性の精霊か」

あの帳は【火】の精霊持ちの力を絶対的に遮断する幕壁として知られている。そのために用いられていたのは他の精霊――【水】【風】【地】だった。三精霊を縒り合わせることで、【火】の防御を実現させているのだとしたら――

わたしの思考を読んだように、カンナビスは笑みを浮かべた。

「【火】以外の耐性は無に等しいってことよ。実際、過去に舞台で暴れた【火】の精霊持ちの制裁に警備兵が【風】を使って、その余波で帳が簡単に裂けたんですって。でも公にはされなかった。祭典の安全神話を揺るがす、政府にとって不都合な事実だもの。なかったことにした以上、改良も施されていない」

その気になれば【火】以外の精霊の力で、帳は破壊できる――カンナビスは断言した。

「また警備兵をけしかけて、【風】でも使わせるつもりか」

「そんな不確実な真似（まね）はしないわよ。もっと盤石で手っ取り早い手段をとる。要は【火】以外の力で、帳を破らせればいいの。【火】以外の精霊持ちなんて、その辺に腐るほどいるでしょう。運営の連中や、当日訪れる観客たち。奴（やつ）らに――まぁ、当日見てのお楽しみというところね」

艶美な含み笑いとともに、カンナビスは嘯（うそぶ）いてみせた。

「……協力者を買収したのか。なぜそんな手間をかける。周りの人間まで巻き込んで」

「手間や意味なんて勘定に入れる必要ないわ。私の元・依頼主は私を侮（あなど）り、契約を破った。重要なのは、そんな真似をしたらどうなるか――思い知らせることよ」

耳心地のいい滑らかな声音が、底なしの闇の気配をにわかに帯びる。

「もめていた報酬以上の金をかけてでも、制裁を遂げるつもりか」

採算を度外視した行動――そもそも彼女の勘定に、金は一番に置かれていないのだ。

彼女自身が宣ったように、カンナビスを侮ったことがどれほど愚かなことか——その罪深さを思い知らせることが重要だから。そのためならば、国の祭典をも利用する。

カンナビスは、わたしの内心の見立てを気に入ったように微笑んだ。

「その通りよ。話が早いわねえ。もしかして気が向いた？」

「二度言わせるな。一人でやれ」

すぐさま言い放つ。今しがた、そんな狂気に巻き込むわけにはいかない少女と出会ったばかりだ。観客席を火の海にするなど——

「いやあね、これだけ喋らせておいて黙って帰すとでも思ったの？」

カンナビスがそう言い放った瞬間、漂っていた不穏が、確実な険悪に転じる。

緊張が躰を伝い、身が竦む。いや、全身の動きが全く取れなくなっていた。

「…………！」

動かせる眼で正面を睨み据えた。

聖母の彫像のように両腕を斜め下に広げたカンナビスが、艶然と微笑みを返してくる。

外からの光で、自分の手足と首に絡んでいるものが朧に見えた。鋼線だ。

爪自体に施した仕掛けか、指先から紡ぎ出されているその蜘蛛の糸でわたしを搦め捕らえたまま、カンナビスは悠然と語りかけてくる。

「簡単な話よ。決勝で私の邪魔をしなければいい。要は五月蠅いブタが消し炭になるのをあなたは見ているだけ。何が不満なの？」

「それで交渉してるつもりか」

「まだわからないの？」カンナビスの眼が細められると同時に、表皮への圧迫が加わった。

「交渉ではなく命令よ。私の邪魔をせず、従えと言っているの」

「殺戮の加担はしない」

返答に震わせた喉を鋼線が擦る。カンナビスは「はぁ」とため息を吐いた。香水の芳香とともに、濃厚な殺伐の気配が辺りを包み込む。

「なら他を当たるわ」

その指先の力が鋼線に伝播してわたしを裂く、矢先。

「おい、貴様ら何をしているッ！　『禍炎』どもか⁉」

険しい顔をした警備兵服の男が一人、こちらに向かって進み出てきた。

カンナビスが警備兵の方へ左小指だけを動かす。一筋の鋼線が飛んで男の動きを止めると同時に、一閃の火花が走った。

「きォッ――」

火の玉が膨れ、男の怒声ごと爆ぜる。首から上を炎に齧られた躰がその場に倒れた。
瞬時に、微塵の躊躇いなく殺した女は、茫然とするわたしの様子に首を傾げた。

「あら、どうしたの。今度こそ気が変わった？」

「ふざけるな——どうして殺した」

「私の邪魔をするからよ」

それ以外の、それ以上の理由など存在しないとばかりにカンナビスは即答した。
何も言い返すこともできず凝然とするわたしに、彼女は鼻を鳴らす。

「こいつの仲間が私を殺人でしょっぴくとでも思ってるの？　ないわよ。天下の警備兵が『禍炎』に殺されたなんて無様な事実、騒ぐだけ恥を晒すだけなんだから。政府直属の連中の方から隠蔽するに決まってるじゃない」

彼らの虚栄や欺瞞すら見透かしたように、カンナビスは嘲笑って見せた。

「それにしてもつまらない質問ね。なぜ殺すのか。愚かなクライアントもたまに訊いてくる。【火】の精霊持ちだろうと関係ない。私は殺せるの。それだけよ」

何の感慨もない彼女の言葉に、突如わたしの脳裏にあの日見た虐殺の光景が過った。
わたしは鋼線に囚われたまま、身を乗り出すようにカンナビスに問うていた。

「カンナビス。四日前、おまえはどこで何をしていた」

「今度はへんな質問ね。カルファルグにいたわよ。愚かな肉ダルマがいつ〈帳〉に来るのか確認できたから、買収できそうな協力者に話をつけていたわ」

そうだろうな――鋼線が食い込んだ皮膚に血をにじませながら、わたしは納得していた。ユルマン同様、この女は人を殺せるが、あの虐殺の実行者ではないと確信できる。

いかなる理由でも、どんな力の持ち主でも「人を殺せる者」は存在する。わたしは当初、強い力を持つ者から仇を見出そうとファイナリストに接触しようとしていたが――見定めるべきは別の点だったのだ。

殺せる力の有無、ではない。

惨たらしく殺し、その亡骸を嘲笑う――その凶悪な魂の有無だ。

ユルマンからも、眼の前で人を殺したばかりのカンナビスからも、あの殺戮の場に通じるあの気配は窺えない。凶暴の種類が違う。自分の感覚は、まぎれもなくそう告げていた。

それならば――やるべき事は決まった。

「カンナビス、話は終わりだ。わたしは用がある。拘束を解け」

「――それ以上口答えするなら縊るわよ」

冷えた声は警告ではなく宣告だった。わたしは彼女の攻撃の気配を待ち身構えた。彼女の攻撃は鋼線による切断ではない。本命は鋼線伝いの【火】による爆破だ。

ならば火が伝った瞬間を、わたしの〈火喰〉で迎え撃つ。

鋼線の圧が押し寄せ、その気配が閃く瞬間。

「そこまでですよ、カンナビス」

カンナビスの真横に一人の男が立っていた。

わたしは自分の眼が映す状況が信じられなかった。気付けなかった。目の前に全神経を尖らせていたにも拘らず、彼女の真横に男が立っていたことに。

「……！　あなた、」

同じく虚を突かれたカンナビスの眼が瞬時に険しくなる。が、男は至って涼し気だった。

「こういうのは場外乱闘というんでしょうか。昨日の乱入といい、全く歓迎できませんね。これ以上祭典を妨げる事態を起こすべきではありませんよ。〈爆発魔〉のカンナビス」

静かな、よく通る声は聞き違えようもない。昨日ここで勃発したカイザーの乱入騒ぎの折、わたしに槍を向けた警備兵たちを止めた男のものだ。

陰に隠れていた顔を含めた全貌が、今眼の前にある。整った鼻梁に怜悧な双眸。薄手のロングコートに身をまとった紳士然とした雰囲気。

だが、壮年の秀麗なその佇まいに陰をもたらしているのは、顔の右半分を覆う火傷の痕だった。爛れて変色した皮膚を晒したまま、男は平静な表情をたたえている。

「──アビ。あなたとはこの後の舞台で相手をしてあげるわ。私の邪魔をする気？」

反政府組織の首謀者で通称〈学者〉。アビはカンナビスからの直截な殺気すら受け流す透明な表情で、

「いいえ。ご自分で考え、選んでほしいだけです。僕はあなたの判断の一助を与えるまで。ですからまずは、その物騒な得物をしまうべきですよ」

そう言って無造作に、わたしを拘束するカンナビスの鋼線を指差すと──フィ、とか細いものが空を切る音がして、鋼線が全て切断されていた。

「……！」

致死に至る緊張をあっさりと奪い取られ、わたしもカンナビスも言葉を失う。

アビは教卓で教え子を諭すような穏やかな語り口で、言葉を続けた。

「人の身体を拘束し承認を得ようとするなんて、野蛮この上ない。ましてや命が惜しければ命令に従えなど、あなたの品性が問われる行いだ」

「ずいぶんと理屈っぽい男ね。……何しに来たのよ」

アビは両腕を後ろに組むと、方程式の解でも導くように滑らかに語った。

「争いを止めに来ました。言ったでしょう、僕はこの祭典をつつがなく進行させたいんです。この祭典の優勝者となって称号を獲得した後にも、やるべき事が山積みなのですから。

今の政府を潰し、国の人間に再教育を施すためには時間がいくらあっても足りない」

カンナビスはすっかり鼻白み、胡乱げな眼でアビを見る。

「御大層な野望ね。〈学者〉って二つ名はそういう屁理屈が由来かしら」

「他人からの呼称の由来に興味はありません。今僕はそちらの方に話があります」

その目線がすっとこちらに寄せられ、反射的にわたしは身を固くした。一見穏やかだが、アビの眼はカンナビスから寄せられる強烈な殺気とはまた異質の、物騒な気配がある。飼い馴らした獣を片方の手で撫でて慈しみながら、もう片方の手でその命をためらいなく屠ることができる——そんな一種異様な平静だ。

「僕の話は、少なくとも彼女のものよりは現実的ですよ。あなたが次に迎える準決勝の話です。相手は〈炎刀〉のユルマンになります」

「もう決着がついたのか？」

ローズリッケが去ったのはつい先ほどだ。こんなにあっさりと決着がつくなんて——

「不戦勝です。対戦者が舞台に現れず、失格扱いになったんですよ。おおかたあの男が小細工を弄して、裏で対戦者を排除したのでしょう。——まったく、あさましい存在です」

「…………」

わたしが言葉を逸していると、アビの淡々とした語りは徐々に冷え鋭利を帯びていった。

「彼は祭典の参戦者として表立っていますが、実は主催者の政府筋に雇われ、【火の祭典】を運営の思惑通りに進めるための『調整役』なのですよ。ゆえに対戦者の排除もその手段すらも厭わない」

ユルマンが。

不戦勝。小細工。調整役——彼への疑念が、形を帯びて突如眼の前に突き付けられた。

どす黒く渦巻く中に紛れていた言葉に、さらに冷たい震撼が駆け巡る。

排除。まさかローズリッケが——？

アビの穏やかな声が、最悪の予感に流れる思考にさらに棹を差す。

「奴は祭典の悪しき因習を助長する小悪党です。なので準決勝ではあの男——ユルマンをあなたが殺しておいてください」

〈学者〉は生徒に課題でも与えるように、そう告げてきた。

◆

所どころの電球が切れて薄暗い、〈帳〉参戦者の控室に繋がる通路に、二人の押し殺した足音だけが鳴る。壁一つ挟んだだけで、華やかな表側の回廊とはまるで別世界の陰気臭さだ。

回廊を徘徊し〈帳〉関連の記事のネタを求める報道関係者でも、ここまで立ち入る勇気のある者はいないようだった。そこまでして『禍炎』と関わりたくない、ということか。

しかし通路を歩進するカトーとパトラッシュの足取りに迷いはなかった。

迷うはずのない一本道というのもあるが——帝国の調査員とは、たとえこの先に居る者が血みどろの殺人鬼や下劣な思想を持つ異常者だろうと、必要ならば接触するものなのだ。

重厚な木の扉が見えると、先陣切ったパトラッシュが勢いよく押し入った。

「こんっちはー！」

底抜けに能天気な声が響き渡る。

「新進気鋭の新聞記者でぇーっす！　第一戦目お疲れっしたぁー！　よろしければお話聞かせてくれっスよー、アイザックさん！」

「！　えっ……なん……っ」

そこにいたのは、パトラッシュが名指しした当の青年一人だった。丸くした眼で乱入者二人を凝視し、驚いて抱きしめたボディバッグの中身がガチャ、と音を立てる。

「いやぁ、第一戦目、見てたっスよ〜。知的でお見事な【火】の技術！　オレ、あの技スキっスよ。オレと一緒で知性が冴えわたってるっスからね！」

パトラッシュはずかずか歩み寄ってアイザックとの距離を縮める。

「んで、さっそくなんスけどアイザックさん、最近帝国から何か盗んだ覚えないっスか?」

「…………………え?」

「帝国っつったら、お隣のスフォルツァ帝国のことっスよ。まぁ帝国と言わなくても最近真新しく仕入れたインテリな情報っつーか技術っつーガベ⁉」

真横から、カトーによる鋭い肘撃ちが恐るべき速さでパトラッシュの鼻づらを突いた。真後ろにすっころぶパトラッシュを捨て置き、カトーは入れ替わるように茫然としているアイザックの正面に立つ。

「――さて、今のは謎の幻影だ。聞き流してくれ」

「え……いやでも」

倒れたパトラッシュとカトーとを見比べる青年の眼はすっかり警戒に満ちている。

――あほパトが。あとできっちりシメる。

カトーはこめかみがひくつくのを抑えつつ、無理やり笑顔を作って見せた。

「こいつは激務続きで今日が三徹目なもんだから、脳みそがふやけてんだ。あとで頭蓋骨ごと取り替えておくから心配せんでくれ」

「え、あの、大丈夫なんですか？」

体調不良を慮ってか、アイザックの眼が心配そうにパトラッシュを覗き込もうとする。

まったく心優しいことだ――内心をさておき、カトーはアイザックの視線を遮るように問いかけた。

「あなたも怪我はないんですか？　炎に巻かれていたし、〈女徒手拳士〉の攻撃もあった」

アイザックは即座に首を横に振った。

「いえ。【火】に巻かれたのは自分の制御不足ですし、彼女からの攻撃なんて何も。むしろ自分は彼女に助けられましたから」

「そのようですねえ」

青年の顔や腕、破れた上衣からのぞく赤い肌は火傷の名残で痛々しいが、身動きを取るのに支障はないようだ。自らの【火】に巻かれた状況を考えると、奇跡といってもいい。

「自分に、何か用でしょうか」

穏やかな物腰ながら、アイザックの声は硬い。探る気配は抑えたつもりだったが、早くも彼は「普通の取材」ではない何かを感じ取ったようだ。

聡慧な若者に、回りくどいやりとりなど時間の無駄だな、とカトーは悟る。

「記者なのでね。色々と伺いたいんです。どうでしたか、対戦相手の〈女徒手拳士〉は」

「強かったですよ。このまま勝ち進むとしても、無事でいてほしいと思います」

「彼女のせいで負けたのに」

「そうは思っていません。言ったでしょう、彼女には助けられましたから」

こちらが放ったボールを受け止め、余計な動きなく投げ返す——淡白極まりない問答だ。

「そうですね。もし相手が別のファイナリストだったら、あなたは今頃殺されていたかもしれない。皆見たところ容赦がなさそうだ」

ふっと球速を変えた問いに、アイザックは硬い表情のままだった。

「そうでしょうね」

「むしろあなたのような戦闘経験のなさそうな人が参戦したこと自体が酔狂じみて見えましたよ。一体なぜ、あなたは〈帳〉——もとい、この【火の祭典】に来られたんです？」

「優勝するためですよ。称号を獲得したかった。それ以外にないでしょう」

「そうなんですよねぇ」カトーは食い気味に相槌を打つ。「命をかけてまで参戦して、獲得できるものといったら称号しかない。ですが、現実的にみてどうですかね。あなたが今回参戦して、優勝できる見込みはどのくらいの確率でしたか？　ご自身からみて」

正直なところ、カトーの目算はゼロだ。大人数がひしめく予選ならまだしも、小細工の利(き)かない一対一の〈帳〉本戦で、この青年が一勝でもできるとは思えなかった。

それは目の前の青年が、だれよりも早く確信していたのではないか。だとしたら——

「はは……多少、自棄(やけ)になっていた所はありました。正直、ここで死んでもいいと」

「それは本当ですかね？」

カトーの不躾(ぶしつけ)な問いに、自嘲した——ように見せていた青年の眼つきがさらに硬くなる。

カトーはその眼に、本気で振りかぶった真の問いかけを投げ放つ。

「命を賭(と)して自棄になるのなら、他の方法はいくらでもあった。つい先日も、政府議事堂前で【火】の精霊持ちが権利を訴え焼身自殺を図ったし、反政府組織も活動が過激化している。

あなたにも、ここが政府主催で共和国最大の催しである〈帳〉だからこそ、成し遂げようとしていた特別な何かがあったのではないですか？　優勝すること以外の、目的が」

——アイザックは感情の干上がった表情のままカトーを見、やがて、口を開いた。

「何も。自分には、何もありませんよ」

「……本当に？」

「同じ質問には、同じ回答しかできないですよ」

まったくもってその通りだ。これ以上問うても、今はこの青年を突き崩せそうにない。

こちらの手札も少ないし、彼は思ったより手強い。——だが。一つ収穫はあった。

「そのバッグ——戦闘の時にも身に着けていましたね。自前の道具は全てそちらに？」

青年は反射的にボディバッグを抱え直した。ガラスが触れ合うような音が漏れる。

「治療のための簡単なものだけです。人にお見せするような面白いものはありませんよ」

「おや、道具といったら武器かと思いきや、治療道具でしたか」

「………」

「そういえば、あなたは医学の知識をお持ちでしたよね。それも医者になれるレベルの」

押し黙るアイザックを見ながら、カトーは何か納得したようにうなずいて見せた。

これは——思っていたより、デカいものが釣れるかもしれん。

カトーはキャッチボールを止め、釣り糸を垂らすことにした。今はまだ好機を待つ。

そこに背後のパトラッシュが、鈍い呻き声とともに床の上で蠢きだす。

「うぅ……隊長、ハナ……オレの鼻どっかに落ちてません？　真横から謎の衝撃を喰らって」

「ねぇよ。心配ならあとで洋梨でも付け替えとけ」

「そんなん鼻の代用になんないっスよお!?」

反論とともに勢いよく起き上がる。頑健なもので、鼻を軽くさするといつもの騒がしさを取り戻していた。

「ていうかほんとにエルボーだったんすか？　ナイフでブッ刺されたのかと」

「――まったくひどいじゃないかあ、応援してくれるって約束してたのに」

パトラッシュの抗議を遮り、突然低い声が響き渡った。視線が一斉に集中する。

「まぁ不戦勝だから、きみに大した見応えも与えられなかったんだけど――おや？」

舞台袖から華麗に登場した役者のように、芝居じみた立ち居振る舞いで現れたのは脱力した足取りの男――ユルマンだった。

締まりのない笑みは自分を見る三名を捉えるや、すぅと眼を細める。

「――お客さんかい？」

その顔は、笑みのままだ。

だが双眸(そうぼう)の紫水は、明かりの乏しい空間でもはっきりと判(わか)るほど鋭い光を凝(こご)らせていた。

カトーは一歩前に進み出た。

「ユルマンさんですね。〈炎刀〉の」

「どちらさん？」

「しがない弱小新聞の記者で、カトーという者です。こっちはパトラッシュ」

すんなりと名前も名乗る。隠し立てしようとすれば怪しまれる——咄嗟の判断だった。

「取材のため、思い切って参戦者の控室に乗り込んでみたんですよ。お邪魔のようなので、俺たちはこれにて」

「まぁそう言うなよ」

そそくさと扉に傾けていた躰を、ユルマンの声が圧しとどめた。緩んだ佇まいとにやけ顔。だが眼光は刃物と化して二人の闖入者を捉えている。

「せっかくなんだから、お話したいじゃないか」

「ま、マジっスかぁ？　でもお邪魔になりません？」

カトーの横からパトラッシュが取り繕った声を挟むと、ユルマンは気さくに笑った。

「すでに邪魔だよ」

「……ですよねー」

陽気が売りのパトラッシュが、その一言にすっかり気圧され縮こまる。

肢で押さえた獲物が完全に屈したのを確かめた獅子のように、ユルマンは二人を眺めた。

「とは言っても、俺ぁこの界隈じゃ『嫌われ者』なもんでね。お二人に提供できるような愉快なネタなんて持ち合わせていないのが正直なところだ。

「――それよりお医者サマよ、フィスカちゃんはどこ行ったのさ？」

「……自分が来た時には、誰もいなかったよ」

　ぽつりとアイザックがそう言うと、ユルマンは溜息とともに大仰に肩を竦めて見せた。

「はあ……なんてことだよ。そりゃあしょっぱい幕引きだったけどさ。それなりに緊張してたんだし、幕袖で応援していてほしかったよ。ほんといけずな子だねあの子は。しかも控室に戻ったら、待っていたのが知らんおっさんらだなんてさ」

「そりゃあ悪かったな」ただの身勝手な愚痴にも拘らず、カトーは宥めるように詫びた。

「こちらも実のある話ができるような身分じゃない。これ以上腰抜け記者が長居しても邪魔になるだけだし、やっぱり退散させてもらうよ」

　そう言いながらパトラッシュを促して扉に向かう。緊張を押し殺しながらユルマンの横を過ぎると、低い声が無造作に放られた。

「俺ぁ勇気あると思うぜ」

「……」「……はい？」

　立ち止まり振り返る二人に、ユルマンはゆったりと向き直った。

「〈帳〉出場者の控室にまで乗り込んで来た取材記者なんて、俺ぁ今までお目見えしたことがない。相当骨のある記者だ。きみら――只者じゃないだろ」

途端、呪文を浴びたように固まるカトーの前に、すかさずパトラッシュが割り込んだ。

「いえいえそんな、マジで緊張振り切れててもうオレすでにチビりそうですもん。漏らしてるかもしれない。そういうわけでごきげんようっス！」

ひときわ騒がしい声で喚くと、カトーを押しやりながらその場を後にする。

閉まる扉の隙間からは、声が漏れ聞こえた。

「――んで、フィスカちゃんはどこよ？」

「わからない。自分も彼女に怪我をさせたから、看たかったんだけど――」

「律儀なお医者サマだねぇ。俺もその辺り探してみるか」

――まずい、控室を出るのか。二人は横並びになり、来た道を小走りで進んだ。

「なんかよくわかんないっスけど、緊張したっスねぇ」

「『よくわかんない』で済んでりゃ何よりだよ」

カトーは呻いた。とはいえ、このパトラッシュの感覚的な反応にところどころの間で救われていたのは事実だ。

自分一人だったら――おそらく最後の語りかけに露骨な反応を見せていた。そしてその場で斬り捨てられていただろう。怪しい、という理由だけで。

カトーは苦々しい思いで正面の薄暗い通路を睨んだ。

それなりに場数は踏んできたと自負できるし、相手は軽く一回りは年下の男だった。だが——今思い返してもぞっとするような緊迫に晒されていた。あの底知れなさ。

「ヤベェ奴だった」

そうとしか言い表せない。

「ヤハ、隊長って一定レベル超えた危ない奴とか怪しい奴のこと、大抵『ヤベェ』呼ばわりっスよね」

「そうとしか言いようがねぇだろ」

茶々を入れるパトラッシュへの反応もすっかり切れ味が鈍っていた。

そんなカトーの様子に、パトラッシュが明るい声で切り返して来る。

「まぁまぁ隊長。気分転換に別の調査対象者当たってみないっスか？　ほら、さっきヨヨットって女記者に調べさせてたナントカって代議士。たしか〈帳〉観客席にいるんスよね？　まずはご挨拶にでも行っ」

呑気に誘う声が、突如轟音と灼熱に押しつぶされた。

二人が歩いていた通路の真横——回廊側の壁が爆発し二人を呑み込んでいた。

どいつもこいつも。

「断る。ユルマンを殺したければお前一人でやれ」

わたしの言葉にアビはおや、と目を眇めた。

「あなたは共和国の体制に怒りを持ち、この祭典に出場したのではないのですか?」

「見込み違いよ。まったく、余計な手間を取らされただけ」

両手の指先をほぐしながら、気怠そうにカンナビスが口をはさむ。

するとアビは瞬時に推察を巡らせたように、小さく頷いた。

「なるほど。あなたもそれを見込んで彼女に話を持ち掛けていた、というところですか。確かにあなたの肌の色を見てその出自を判じ、『体制に不満を持つ者』だという推定は浅薄でしたね。ならばこの祭典に来た理由は――いえ、聞き出す不躾は控えましょう」

だしぬけに人殺しを持ち掛けるのは、不躾以前の問題じゃないのか。

悠揚とした語り口だが油断ならない。全身の緊張を解かずにいると、アビは依然として感情に乏しい透明な眼でわたしを見た。

「反体制でもなく、共闘も見込めないのなら、あなたとは決勝戦で相まみえるまでです」

「──あら、ずいぶんな言い草ね。次で私が殺すのに」

「あなたでは僕に勝てませんよ」

アビの言葉にカンナビスは堪らず「ふっ」と噴き出した。

「笑わせないでよ。さっきはどういう手品を使ったか知らないけど、【火】の扱いも覚束ないインテリ崩れが私に勝てるとでも思っているのかしら。その顔面の火傷はなぁに？未だに【火】の制御もままならないんじゃなくて？」

彼女が侮蔑露わに言い放つと、アビは至極普通に頷いた。

「これは二年前のものです。突然家族にガソリンをかけられました。まさか自分の娘に燃やされるとは思わなかったので、すぐには反応できなかったんですよ」

アビは額から顎にかけて──当時を思い出すようにゆっくりと火傷を撫でた。

「娘も妻もその家族も、【火】の精霊持ちを嫌悪しない善良な存在でしたが、ある日近所に『禍炎』の排斥主義の過激派が越してきましてね。彼らに言葉巧みに洗脳され、僕以外が取り込まれてしまったんです」

アビは頤までたどった指で火傷を指し示し、それ以上は何も言わない。家族がとった行動、その時の結果が全てそこにあった。

彼が【火】の制御を逸するほどに絶望した瞬間そのままに。

だがアビの語り口は終始淡々としていた。その眼差しに通ずる無色透明に貫かれている。

「人間は脆く惑わされやすい。共和国政府はそれをいいことに皆が共有できる悪しき象徴として『禍炎』を据え置き、国が抱えている貧富や資源汚染といった問題を覆い隠したまま、人々をまとめ上げ都合よく動かしているのが現実です。この歪みを打ち砕くためにも最高階位を獲得し、その権威のもと『教育』で人を変えることが必要なんですよ」

「回りくどいのね。今までのようにテロ活動に勤しんでいればいいじゃない」

「それでは大衆には通用しません」アビの声が棘を帯びる。

「いかに主張が正しかろうと『すでにある体制』を動かすことは難しい。むしろ『この世はこういうものだ』と体制側から示せば、大多数は善悪関係なくそれに従うものです。だから今ある体制を乗っ取る必要がある」

カンナビスはつまらない御託だといいたげに鼻を鳴らした。

「大変ね、身の程知らずな野望があると。まぁその前に私が殺しておいてあげるわ」

「つくづく愚かですね。あなたにはできない、と先ほどお伝えしましたよ」

二人が同時に視線を交わす。空気が尖鋭し張り詰める。

——回廊の奥から騒ぎを聞きつけた警備兵の喧騒が近づいてきている。だが、わたしの眼の前にいるカンナビスとアビ、二人の殺気だけが克明化する一方だった。

「鬱陶しくなってきた。もうこの場で殺すわ」

「愚かの極みですね」

二人は同時に身を翻した。両者から【火】が力として放たれ、至近距離で激突する。

炎が吼え、深紅が膨れ上がった。


火の渦が回廊を呑み、近づいて来た警備兵を一瞬で消し炭にする——寸前。

わたしの〈火喰〉が及んだ。

二人の間合いに入り込み【火】に触れた瞬間、大量の炎がわたしの手へと収斂する。

炎を呑んだ腕をすぐさま薙ぐ。喰った【火】をまるごと放出すると、衝撃と灼熱が轟き、すぐ近くの壁を粉々に破壊した。

大砲を素手で支えていたような反動に、顔をしかめる。二人そろって——なんて火力だ。

「ふうぎゃあああああっ!?」

壊れた壁からの悲鳴にぎょっとする。まさか、控室行きの通路に人がいたなんて。

慌てて駆け寄ると、二人の男が瓦礫にまみれひっくり返っていた。

「びっっっっくりしたんスけど！　超アツ……オレ死んだ？　ここまさか灼熱地獄⁉　わ、隊長もいる。オレ死んでも隊長と同行なんスかぁーっ？」

金髪碧眼（へきがん）の青年が、髪を振り乱しながら叫んでいる。

「――おい、無事か」

「て、かわいコちゃん⁉　マジ⁉　近くで見ると超かわいー！　まさか天からの迎えに」

「お前は死んでない。早く逃げろ」

巻き添えを喰らわせた負い目がある。騒がしい男の腕を乱暴にとって立ち上がらせると、

「あぁもう……なんだってんだよ」

すぐ横にいた壮年の男も呻（うめ）きながらのろのろと立ち上がっている。

その瞬間。

「伏せろ」

わたしは前に立つ二人に足払いして、再び地面にひっくり返した。

真上を深紅の炎が押し寄せた。灼熱が二人に及ばないよう、すぐさま防御に専念する。

猛火に包まれた回廊では、一対の【火】がぶつかり、爆ぜ、いなされ、散っている。カンナビスとアビによる灼熱の奔流が渦巻いていた。

「ふぅおわあああああっ⁉」

足元から再び悲鳴が弾（はじ）けた。青年の手元で、紙の束が炎に呑み込まれている。

「ヤベえ燃えちゃう！」

青年は紙束を放り投げるかと思いきや、全身を使って炎を消すように紙を抱きしめた。

「ちょっ、ばかなにやってんだ！」

壮年の男が怒鳴る。「んなもん手放せ！　焼け死ぬぞ！」

「そういうわけにはいかないっスよ！」

パニックの中にありながら、青年の声には凜々（りり）しさすらあった。

「帝国にとって大事なもんなんスから！　『別口』で使うって言ってたし、隊長が褒めてくれた資料なんスから！　たとえ俺が死んでも帝国のため、この資料だけはぁっ！」

「な、ばかおまえっ、何喋（しゃべ）って……落ち着けっつの！」

壮年の男はぎょっとして青年と、なぜかわたしを見た。そこには後ろ暗さを持つ者特有の気配があったが——わたしの知ったことではない。

わたしは手を伸ばすと、紙面を覆う【火】を全て奪い取ってやった。

「へっ？　おぉ？　……おおおおお！」

青年は端だけが黒焦げになった書面を凝視した後、赤ら顔でわたしを見上げてきた。

「奇跡ぃぃぃぃー！」

「早く逃げろ」

二度目の忠告に壮年の方が早く動いた。青年の首根っこを掴(つか)み上げると、一目散に通路の向こうへと駆け出す。引き摺(ず)られながら、青年はこちらに向かって叫んで来た。

「この御恩は必ず返すっスぅー！」

……返さなくていい。

火に巻かれて危うく焼死するところだったのに、やけに緊張感に欠けた通行人だ。その姿が消えたところで小さく安堵(あんど)した、その瞬間。

「死にたいの？」

耳元をぞっとするほど冷たい声が刺した。こちらの反応より早く、カンナビスの鋼線(ワイヤー)がわたしの胴と両腕を一気に絡(から)め上げている。

「……！」

「出しゃばらないでくれる？　邪魔をされるのが嫌いなのよ。指図されるのも侮(あなど)られるのも軽く見られるのも。——殺したくなる」

鋼線が絞られ皮膚が裂ける。怒気のまま迫る圧が、筋肉まで切刻(きりきざ)もうとする。

「怒りは身を滅ぼしますよ」

アビは爆風で乱れたロングコートの胸元をはたくと、わたしを拘束する鋼線に向かってついと手刀で虚空を切る。

キィン——と鋼線が甲高い音をたてて、何かを弾いた。

「！」

アビの眼がわずかに動揺で揺れる。その様子が痛快とばかりにカンナビスが笑った。

「なんだ、やっぱり手品だったのね。鋼線を【火】で軽く覆っていただけなのに、あっさり防げた。あなた、自分の【火】の攻撃自体に不可視の細工を施したんでしょう」

視覚野への細工という点では、空間全体に効果を及ぼしたアイザックと似通っている。

アビはより実戦を重んじ、攻撃そのものを不可視にしたのか。

だが——見破られてなお、アビは淡白に落ち着き払っていた。

「その通り。この不可視の炎剃はただの小細工に過ぎません」

「あらそう」

正された居住まいに向かって、カンナビスの鋼線が投網状に広がり襲いかかる。

すると——【火】を帯びた鋼線はアビに迫る間際に軌道が逸れ、宙で弾け散った。

「ッ⁉」

後続に放たれた鋼線もまた宙空で動きを止められ、次の瞬間、真横に振り払われる。

その勢いにカンナビスの躰が傾く。そこへアビが手刀から放った不可視の炎剃が疾り、反射的に躱した彼女の頬をかすめ飛ぶ。

「……今のは手品ではないわね」

まとめられていた黒髪が、その冷たく冴えわたる表情に幾筋か落ちる。

アビ側がカンナビスの攻撃を排除した。その瞬間、わたしの眼には【火】の気配とともに巨大な手のようなものが見えた。それが彼女の【火】を操り、攻撃を無為にした——？

他者の【火】を操るなんて。『真名』でも支配されていない限りは考えられない。

いや違う。相手の【火】を操作しているんじゃない。これは強大な反発——

「斥力か……？」

思わずつぶやいたわたしに、アビはなぜか嬉しそうにすぐさま反応した。

「ええ。一度で見破るとは、ご慧眼です。その作用が一番近い。この力は僕の間合いに入った【火】を全て排していますから。作用が暴君のようなので〈火神〉と命名していますが——僕個人を指すのなら〈学者〉の方がまだ聞こえのいい通り名ですね」

近づく【火】の力を悉皆排除する——わたしと同じく対【火】の『霊髄』だが、アビの『霊髄』は冷酷で容赦がない。作用だけでなく、気配が。カンナビスは鼻を鳴らす。

「話の通じなさそうな持ち主にぴったりじゃない。野蛮だわ」

「理解できましたか？　あなたの飛び道具では僕に及ぶことはできません」

「どうだか。間合いといっても、自分が認識できている範囲だけじゃなくて?」

その瞬間。刹那にも満たないアビの空白をカンナビスは逃さなかった。「は」と鋭い嘲笑とともに殺気を再燃させるや、長い両腕を辺り一帯に振り薙ぐ。

放出された大量の鋼線に、触れた壁が切り刻まれて瓦解する。辺りを砂煙が覆う。

「っ……！」

鋼線の拘束のせいで、その場に踏ん張っていれば輪切りにされかねない。力の流れに沿いわたしはすぐさま横へと跳んだ。壁に叩きつけられ鋼線が緩んだのもつかの間、コツ、と目の前にピンヒールの音が落ち、わたしは胸倉を掴み上げられる。

艶やかな笑みを浮かべたカンナビスが、片腕でわたしを持ち上げていた。

「奴を殺す。囮になりなさい」

躰に絡む鋼線が【火】の気配をまとう。まさか——

「不意さえ突けば、仕留められるわ」

嬉々とした声で呟くと、彼女はわたしを槍のように投げ放った。砂煙の奥に立つアビの真正面に向かって。〈火神〉が【火】をまとった鋼線ごとわたしを弾き散らす——刹那。

耳を聾する轟音が、わたしの躰を横殴りにした。

全身がしたたかに打ちつけられ、息が詰まる。が、痛みがあることに驚いて身を起こす。

〈火神〉により四散しているはずの躰がある。全身に食い込んでいた鋼線も解けていた。

「――はい、ちょい待ちなよ」

驚愕（きょうがく）の余韻を濁す間延びした声が、立ち込める砂煙の奥から発せられた。

それを聞くや、カンナビスとアビの気配が同時に険に転じた。

張り詰めた空間に、ひゅ、と空を切る音がし、つむじ風が爆煙を払う。抜き身の刀を携えた男が前に進み出た。満を持して登場したと言わんばかりの、堂々とした足取りで。

「よう、フィスカちゃん。こんなところで俺をほったらかして、ひどいじゃないか」

口元をたるませながらユルマンが笑いかけてくる。

気怠（けだる）げな眼差（まなざ）しが、今は携えている刀刃と同じ鋭い光を宿していた。

「何の用です、政府の犬」

それまで淡白に徹していたアビの声が、敵意露（あら）わに底冷えする。

「舞台場外の干渉など――誰の命令で」

「ご挨拶だね、〈学者〉どの。あんな埃（ほこり）臭い控室に居座りたくないのはお互い様さ」

肩をそびやかすユルマンの声だけが場違いなほど暢気（のんき）に映える。

「言っただろ、俺ぁそこのフィスカちゃんを探してたんだ。ちょっと目ぇ離すと余計な騒ぎに巻き込まれるから放っておけない。

きみら、寄ってたかってこの子の事いぢめたりしてない？　ただじゃおかないよ」

途端、舌打ちが響いた。燃えるような眼で、カンナビスがユルマンを睨んでいる。

「相変わらず邪魔ばかりする男ね……けど、今あなたにかまってあげる時間はないのよ」

そう言うや、鋼線の一筋が疾りアビの眼前で爆発した。

その視認よりも速かった一撃。しかしアビは素早く後退して爆ぜる炎を躱していた。

「まったく――忌まわしい」

アビの声に感情が滲む。その敵意はカンナビスとユルマンに向けられていた。

ようやく動きをみせたアビをカンナビスの【火】が猛追する。正面だけでなく、上下左右、鋼線を巧みに使って背後からも襲いかかる。礫程の小さな炎だが、一つでも喰らえば肉体が弾け飛ぶ獰猛な火力だ。それらをアビは滑らかな身のこなしで躱し、〈火神〉で斥ける。

回廊の破壊はますます拡大するばかりだった。

「――！　止めないと」

躰にまとわりついていた鋼線を払いのけると、わたしは立ち上がる。

一方、眼前の修羅場を、まるで対岸の火事のように軽薄に眺めていたユルマンが、意外そうな表情を向けてきた。

「ええ、おいおい。そんなこと言うから、余計なことに巻き込まれちゃうんだよ？」

「余計もなにも——このままだと被害者が出る」

「別にいいじゃない。そもそも【火の祭典】だ。帳の向こうで好き勝手吼えてる連中も、一度くらいは火傷してみた方がいい経験になるんじゃない？」

そういうものの見方はできなかった。ここには【火の祭典】を「強い者が闘う舞台」としてしか見ていない、まだ幼い子供だっている。

「いいわけないだろ。死ねば元も子もない——っ、」

そう言って足を踏み出しかけ、鋭い痛みに顔を顰める。

鋼線の一部が太股に絡まっていた。見ると肢も腕も血の赤が滲み始めている。

「……まったくねぇ」

ユルマンは溜息を吐くと、わたしの肩を手で押さえて前に進み出た。

すい、とその親指が腰に佩いた刀の鯉口を切っていた。

「あんまり金にならんことはしたくないんだけど」

そう言って一歩、ユルマンは炎を爆ぜ散らかすアビとカンナビスに向かって——足を置いた。

その次には瞬速が二人を討っていた。

轟く衝撃と疾る斬圧。眼を見開いてその始まりから見ていたにも拘らず、次にわたしの眼に映ったのは、壁と床にそれぞれ叩き付けられたアビとカンナビスの姿だった。

「…………！」

抜刀の瞬間も、剣閃すら見えなかった。茫然とするわたしの眼の前には——すでに刀を鞘に納めたユルマンが立っている。

「——そんなに張り切らなくても、お二人さんこのあと本戦だろ？　続きは舞台の上でやりなよ。その方がお互いのためだ」

ユルマンの、対岸に放るような暢気な声が破壊の止んだ空間に響く。

烈しい炎に嬲られていた回廊一帯に、爆煙と瓦礫の埃がもうもうと立ち込め出した。

視界が霞むなかで、倒れていた二人の気配が動き、この場から遠ざかるのを感じた。一瞬、二人がユルマンを標的に闘いだすのかと緊張していたが——退いてくれた。

思わず安堵の息を吐いていた。

修羅場の余波を怖れてか、駆けつけていたはずの警備兵の気配も今や完全に失せている。

静かになった空間で「はぁーやれやれだ」とユルマンはつぶやくと、ふっとわたしに向き直り、両腕でわたしの躰を抱きかかえ上げてきた。

「──っ⁉　なに、」

「足、辛いだろ？　あちこち傷だらけじゃないか。すぐ手当てを」

「っ！　さわるな」

「まぁそう照れなさんな」

とっさに手足を動かし暴れるが、ユルマンの体幹はびくともせず、いつものだらしない笑みを見せてくる。

「今回もまた災難だったねぇ、フィスカちゃん。よりにもよって、今大会一、二を争う危険人物に目ぇつけられるなんてなあ」

「……好きでこうなったわけじゃない」

彼らがそれぞれの思惑で一方的にわたしを利用しようとしただけだ。断って、話が済めばよかったのに、勝手にわたしを巻き込み殺し合いを始めるなんて──予測できるか。

「そんなんだから放っておけないのさ」ユルマンは芝居がかった溜息をつき、

「案の定、周りもきみを放っておかなかった。だから俺の傍にいてねって頼んでたのに」

「……？　頼まれた覚えなんてない」

「第二戦目、舞台袖で応援してねって言ったろ？　……あらら、俺の作戦ミスだったか？」

ユルマンは楽し気に笑う。いつまでも抱えていないで、わたしを早く降ろせ。

「今回は我ながらいい立ち回りしてきたのに……きみだけだよ、ずっと予測不能なのは。今日はもう大人しくしよう、な？　そこの露店でわたあめ買ってあげるから」

そこでわたしはぴたりと固まった。

「…………わたあめ？」

「そう。《繭》出ると露店がずらーっと並んでるでしょ。すぐそこのやつ」

「わ、わたあめってなんだ？」

「ん？　あれ、そっか。きみの住んでた所じゃ馴染みなかったのかな。……気になる？」

「…………『あめ』って言葉がある。まさかあの『飴』の仲間なのか？」

慎重に、しかし気になる気持ちが抑えられず、そろそろと問うと、ユルマンはにんまりと笑みを浮かべて頷き、すっと耳元に口を寄せてきた。

「――そうだよ。砂糖を一度溶かして糸状にしてね、そぅっと巻き取ると、ふわふわした綿みたいなかたまりが出来上がるのさ。これがまた甘くて、美味しいんだ。口の中で一瞬にしてしゅっと消える食感もたまらない……きっとフィスカちゃんもびっくりするよ」

「…………！」

耳を舐めとりそうな距離で囁かれた内容に、思わず返す言葉を失う。

ユルマンがやけに近いが、それは今どうでもいい。昨日の『飴』の美味しさを思うと、『わたあめ』というものがいったいどんなものか――気になってしょうがなかった。

おいしいのか。そうなのか。でも、ふわふわって……どういうことなんだろう。

「……、て、そうじゃない！」

わたしはふるふると頭（かぶり）を振って、甘美に包まれかけていた思考を元に戻した。

問題はこの男に関わる別の者からの言葉だ。すぐさま記憶から引っ張り出す。

――アイツは政府筋とも通じてるって、もっぱらの噂（うわさ）だもん――

――【火の祭典】を運営の思惑通りに進めるための――

「ユルマン、お前はこの〈帳（とばり）〉の『調整役』なのか？」

政府に雇われ裏で〈帳〉を動かす、そのために彼は立ち回っていたのか。それに――

「！　それにお前……ローズリッケに何をしたんだ？」

慌てて思い出し、声を上げる。

第二戦目、彼の対戦相手でありながら舞台に現れず不戦敗となったという少女。まさか確実な勝利を収めるために、彼女をその手にかけたのか――

慄然とするわたしをよそに、ユルマンはいともあっさりと頷いた。

「んー、まあ、事前にちょっと謀（はか）らせてもらったよ。その方が手っ取り早いからね」

「……っ！」

　そんな――

　ユルマンの腕で絶句するわたしの耳元に、ドタドタと騒がしい足音が押し寄せてきた。

「もう何の騒ぎよ⁉　な、ちょ、えええぇ！　なにこれ戦争でもあったの⁉　ここって回廊よね⁉　全部ぶっ壊れてるじゃないの！」

　押し寄せてきた喧しい気配に、わたしは茫然としたまま振り返った。

「何があったの⁉　あんた達、無事なの？　――ん、あれ……ゼロフィスカじゃない！　また何しでかしたのよ、あんたは！」

　薄れてきた爆煙を掻き分け、彼女はずいずいと歩み出てくる。

「ローズリッケ」

「なにびっくりしてんのよ？　いきなり爆音が連発して《繭》全体揺れまくって、何かと思ったらゼロフィスカがいるんだもん。こっちの方がびっくりよ」

　辺りを見回す赤毛が、煙や埃を払うようにふるふると揺れている。

「ていうか、なにしてんのあんた。なんで抱っこされてんの？」

「ローズリッケ、お前は……さっきまで何をしていたんだ？」

　ユルマンから剝がれるようにしてその場に立つと、わたしは手足の傷の痛みも忘れ、眼の前の少女を信じられない気持ちで見つめた。

てっきり舞台に上がる前に始末されて、それで不戦敗になってしまったのかと──

「なにって、舞台に向かう途中で取材受けてたのよ」

けろっとした表情でローズリッケは答えた。

「あたし昨日、ここに乱入した大男の騒動で女の子助けたでしょ？　まああんたに頼まれてたやつだけど。その女の子がいいとこのお嬢さんだったらしくて、『ご令嬢を救出した正義のファイナリストだ』って記者がインタビュー申し込んできたのよ。

ていうわけで、それに応じてあげてたの！」

かけっこで一等賞をとった子どものように、誇らしげな顔をして言い放つ。

「ほら、そこの記者とカメラマンよ。ふっ、明日の報道が楽しみだわ。そういえばどこの記者なんだろ？　あたしのこと『ヒーロー』なんてずいぶん持ち上げてくれちゃって！」

ローズリッケが無邪気に指し示す先には、ペンを手にした記者と、カメラを構えて顔が見えない黒ずくめで手足の長いカメラマンがおり、遠巻きにこちらを眺めている。

所在なさげに突っ立っている彼らに、手慣れた様子で合図を送ったのはユルマンだった。

「──ご苦労さん。もういいよ」

それだけ言われると、彼らはあっさりと踵(きびす)を返して立ち去っていく。

わたしはまさかという思いでユルマンを見上げた。

「あれは、お前が」

「言ったろ、『謀らせてもらった』って。その辺うろうろしてた記者捕まえて、飛び込みの取材でしばらく彼女の足止めしてくれって頼んでおいたんだよ。

もちろん、あいつらには『おひねり』を積んでね」

記者たちを買収して、ローズリッケに取材をさせ足止めをさせた——

「それで不戦勝に持ち込んだのか」

「そゆこと。きみのご指摘通り、俺ぁこの祭典の『調整役』として裏で立ち回ってるけど、物騒な手段は基本用いないさ。暗殺なんて、めんどいだけだし」

直前までわたしが予感していた可能性を、ユルマンは笑って一蹴した。

——この男。まさかわたしが動揺していた様を面白がって眺めていたのか？

しれっとこちらを見つめるにやけ顔に、拳の一発でも叩き込みたい気分になる。

「——ん？　あれっ、あんたもしかして〈炎刀〉のユルマン？」

今さらながら、ローズリッケが眼の前に立つ男に気づいた。

「なんであんたがここにいんのよ？　第二戦、今から始まるんでしょ？」

「もう終わったよ」

「…………………………は？」

「俺の不戦勝。第二戦の開始合図でさんざん銅鑼だの太鼓だの打ち鳴らしてたのに、きみが全然現れないもんだから。けっこう待ちぼうけてたんだぜ？

まぁしょうがないか。記者の単独インタビューに、答えてくれてたんだもんなぁ」

「…………………はあああああああっ⁉」

赤毛の頭から火山のごとく、怒声が噴出した。

「なにそれえ⁉　どういうこと、あんたが不戦勝？　じゃああたしが不戦敗ってことっ⁉　え、じゃああたしの出番は？　観客の眼釘付け間違いなしのあたしの見せ場はぁ⁉」

「それもなしで」

「ちょ、え、なんっ……なにそれえええええええええええええええ⁉」

先刻までの爆発や轟音すら圧倒する音量で、ローズリッケの悲鳴が辺り一帯に響き渡る。

「俺だって、出来れば手荒な真似はしたくないしさぁ」

どこか他人事の気色を帯びた薄情な声で、ユルマンがつぶやく。

動揺やら唖然やらが内心で渦巻き、わたしはなにも言えなかった。

ついにはその場をごろごろとのたうち回り出したローズリッケの姿に、とにかくこの子が生きてて良かった――と、遅ればせながら安堵していた。

◆

「死ぬかと思ったっスよマジでぇー！」

「ああまったくだ」

「でも良かったっスね、貴重な資料も無事だし、まさか〈女徒手拳士(ゼロフィスカ)〉のかわいコちゃんに助けてもらえたなんて、感激マシマシっスよオレ！」

「ああまったくだ……お前がパニクって『帝国』なんて口走るから、危うく俺がその場で口封じせにゃならんところだった」

「え、口封じって……人工呼吸的なアレっスか？　そんならあのかわいコちゃんの方が」

「ブチ殺すぞ」

「ちょ隊長、頸(くび)の頸動脈(けいどうみゃく)指でグッって押さえるのナシで！　脳に行く血が止まるぁあ⁉」

首に迫ったカトーの指の力に、本気の殺意を感じたパトラッシュが声を震わせる。

「すいませんでしたマジで！　戦後とはいえ、オレら帝国は共和国じゃまだ敵ですもんね。身バレ厳禁っス」

「万が一身元がバレたら、俺はお前を売って即行でずらかる」

「冷たいっスよ隊長ぉー。あの場にいたのがあの子だけでマジラッキーだったたっスね」

「……ほんとそうだよ」

げんなりと呻き、カトーは廊下をあるく足取りを徐々に整えた。

二人が歩くのは、《繭》に設けられている特別観客席用通路だった。利用者は国内の要人だけでなく、高額な入国手数料と観戦料を支払ってわざわざ祭典を観に来た物好きな周辺諸国の資産家も多い。広々とした廊下は先ほどの控室に通じる通路とは打って変わり、明るく清潔さが徹底されており、まるで高級ホテルのようだ。

記者の偽造許可証でしれっと入り込み、二人が辿り着いたのはある一室の扉の前。

聳えるように立つ豪奢な扉に一切気後れすることなく、カトーはノック音を鳴らした。

すると——誰何の声より先に扉が開かれ、狼狽した男の顔が飛び出して来た。

「——見つかったのか？」

灰色の頭髪をオールバックにまとめた老年の男だった。声や姿勢に張りがあり、上等な衣服とあわせて威厳すら漂う。だが今はひどく慌てた様子で、鳶色の眼に不安を滲ませていた。

なにか探しものか。だが、眼の前に立つ男二人と関係ないことは明らかだった。老年の男はすぐさま訝しげになる。

「……なんだ君たちは」

「どうも。我々は辺境地方で記者やらせてもらってる者です」カトーは扉を押し開けて自然に足で押さえ込むと、相手が反応するより早くまくしたてる。「今回の〈帳〉——【火の祭典】にわざわざ南西都市ケルビウから貴方が観戦に来られたと聞いたので、さっそくご挨拶をと思いましてね。ケルビウ代議士長オーレン・マルス・ペフェルタクスどの」

老年の男——オーレンは怪訝さを浮かべつつ、身分ある者特有の見下す眼で二人を見た。

「記者だと？　ここにはプライベートで訪れている。治政に関することや公的な声明など一切するつもりもない。帰りたまえ」

「そう仰らずに」カトーは老年の男が放つ威圧など素知らぬ風で詰め寄った。

「せっかく貴方に接触できると思い、我々はさるお方のご紹介もいただいたんです。外商院助役のエンブリケ・トッド氏と、外遣監督主幹のアイリーン・モルオー氏。このご両名、長年貴方とは懇意にされていらっしゃるんですよね？」

「……彼らが……？」

呈示された人物名にオーレンは明らかに動揺した。両目が忙しなく左右を巡る。

「なぜ、今さら……いや、そもそもなぜ記者が彼らと繋がっているんだ」

「辺境の記者なりにコネクションがありましてね」

独り言ちるオーレンの思考を遮り、カトーは話を押しすすめた。

「お話は彼らとの蜜月についてではないんですよ。あなたご自身に関して伺えればと。まず、お忍びとはいえ【火の祭典】を観戦に来られたことが意外ですよ。あなたはケルビウの統治においても【火】の精霊持ちに関する問題は放置――いえ、徹底的に無関心を貫いていらっしゃるじゃないですか。今回はどんな心境の変化で？」

「――個人の心境など、プライベートに関わるものだ。答える必要などない」

「でしたらご意見を一つ、お聞かせください」カトーは滑らかに言葉を続けた。

「さきほどの第一戦目は御覧になりましたか？　そこで敗退した青年。実は医療資格を有し臨床の経験もある医者の卵だったんです――いや、立派に孵ったから医者の雛か。ですが、【火】の精霊持ちと判明し、資格を剥奪されてしまったとか。

　追い詰められた青年が向かった先がこの祭典であるということについて――同じ元・医者でもいらっしゃるペフェルタクス氏はどのようにお考えですか？」

「そんなものと私を一緒にするな」不快感露わにオーレンは眼の前で腕を振った。

「そもそも【火】の精霊持ちが神聖なる医道に携わろうとすることが間違っているんだ。資格剥奪は当然の処置だろう。

　いつの時代、どこで何をしていようと奴らは災厄の種でしかないからな」

淀みない口調から、いかに長年その思考と発言を身に馴染ませていたかが窺い知れる。

背後でパトラッシュが「うわぁ」と小さく呻いたのを制し（肘で鳩尾を突いた）、カトーはわざとらしく頷いた。

「そうでした、あなたはその医療技術の高さをトッド氏とモルオー氏に評価され、彼らも所属する『風雅の会』の一員になったんですよね。政務統治を担う【風】の精霊持ちのみの派閥、でしたか」

「そうだ。彼らの後押しもあって、三十年以上、ケルビウの政務に携わっている」

オーレンは眼の前の男に教え込むように語気を強めた。

「主導たる【風】の精霊持ちとして当然の責務だ。我々ペフェルタクスは代々当主が【風】の精霊の加護を授かり、人々を導くべき一族として存在するのだから」

「ほう」

顎に手をやり、感じ入った様子でカトーは頷いた。

その背後で腹をさすっているパトラッシュが背中を丸めながら「……あれ、でも」と小さなつぶやきを漏らす。それもまた裏拳で制して黙らせようとした――

そのとき。

「ただいま戻りましたわ、おとうさま、おかあさま！」

ふわっ、と軽やかな声が二人の横を流れ、部屋の中に駆ける少女の後ろ姿があった。

「……コルレス！」

室内を覗(のぞ)き込んでみると、灰色の髪をまとめ上げた上品そうな老女がいた。今にも泣き出しそうな顔で戻って来た少女をわっと抱きしめる。

「どこへ行っていたの！」

「ごめんなさい。ちょっと迷子になっちゃって」

老女の悲鳴じみた声に、抱きしめられた少女がくすぐったそうに無邪気な声で答える。

「でもね、とぉーってもいいことがあったのよ！　おとうさまとおかあさまにお願いして、ここまで来て本当によかったわ！　あのね——」

「いいからコルレス！　大人しくなさい……！」

無邪気にはしゃぐ少女を老女は全身で包み込むと、こちらに背を向ける。

まるで我が子の目に無粋な輩(やから)であるカトーとパトラッシュの姿を入れまいとするように。おかげで二人は少女の顔を拝むことはできなかった。

さらにオーレンが眼の前で手を振ってこちらの視界を遮ってくる。

「もう話すことなどない。これ以上付きまとうのなら、衛兵を呼ぶぞ」

「それだけはご勘弁を」

すっと扉を留めていた足を引くと、扉が叩き付けるように閉ざされる。

鼻面に迫った扉の上等な木の香りを嗅ぐと、カトーはあっさりと踵を返した。すたすたと歩く真横に、パトラッシュが並ぶ。

「いやぁ～……ド定番、典型的、見本のような差別主義者だったたっスねぇー」

「だからってあからさまなリアクションすんな。へそ曲げられたら話が続かねぇのに」

「だって、あんな典型的悪役みたいな発言、映画の中でしか拝んだことないっスもん」

「……ちったぁ悪びれろ」

たしかに世界各国に【火】の精霊持ちへの差別は依然として存在する。しかしあれほど率直な差別発言は、近年の帝国はもちろん、その他諸国でもなかなかお目にかかれない。

澱んで凝り固まった思想は、まさに『鎖された国』を象徴するものだ。

「あんな暴言、聞いてるだけでムカムカしてきたっスもん。なんかあの医者――えーっと、あの若者！　可哀想になってきたっス」

「だから名前覚えとけっての」

「でもでも、あの医者にとっては切羽詰まった状況だったんじゃないんスか？

【火】の精霊持ちのままでは医者にはなれない――追い詰められた彼は帝国から重要資料を盗み出し、ついに精霊転移の手術にも手を染める！　てなカンジで」

「だとしたら、なんで今〈帳〉にいるんだよ。自分の身を舞台で危険に晒(さら)してまで、奴がここでやるべきことってなんだ？」

「そこは分かんないっス」きっぱりとパトラッシュは即答した。「オレが推理するに、あの若者はインテリっスから、きっとオレの推理が及ばない目論見(もくろみ)があるんスよ」

「それ推理じゃねぇよ」

「どっちにしろ、あの若者もう一押ししてみないっスか？　怪しいのは確かなんスから」

それはそうだ――とカトーはあの青年の動向を見て釣り糸を垂らしたことを思い出す。

単純短絡なパトラッシュの思考はともかく、かの青年がただ闘うために〈帳〉に来たわけではないことは確かだ。この本戦に臨む以外の「何か」が奴にはある。

「何が釣れるかね」

独り言(ご)ちる。上等な廊下を抜け、いざ本拠地――もとい貧乏席に戻ろうとした時だった。

無人の舞台を取り囲んでいる大勢の観客達に、拡声器によるアナウンスがもたらされた。

第三戦目、出場者である〈火閃(エクレール)〉シムシェと〈煉鉄(ブル)〉マグノリオ。試合前、場外において両名の不慮の死亡が確認されたため、本日の【火の祭典】は一時中断とする――と。

【第五幕】飛び火の陰で

「本当にびっくりしたよ。自分と闘った後よりも傷だらけになってるんだから」

「……運がないとは思ってる」

アイザックの素朴な感想に、わたしは素直な心中を吐露していた。

回廊で勃発したカンナビスとアビによる「場外乱闘」の後、全身を裂傷で血まみれにして控室に現れたわたしの姿を見るなり、アイザックはひっくり返って驚いた。

医者なのに傷を見て驚くのも妙な話だが、物騒な傷が増えていたのだから致し方ない。

衣服を最低限身に着けた状態のわたしの肌を検(あらた)めると、アイザックは腕の切り傷をはじめ全身の裂傷に薬を丁寧に塗ってゆく。

「背中まですごいな……今動かしたら痛むかな？」

「問題ない」

「それじゃあ躰(からだ)の前の方は自分で塗ってもらっていい？　傷の量が多すぎるよ」

手渡された塗り薬を胸元や首筋、目の届く範囲につけていく中で、わたしはアイザックに背中の治療を委ねながら、自分が〈帳(とばり)〉に来た理由を話していた。彼が話してくれたのに、わたしは自分について何も言っていなかったことを思い出したのだ。

仇(かたき)を探し出すためここに来た――そう言い終えると、背後からぽつりと声がかかった。

「相手が何者でどんな理由や事情があろうと――あなたは復讐(ふくしゅう)を果たすつもりなんだね」

「そのつもりだ」わたしは迷いなく答えた。

「どんな事情だろうと、わたしの同胞たちを殺していい理由にはならない。わたしは必ずそいつを殺す。もちろん自分の行動は最後まで自分のものにする。だから仇と、それにかかわる者の命も含め、全部背負っていくつもりだ」

「………そう」

背後のアイザックがどんな表情をしているのかは分からない。ただ、その声にはかすかな揺らめきがあった。

「ごめん、へんなこと質問した」

べつにいい――振り返ってそう言いかけた時、聞き慣れた足音が近づいてきた。

「よう――って、うぉわ眼福じゃないか、フィスカちゃん！」

扉を開けるなり、ユルマンは声を弾ませてきた。その眼(め)は普段わたしの肌の色を無遠慮に凝視する連中とは違い、なぜか嬉(うれ)しそうにニヤけている。

「その眼を潰すぞ」

ひとにらみして言い放つと、温厚なアイザックもめずらしく憮然とした表情で、

「ユルマン、治療中だよ。しっし」

「おいおい、君らしょっぱくない？　俺ぁ凶暴な奴らの乱闘に巻き込まれた姫君を救い出したヒーローだよ？　労ったり誉めたり、惚れてくれてもいいんだぜ、フィスカちゃん」

「不埒な人だな……」

ますます刺々しくなるアイザックに、ユルマンは悪びれた風もなく肩をすくめる。

「いいでしょ別に。きみだって、昨日からフィスカちゃんにばっかりかまってさぁー。お医者サマなんだから公明正大に治療してくれよ。贔屓じゃないか。フィスカちゃんに気があるの？　押し倒されて一撃喰らったショックで惚れた？」

「！　なっ、し、失敬だなキミは！」

顔を真っ赤にして上ずった声で怒鳴るアイザックに、ユルマンが減らず口を返す。

「…………」

よくわからないが勝手に盛り上がっている二人を後目に、わたしは淡々と全身に薬を塗っていった。

わたしが裂傷の処置を終えて服を着ると二人は大人しくなり、ユルマンは主催者に雇われた〈帳〉の『調整役』としてのこれまでの動向をえへらと気楽に話し出した。

「『調整役』側から見ても、今回の〈帳〉は序盤の段階でしくじったからねー」

見繕っていた優勝予定者――カイザーが予選の時点でわたしに倒されたために、〈帳〉裏方はかなり泡を喰っていたらしい。

「それでも俺なりに色々考えて立ち回ってたんだよ？　優勝者候補として、シムシェとマグノリオに交渉持ち掛けたのは、我ながら上手くいった。〈帳〉が仕組まれた祭典だってのは、一度でも本戦に出場すれば匂ってくるからね。案の定、ファイナリスト経験者であるシムシェとマグノリオに優勝を持ち掛けたら、二人ともすんなり納得してくれたし」

さらに二人には〈帳〉ファイナリストの賭博で流れる賞金の一部を横流しする、という特典もつけていたという。わたしが控室前で漏れ聞いた会話はそのくだりだったのだろう。

「優勝者と勝ちを譲る方とで相応に分配差を付ければ、どちらにも悪い話じゃなくなる。あとはどちらが優勝者になるか、二人でじっくり話し合ってくれって促してたわけよ」

「昨日今日で、あなたがそんな暗躍していたなんて」

驚きと呆れを交えてアイザックが呟く。

おかげで色々なことが符合した。カイザーが終始『話が違う』といっていた真相も、第一戦直後、ユルマンが控室でシムシェとマグノリオに持ち掛けていた話も――すべて運営側があつらえた優勝者を祭典に据えるための『調整』の一端だったということだ。

そしてローズリッケ戦での小細工も。

……？

いや。よく考えると彼女を足止めして不戦勝を得たのは、戦闘が面倒だったユルマン個人のための小細工なのではないか。

どさくさに紛れて抜け目ない――ユルマンはにやけ顔で語り進める。

「その一方で俺ぁ予測できないフィスカちゃんの動きに、ヒヤヒヤさせられてたんだぜ。実は第一戦目できみとアイザックを当たらせたのは俺なりの即席の仕込みなんだ。きみが昨日ぶっ倒れた時に思いついて、即行で対戦に割り振った。介抱してくれた対戦相手の身の上を知れば、情にほだされて敗退してくれるんじゃないかって。――力で押せないのなら情で引く、ってやつさ」

「どうりで……昨日、いきなり自分に彼女の介抱を頼んで来たのも、自分が医学生だったのを主催者側が事前に身辺調査をしていたからか」

「そーいうこと。ある時は黒子、あるときは役者として俺ぁ東奔西走してたのさ」

アイザックはふと心配を含んだ眼でユルマンを見た。

「でも、参戦者相手に〈帳〉の内情をそんなにあっさり明かすなんて、許されてるの？」

「まー所詮俺ぁ雇われの身よ。『言われた仕事をやる』だけ。お上への忠誠心も義理もないし？　第一、『誰にも言うな』とも言われてないしさ」

「……あなたは人の秘密をすぐ言いふらしそうだな……」

「それに雇い主も現時点で最高潮にテンパっててなぁ。あんまり俺の動向について指図する余裕がないみたいだぜ」

「え——まだ何かあったの？」

「あれ、さっきのアナウンス聞いてなかった？　第三戦目で対戦予定だった〈帳〉の常連参戦者——シムシェとマグノリオの二人が、《繭》内で殺されてたんだと」

「……殺されていた？」

わたしは二人の顔を思い出す。戦闘慣れした様子の屈強な男たち。どちらかが優勝者になると話をつけていたはずの彼らが、どうして。

「どちらが優勝者になるかで話がこじれて、殺し合いになった可能性は——」

「ないね。二人の死体は別々の地点で発見されていたし」

「どうなっているんだ、この祭典は……毎回こんなに荒れるものなの？　ファイナリストが、闘う前に突然殺されているなんて」

愕然とつぶやくアイザックに、ユルマンは首を横に振った。

「俺も毎年『調整役』やってるわけじゃないが——ここまで混乱した〈帳〉も今までないんじゃないかな。参戦者に対する『冷遇』ってのは例年おなじみだけどね。

過去に警備兵がちょっとした諍いで予選参戦者を殺して、事故死扱いしたって実例はある。だが、本戦の出場者を、それも対戦前に両者を殺すなんて前例がない。なにせ一戦だけでデカい賭博金が動く興行も絡んでいるからね。主催者が許すわけがないさ。今や不測の事態の連発で、この祭典をどう着地させればいいか、主催者はおおわらわだ」

ユルマンはさも愉快そうにくつくつと喉を鳴らす。いつもの芝居くさい雰囲気が薄れ、むしろどこか野蛮じみていた。

「大騒ぎは収拾付かず、ついには殺人事件として警察官憲も《繭》に出向いて来たからな。本当なら、今日中に第三戦を飛ばして第四戦を強行したかった運営側も『祭典なんて続けてる場合か』って警察官憲の一声でしぶしぶ中止にしたってわけよ。

どうにか明日には、『準決勝』って体で俺とフィスカちゃんの対戦を敢行するんだと」

一体この祭典はどうなっちまうんだろうねぇ、とユルマンは鼻歌のように呟く。

「ま、とりあえず『調整役』である俺へのお達しは『勝ち進むこと』『反政府的な存在の排除』の厳命維持だから、まだまだ俺ぁ舞台にはいなきゃいけないんだよね。

そして最後に一点。〈帳〉の運営連中が少数民族らに目をつけて接触を試みたことは一切ない。――さて、フィスカちゃん。きみが訊きたい情報としては、これで充分かな？」

ユルマンの問いかけにわたしは即答できず、目を伏せて考え込んだ。

「……充分かどうか、わからない。わたしは考えるのが苦手だから」

わたしは率直に言うと、二人を見て断言した。

「ただ、ファイナリストたちの中には、わたしの仇はいない」

そう――今、目の前にいる二人はもちろん、これまで接触してきたファイナリスト達からは、たとえ殺す力があろうと、あの殺戮を為す理由も異質性も感じ取れなかったのだ。

もともと手がかりも情報もわずかだったが、状況はさらに手詰まりになりかけている。

わたしは懐から半身のもとに残されていた銀板を取り出した。ここまでわたしを導いた物ではあるが、銀板は参戦者全員が所持している以上、仇を特定する決め手にはならない。

それを目にしたユルマンが、ふと思い出したように口を開いた。

「その銀板が誰のものかなら、特定できるよ」

わたしは雷に打たれたように躰を跳ね起こした。

「！　本当か、ユルマン？」

「ああ。銀板に十二ケタの数字があるだろ。それで参戦者を特定できる。再発行もその数字で対応できるってわけさ。きみも予選エントリーする時、書面にサインしなかった？」

「……憶えがない」

自分の参加票は、予選の舞台に上がろうとしたときに無言で手渡されただけだった。ユルマンは何かを察したようにやれやれと肩を竦める。

「あーあ、予選最終戦だったし、駆け込みエントリーの連中には適当に銀板バラ撒いてたのかもな……まったく、運営はそういうところが雑なんだから」

この数字の並びにそんな情報があったなんて——今まで気にすることもできなかった自分に内心歯噛みする。

だがわたしはすぐに切り替えて、手にした血塗れの銀板をユルマンの前に突き出した。

「なら取引だ、ユルマン。この銀板の数字に該当する者を、運営とつながっているお前なら調べ上げることができるだろう。わたしはこの銀板の持ち主の名前を知りたい」

今のわたしが持っている手がかりは二つだ。

一つは殺された半身のもとに仇である人物が残した、この銀板。

そしてもう一つは、回廊で出会った少女・コルレスから聞いた、あの虐殺の日に居住区へ多数の代議士たちが立ち入っていたという情報だ。もしかしたら当日地区に立ち入った者の中には、この銀板の持ち主と関わる者がいたのかもしれない。

わたしをここに招いておきながら、この銀板の持ち主が未だに姿を現さない理由も、当人が何者かが判明することによって、見えてくるのではないか。

「持ち主の名前を教えてくれれば、わたしは明日の準決勝の勝ちをお前にゆずる。わたしがこれ以上〈帳〉に留まる理由はないから」

「………お。マジで？　俺、明日勝っていいのかい」

わたしが頷くと、ユルマンはにんまりと笑って垂れる頰を手で押さえた。

「いやぁこちらこそ助かるよ。もちろんその取引には乗ろう」

ユルマンは銀板を覗き込み、そこに刻まれた数字を見取ると頷いた。

「いやぁ、渡りに舟とはこのことだ。フィスカちゃんの『調整』もできたって運営にアピールできるし、あとは決勝に上がるアビかカンナビスと対戦すりゃいいわけだ。おや、待てよ。もしかしたら俺、優勝しちゃうかもー？」

「……よかったね、幸運に恵まれて」

ちくりと皮肉を送るアイザックの肩をわっしと摑み、ユルマンはますますご機嫌になる。

「いやぁ、女の子には親切にしておくもんだよ。なぁー、アイザックー」

「一緒にしないでくれ」

「――じゃあフィスカちゃん、悪いけど明日の準決勝、舞台には出て来てもらえるかい？　出来レースにはなるけど、ある程度観客を盛り上げてやって、頃合い見たところで降参してもらっていいかな」

「わかった」

「いや悪いねぇ、これで『調整役』としての仕事も雇い主に見せられるし」

抜け目なく調子がいい男は、そう言ってなれなれしい笑みを寄せてきた。

わたしはその顔面をそっけなく掌で押し返す。

彼の茶番に付き合えば、〈帳〉でわたしが為すべきことはひと段落する。

探し求める仇の存在にも、徐々に近づいていけるはずだ。

◆

【火の祭典】二日目――準決勝を迎える《繭》の片隅で。

薄暗い通路に二つの足音が再び鳴っていた。

「いやぁ、昨日は対戦中止のアナウンスのあとは観客総員で大炎上だったっスよね……さっすが【火の祭典】っスわー。観客自ら怒りに燃えてたっスよ」

「皮肉こいてる場合か」

暢気（のんき）な足取りと口調のパトラッシュに、カトーは気の抜けたぼやきを返す。

「確かに、予定の半分しか対戦が開催されなかったし、内容も観客の期待したもんじゃなかっただろうからな」

「一戦目は降参により敗退、二戦目は対戦者不出場による不戦勝——誰も燃えないし死なないって観客が不満爆発寸前のところに、中止のアナウンスっスからねー。てーか、対戦が中止なんだからチケ代払い戻ししろってんじゃなくて、殺し合いも火だるまも見られないって文句が大半だったっスよね。警備兵にまで八つ当たりして」

「あれはドン引きしたな。『対戦前にくたばった奴（やつ）の死体持ってきて舞台で燃やせ』なんて盛り上がってる奴らもいて。まったく、人が死んでるっつーのに……」

「あれはナイっスわ。ヒトとして激シャバな奴らばっかっスね、〈帳〉の観客どもは」

　昨日の祭典中止のアナウンス後、観客席は怒りで煮えたぎる観客によって暴動寸前の状況と化していた。

　主だった反応は二人が口にした通りのものだ。

【火】の精霊持ちはあの帳（とばり）の中で一向に自分たちを満足させるものを見せない。そのことに対する不満で、場内は「『禍炎（かえん）』を殺せ」のシュプレヒコールで一時溢（あふ）れ返っていた。

「これって過去にもないくらい、シャバい祭典になるんじゃないっスかー？」

パトラッシュの軽い口調には、祭典そのものに対する侮蔑が滲（にじ）み出（で）るようになっていた。共和国に蔓延（まんえん）する【火】の精霊持ちへの差別感情にすっかり辟易（へきえき）している。

「お国主催の興行はどーやって落とし前つけるんスかね」

「やけくそで強行するってことだろ。今日の準決勝にしたってそうだ。本来は今日二戦行うところを二日にわけて、急遽（きゅうきょ）四日目を設けて決勝戦にした。おおかた三日の祭典を一日引き延ばして昨日中止した分の帳尻合わせようって算段だろうが――」

「その対応も運営のテンパり度合いが透けてて、やっぱりシャバいっすよねぇー」

「おまけに運営は昨日のファイナリスト殺害で、別の厄介ごとも抱え込むハメになった」

「え、まだあったんスか？」

「警察官憲の介入だよ。〈帳〉観戦してると感覚麻痺（まひ）しそうだが、本来は殺人となれば法に基づいて警官が動く。今や事態は大事（おおごと）ってわけだ」

さらに昨日の死体発見者が外国からの観戦者で、貿易商に関わる一大資産家だったのだ。当然『死体は片付けましたのでもう問題ありません』では済まされない。対外的にもこの事件の殺人者は国の威信をかけて暴（あば）き出す必要がある。なぜなら――

「腐っても共和国は法治国家だからな」

「へー、じゃあ頑張りゃいいじゃないっスか」

「問題なのは、警察官憲と警備兵が《繭》内でかち合ってる状況だ。奴らは似ているようでその実、イヌとサルより仲が悪いんだよ」

警備兵が政府の直属なのに対し、警察官憲は軍部を母体とした組織だ。十年前の帝国侵攻を退けたことにより、軍部は今や政府と肩を並べる勢力を有している。その軍部が「警備兵だけでは共和国の治安は守れない」という理由で組織したのが警察官憲だ。

必然的に両者は角突きあう関係になる。

「今回の場合、警備兵はどんな手段を用いてでも【火の祭典】を成功させる使命がある。一方で殺人事件を糾明する警察官憲は、組織の威信をかけて祭典の運営に干渉も厭わない強引な捜査を強行するはずだ――当然互いを邪魔し合う動きも出るだろう。下手すりゃ奴らの『場外乱闘』なんて事態になりかねん」

「ヤハー。ケンカなら舞台でやればいいのに。ちょーウケるっス」

「祭典は殺伐とする一方だな」

そう言うと、ちょうどいいタイミングで目的地にたどり着く。

【火の祭典】ファイナリスト用の控室。

傍に立つパトラッシュが気合いを入れ直すように口の端を舌で舐めた。

さて。

鬼が出るか蛇が出るか。

カトーはノックもせずに扉を押し開けた。

埃舞う、質素な空間の真ん中に佇んでいるのは、一人の青年だった。特に驚いた様子もなく、湖面のような静けさをたたえた眼でこちらを見ている。

すぐ側の丸テーブルには彼がいつも身に着けているボディバッグと、その中身が広げられていた。医者として治療で用いると思しき、医療用刃物や薬剤。

そして——小さなガラス瓶が数本。

その小瓶を目にした瞬間、カトーは神経が引き攣るのを感じた。刃物や拳銃、その辺でよく目にする武器の類などよりも「ヤベェもの」だと直感する。

カトーは喉に力をこめて、普段通りの声音を押し出した。

「どうもこんにちは。アイザックさん。よろしければ昨日とは別の話を二、三伺えませんか。例えば——その小瓶の中身とか」

「ええ、いいですよ」

昨日の戸惑いも頑なさも一切失せた、どこか悠揚とした態度でアイザックは頷くと、無造作にテーブルに並べた小瓶を、その繊細な細指で指し示す。

「これは毒薬です。気化しやすく、火で軽く炙って空気中に散布すれば、あっという間にこの《繭》を呑み込める。器官だけじゃなく皮膚からも吸収される劇薬です。精霊なんて関係なく、大勢の人間を一瞬にして殺せる――そういう中身です」

なるほど。

細く冷たい緊張を含んだまま、カトーは納得していた。

はじめから、この青年にとって本戦での勝敗などどうでもよかったのだ。【火の祭典】ファイナリストとして《繭》に入りこめればよかった。なぜなら――

「自爆テロってやつっスか……？」

パトラッシュが思わず口にすると、アイザックは再びたやすく頷いた。

「そういうことになりますね」

「どうやってこんなもの入手したんですか？」

「どこからも入手していませんよ。そんな大金もありませんから。

これは自主製作です。医学を学んだ者として多少知識もあるので、少し工夫をしたんです」

少し工夫――か。

カトーはあらためて、眼の前で静かに瓶を撫でている青年に空恐ろしさを覚えた。

そんな簡単な言葉で片付くようなことではない。この毒薬が彼の言う通りの効果を生み出すものだとしたら、半世紀前に大陸主要諸国が批准した『世界調和均衡条約』で禁止扱いされた大量破壊兵器並みの代物ということになる。製作しただけで周辺国家から即時制裁を喰らうレベルだ。

だが、アイザックが自大にほらを吹いているようには思えなかった。実際に彼は、『霊髄』の能力もなしに精霊制御の技能だけで〈帳〉フィアナリストにまでなった実力を持つ。

「世界で渡り合える才能だ。もっとその能力を他で活かして欲しかったですよ」

思わず本心を吐露すると、アイザックは目を細めた。

「恐縮です。でも、自分は医者になろうと思っても、なれなかったものですから」

そう言って笑う青年を見て、カトーはただ悲しくなっていた。

【火】の精霊持ちという理由だけで、ただ一人の青年の未来を潰した――この現実に。

「今からそれを使うんですか」

「本当は昨日使うつもりでした。第一戦目で、負けて殺された瞬間にでもぶちまけるか、あるいは相手が【火】で自分を焼殺してくれれば散布できますから。あの帳だって、舞台を完全密閉できる代物じゃないし、なにより『禍炎』が毒薬を撒き散らすなんて誰も想像していないはずでしょう」

その懐に自らの死と引き換えの破壊を忍ばせていた——

青年が平然と語る決死の境地に、あらためて身の竦む心地を覚える。

「でも、自分は殺されなかった」

その声から唐突に力が抜けた。瓶を撫でる手は、横に並んでいる医療道具の方へと移る。

「『いいやつだから』——そんな理由でした。自分に『いい医者でいてほしい』って」

抑揚を欠いた声だった。自分に湧く感情をどんな声音で発すべきか、うまく繋げられないまま出したような、無防備で剝き出しの。

「そんなこと言われたのは、初めてでした」

ただ一筋、その頰を涙が音もなく伝う。

「それに、この毒薬を使って《繭》にいる者を全て殺すと決心したつもりでも、自分はまだ覚悟が足りなかったと気づかされました。

自分のやろうとしていることは、ここにいる何万もの人間の命を背負ってまでやるべきことなのか。たぶん、そうじゃないんだと思います。自分の怒りも絶望も、たくさんの人の命と天秤にかけるものじゃない。どちらが重いとか、そんな問題じゃないですから。それなら自分は、彼女の言葉に応えていくことにしたんです」

傷を負わされながらも【火】に喰われかけていた自分を助け出した、名前も知らない「彼女」。その深く激しい赤の眼を思い出す。

ふ、と小さく息を吐くと、アイザックは全身から力を抜いた。

「実はこの毒薬をどうしようか、持て余していたんです。荷物整理をしていたところにあなた方が現れた」

「そうでしたか」

「ここに置き去りにしても、落とし物扱いはされませんよね。何だと思って手に取った誰かが、うっかり蓋を開けたら大変なことになる」

涙が落ちたあとの頰を緩めて青年は笑いかけるが、二人は反応できない。

笑えない冗談にもほどがあった。

「できればあなた自身の手で保管なり処分をしていただきたいです」

「そうですね。そうしましょう」

アイザックは頷くと、手早く机に広げていたものをバッグに詰めた。

「――では自分はこれで。あなたがたに話せるようなことも、他にはありませんから」

「どちらへ？」

「今日の準決勝を少しだけ覗いていきます。恩のある知り合いがいるので」

軽く頭を下げると、素朴で礼儀正しい青年は控室をあとにする。

――カトーは手近にあったソファに、どふっと尻を沈めた。

「………死ぬところだったのか、俺たちは」

「ていうか、あのお医者さんじゃなかったんスか⁉ 帝国の技術盗んだの」

「どう見ても違う。むしろ帝国の技術なんてお呼びでないだろ」

鬼でも蛇でもなく、むしろそれらを主食とする、もっととんでもない魔物と遭遇したような気分だった。聡慧で穏やかな物腰がなおさら恐ろしい。

パトラッシュは納得がいかないのか、じたばたとその場で足踏みし始めた。

「ええーっ、ここに来て調査振り出しに戻るんスかぁ⁉ シンプルにだるいっス！」

「駄々こねるな。野郎が拗ねたってかわいくねぇんだよ」

膝に手をやり、のっそりとカトーは立ち上がる。鹿撃ち帽を被り直してパトラッシュを促すと、控室をあとにした。一度、回廊に戻るつもりだった。

ちょうど昨日【火】の精霊持ち同士の乱闘で崩れた壁がある。瓦礫をまたぎ、回廊に出ると、そこに見慣れた黒い影が佇んでいた。

「よす」

寝起きのような気力の薄い眼つきと黒ずくめ。首にカメラをぶら下げた「同業者」——記者のヨヨットだった。

ただ立っているだけで妙に様になるのだから、手足が長いというのは得なものだ。

「探したよ、ご両人」

「資料揃(そろ)ったのか」

「まあね」

そっけなく言ってぶら下げた手から差し出されたのは、数枚の紙束だった。カトーの横からひょいっとパトラッシュが進み出る。

「あ！　例の交換条件の資料ってやつっスね」

「ラブレターに見える？　それ以外にないでしょ」

「——おっとぉ！　忘れ物っスよ、写真は？」

「あーそっか、はいはい」

出し惜しむというより単純に忘れていただけのようだった。現像した写真を収めていると思しき封筒を用紙の上に載せ、すんなり手渡す。

「ういスー。んじゃ、オレのハイクオリティ・レポートがこちらっスよ」

パトラッシュは、例によって尻ポケットに丸めて挟んでいた資料を手渡した。

受け取ったヨヨットが、たちまち眉根を寄せる。

「……え、なにこれ焦げくさ。なんで周りが黒ずんでんの？」

「昨日色々あったんスよー。あ、複写した分はこっちにあるんでお気になさらず！」

「普通複写した方を渡さない……？」

ヨヨットは中身を簡単に確認し、パトラッシュを真似るように資料を丸めて腰に挟む。

「──まぁいいや。お疲れさん」

それ以上会話を弾ませるつもりもないのか、ヨヨットはくるりと踵を返すと回廊をあとにしてしまう。不愛想というより、人との会話自体を面倒臭がっているように見えた。

パトラッシュはさっそく受け取ったものを抱えてホクホク顔になる。

「うっひょう、写真だ写真だ、かわいコちゃんのベストショットどれかなぁ～」

「はしゃぐなアホ」

浮かれるアホ面から資料の方を奪い、カトーはその書面に目を通す。

写真をその場に広げ、にやけ面で検分していたパトラッシュがふと顔を上げる。

「──あ、それってあれっスよね、ナントカって代議士の資料」

「そう。お前が職務放棄した調査」

「そのおかげでファイナリストの画像もゲットできたんスから、結果オーライってやつっスよ。うお、見てくださいの隊長！　このかわいコちゃんの表情！　超・かっけぇ！」

「……はしゃいでる場合じゃねぇぞ、パトラッシュ」

カトーは読み終えた資料を胸ポケットにしまうと、歩き始めた。

「犯人が確定した」

「え」──床に写真を広げていたパトラッシュは数瞬固まる。

「えええええええ！　マジっすかぁ⁉」

「政府筋に関係していたってのが決め手だな。そこから帝国とのパイプが出来ていた。しかも──この調べによれば、コイツかなりえげつない所業にも手ぇ出してやがる」

あわてて写真をかき集めたパトラッシュは、ばたばたとカトーに追いすがる。

「じゃ今から犯人に突撃っスね。てゆーか隊長、結構早い段階で目星つけてたんスか？」

「まあな。奴とは直接接触もできたし、あとは裏取りの情報固めるだけだった。医者の青年は──まぁ寄り道調査だな。流れで気にはなったから、多少干渉しただけだ」

「でもオレの推理じゃぜんぜん候補が挙げられないっスよ隊長！　いったい誰なんスか！　帝国から機密技術を盗み出した、とんでもない極悪人は！」

「ヤベェ奴だった」

カトーは行く先に居る人物を睨むように目を据える。

「あいつ――ここまで人道外したぶっ壊れ野郎だとは思わなかったよ」

【第六幕】火を喰らう

『大ッ変ながらくお待たせいたしましたぁああああーッ！

昨日まで波乱の極みにあった【火の祭典】もついに準決勝を迎える運びとなりましたッ！　今日明日を闘う【火】の精霊持ちはいずれもこの混沌を生きのこった強者たち！　激烈なる戦闘によってかつてないほどに祭典を彩ることは間違いありません！

さあ！　今こそ共和国全土の国民が刮目し見届ける時ですッ！』

昨日までの悪しき雰囲気を吹き飛ばすべく、脳の血管が千切れ飛びそうな剣幕で実況者が吼えた。それに応じる観客達が、昨日の鬱屈を晴らさんとばかりに高揚する。

罵声や歓声の中、わたしは舞台上数メートル先で対い立つ者を静かに見据えていた。

この闘いの勝者となるユルマンが、腰に佩いた刀にもたれ笑いかけてくる。

「あらためて礼をいわせてもらうよ、フィスカちゃん」

「決着の頃合いは、どの程度になる？」

「ま、例年で見れば十分程度かな。長すぎてもダレるからね」

「わかった」

するとユルマンは、通常の締まりのない笑みにふっと翳をにじませた。

「いや、寂しくなるね。この闘いが終わったらフィスカちゃんは仇探しに出ちゃうんでしょ？　俺もこのあとの仕事がなければ、付き合いたかったんだけどなぁ」

「助けてもらう義理はない。お前にとっても、仕事が優先なんだろう」

「……そーね」

ユルマンは緩やかに頷くと、何かを諦め、何かを割り切ったように刀にもたれていた姿勢を正した。刀の柄を、そっと手で撫でる。

「んじゃあ、フィスカちゃん去りし後、俺ぁ本来の仕事に取り掛かるか。アビとカンナビス、二人の始末だ」

「――え……」

冷たいものが背筋を走り、声が漏れていた。

ユルマンの表情からは笑みが消え、醒めた眼には刀刃を思わせるあの眼光が凝っている。

「……殺すのか？　あの二人を。なぜ、お前が」

彼が発した言葉は、その意味にしか取れない。ユルマンも否定しなかった。

「言ったろ、『調整役』としての俺の仕事は〈帳〉を『勝ち進むこと』。そして『反政府的な存在の排除』。この両方満たさないと、仕事してないって見なされるからね」

「その二つ目に、あの二人が該当するから殺すのか」

「そゆこと」ユルマンはすんなりと頷いた。

「もともと反政府活動家として有名だった〈学者〉のアビは参戦時点ですでに排除の対象だった。予選で始末できていれば上々だったんだが、あいつ急に現れて参戦したもんだからさ。あいつと同じ予選舞台に紛れるタイミング失くしちゃったのよ。

カンナビスに関しては参戦した直後、閥族の要人の命を狙ってるって情報が入ってきた。奴は反政府活動家ではないが、これを機に始末すれば政府が件の閥族に貸しを作れる。

それぞれの理由で、二人ともきっちり息の根を止めるようお達しがあったのさ」

「だから殺すのか、二人とも。次の対戦でどちらかは敗退するのに」

「そう。だから本戦では二人がぶつかるよう割り振っていたのさ。どちらかが敗死すれば手っ取り早いからね。明日の対戦結果次第だが——相討ちでもしない限り殺す。

政府にとっては、二人とも死んでもらわないと困るんでね」

ユルマンは笑いのない顔でわたしを見た。

「言ったろ、これが俺の生業だ。俺ぁ三度の飯のために人を殺す」

「殺すな」刃のような眼を見つめながら、わたしはとっさに口走っていた。

「ユルマン、お前がやろうとしていることはただの暗殺だ」

「そうさ。めんどいけど『やらない』なんて言ってなかったろ？　それに〈帳〉自体が元々そういう側面をもっているんだよ。主催者——共和国政府からすれば、〈帳〉っては厄介な存在を殺人罪に問われずに始末できる、実に都合がいい催しなのさ」

【火の祭典】は参戦者が死を厭わず自ら舞台に集う。運営はそれを「見世物」として興行に還元するだけではなく——

「政府にとっての邪魔者を、〈帳〉の舞台を利用して殺しているのか」

「今に始まったことじゃない」

ユルマンはそう言うと、あまりに自然な動きで刀の鯉口を切った。耳を聾する歓声と実況の中、その微かな音が異様なほど鮮明に耳を差す。

「この世界ってのは大儀や正義だけで成立していない。きみも【火】の精霊持ちなら、この理不尽は骨身にしみているはずだ」

そう言ってユルマンはゆっくりと抜刀した。現れた刃が、昏い赤の火をまとって陽炎めく。

「全ては大きなものの都合のためにあるだけ。殺しもそのための手段の一つに過ぎない」

歓声が猛る。実況が吼える。戦闘開始の銅鑼が轟き、音が一斉に圧倒する空間で、次のユルマンの声だけがわたしの耳朶に届いた。

「そういうものなんだよ、この世界ってのは」

その言葉にわたしの躰が尖った。

爆ぜるように疾走し、真正面から振りかぶった拳をその炎刀へと撃ちつける。

反射的に刀を振り上げたユルマンが後退し、ようやく追いついたように驚愕の表情を浮かべた。わたしはその顔を強い眼で睨む。

「『そういうもの』だと？」

眼の奥で血管が千切れている音を感じながら、わたしは叫んだ。

「そんな言葉だけで！　人を殺すのか、おまえは！」

煮え立つ怒りが眼球を、喉を灼く。

——ふざけるな。

たしかに人の命は等しくない。少数民族は追いやられ、【火】の精霊持ちは迫害され、弱いものは体制の都合に翻弄され、大多数に背けば排除される。それは事実だ。

だが、少数民族だから、【火】の精霊持ちだから、体制に従わないから、大多数にそむいているから——それが人を殺していい理由になっていいわけがない。

『そういうものだ』という認識は、ただの諦めだ。同胞たちの死に、一族の終焉をただ嘆いていただけのワ族の老人たちとまるで同じ。

そんな諦めがまかり通るのなら、わたしの半身が、あの子たちが殺されたことすらも『そういうもの』なんて言葉で片付けられてしまう。

そんなもの、許せるか。

わたしは腰を低く据え拳を握ると、臨戦の型を取った。

「――ユルマン、お前を止める」

わたしは知ってしまった。たとえ彼が殺そうとしている者が、どんなに危険で凶暴だろうと関係ない。『そういうもの』という理屈で人を殺そうとするこの男を、見過ごすことはできない。

「そのふざけた『調整役』から引きずり下ろす」

「――ふ、」

わたしを見つめ、ユルマンが笑った。純然たる歓喜がその口の端を吊り上げ頰を裂く。昂りに同調するように、手にした刀の炎が高らかに膨れ上がった。昏い赤だった炎の色が、燻され焦げ尽くしたように黒に転じる。

「いやたまんないね、そんな眼で見つめられたら――燃えるだろ」

わたしの拳とユルマンの刀が、ほぼ同時に火を噴いた。

ユルマンの懐にまで迫近したわたしの頭上に刃が振り下ろされた。

頭上へ掲げるように掌底を突き上げる。そこから顕ちあがった【火】が、ユルマンの刃に帯びた【火】とぶつかり合う。熱量の臨界で刀身とわたしの掌とが弾かれあった。

「うお、熱ぃ」

ユルマンが後方へ跳躍し、熱を冷ますように刀を薙ぐ。刀身の滑らかな動きに沿い流麗に舞う炎に、観客席から割れんばかりの歓声が上がる。

「一瞬前までは恙無く、仲良くやっていけていたじゃないか。どうしたのさ、フィスカちゃん、オレの何が気に食わなかったんだい？」

そう言ってユルマンは素早く斜め上から下へ刀を振った。剣圧が唸り、炎を帯びて迫る。

前に跳んで炎を躱した瞬間、先に一歩踏み込んでいたユルマンの姿があった。

今度は下から上へ、刀刃が昇り目の前を擦る。上半身を限界まで反らしていなければ、確実に首が吹き飛んでいたであろう重剛な一閃。

歓声と実況の声とが同時に炸裂した。

『こぉぉぉぉぉれはぁあああああッ！　まさしく炎と炎が競り合う、血湧き肉躍る上等の決戦‼　これだッ！　我々が見たかったものは！　我々が望んでいたものは！　爆ぜる炎の中、いつどちらの身が焼かれ血肉を晒すのかぁあああーッ！』

「――まぁ、結果観客は盛り上がってるし、お偉方も満足するだろうがね」

そう言ってユルマンは皮肉っぽく辺りを見回した。四方の観衆、そして方々に設置されている中継機器の向こうにいる聴衆を嘲笑うように。

「本気できみに迫られるってのも、俺ぁ悪い気しないし」

上機嫌で笑うユルマンだが、全身は獰猛な気迫に満ちていた。黒く禍々しい【火】は夜の獣のようだった。彼にとって、今わたしは仕留めるべき獲物となったのだ。

彼は緩やかな歩調でわたしとの間合いを詰めてくる。その刀が振られるたび、空気を食んだ刀身の炎が膨れ、発火の推進力が刃にさらなる瞬速をもたらす。

「仕事とはいえ、俺が不要な殺しをやろうとしているのが気に食わないってところかな？　いやぁ、失言だ。乙女心ってやつぁ、育ちの悪い俺には難しいよ」

「お前が殺さないと約束できれば済む話だ」

「そりゃ出来ないね」

低く身構えたわたしの前面を覆うように、ユルマンの炎が壁となって迫った。

わたしは己の【火】をまとって炎に向かって突進した。防御はかなうが、炎に触れた表皮に、牙を立てられたような鋭い痛みが走る。

「……っ！」

ユルマンの刃と相乗し合った【火】そのものが凄まじい切れ味を生んでいる。炎を抜け、削られた突進の勢いを加え直すと、わたしは再びユルマンに迫った。真正面から振り下ろされた一刀を横に躱し間合いに入り込み、水平に薙ぐ手刀でユルマンの胴を突く。寸前。

硬く重い衝撃が右半身を襲った。目の前にあったはずのユルマンの姿が消え視界が白化し、自分の躰が激しい勢いで舞台の上を転げ回っていた。

『ダウゥウウウウウウウンッ‼』

実況が吼え、観客席が轟く。

右半身がごっそり削ぎ取られたような衝撃が残る中、無理矢理に起き上がった。

ぐらつく視界の真ん中に、振り上げていた脚を下ろしたばかりのユルマンがいる。

「悪いね。俺ぁ中距離も近距離も接近戦もイケる口なのさ」

あれは蹴りだったのか。躰が残っていることが信じられないくらいの衝撃だった。

「俺をここで倒せば、殺しを諦めると思ったのかい？」

「──敗退すれば参戦者でなくなるお前の殺しはただの殺人だ。正当化できなくなる」

「甘いねぇ。言ったろ？　俺ぁ〈帳〉以外でも仕事で人間を始末してきたんだ。正当化なんて必要ない。法罰恐さに殺しを避けるなんて一線、とっくの昔に越えてるのさ。自分以外は簡単に斬り捨てられる薄情者。だから俺ぁ仕事として殺せるんだよ」

「……わかっている」

わたしは再び拳を固めた。相手に最接近して強大な攻撃力を叩き込む破砕の型。

「お前の生き方を否定するつもりはない。

ただわたしも、わたしのやり方を押し通すために、今はお前を止める」

ユルマンがこの世界を『そういうものだ』と受け入れ殺すことを選ぶのなら。

わたしは『そういうものだ』という理屈だけで人を殺す者を止めてやる。

「それは矛盾してこないかい？」

「そうは思わない。気に食わないのなら、わたしを斬ればいい」

研ぎ澄ませたわたしの気迫に呼応するように、ユルマンが炎刀を幾重にも振り薙いできた。連撃で襲い来る炎の波濤を躱し、あるいは己の【火】で耐えながら、わたしは徐々に間合いを詰める。

「……まいったね。そういう気持ちで来られて、これ以上説得もできないのなら、」

次の炎を破った瞬間。

「殺すしかないか」

ユルマンの声が耳元にあった。考えるより速く身をよじる。

眼前を炎が唸った。鋭く裂帛する熱が左目の上を迸る。

「……っ」

横っ面を張られたような圧に躰が傾ぐ。が、次に迫る気配に、わたしの躰は感覚や思考を無視して防御の姿勢を取っていた。

牙を剝いた無数の蛇が一斉に嚙みついて来たような、鋭利な突きが全身に襲い来る。

ユルマンの刀が信じられないような速さで翻り、連撃の刺突を繰り出していた。

仕上げとばかりに振りかぶったひと薙ぎで、わたしは炎の塊に撃たれ大きく吹き飛ばされた。派手に転がる全身から血が撒き散る。

観衆の歓声がますます高揚し悲鳴じみてくる。実況がそれをさらに煽るように喚く。

――全ての音が遠くなる中で。

わたしは全神経が訴える痛みを無視して立ち上がった。

左目が血で塞がり開けられない。接近時の一太刀が眼の上を切ったのだ。反撃できる隙は皆無だった。鋭い【火】を絡めた剣捌き、そのスピードに追い付くことができない。

だが躰はまだ動く。わたしと繋がり、己の意で動かすことができる。

闘える。

全身を軋ませながら、わたしは対剣戟の咬撃の型を取った。肘から、指先から、血が滴る。

ユルマンの口元がぴくりと歪んだ。

「フィスカちゃん、俺ぁね……きみにはこれ以上手荒な真似はしたくないんだぜ」

さんざん斬りつけておきながら——だがその吐露はユルマンらしくなかった。

「気にするな。わたしは、わたしの納得したいようにするだけだ」

「わがままな子だねぇ。頼むよ、これも俺の仕事の一つだ、見逃してくれよ」

「断る」

わたしはまだ開いている右の眼に力をこめ、即答した。

「わたしは今のお前の殺しを止めたい」

「きみがそうは言っても……この先だって俺ぁ殺すぜ」

「そうだろうな。だからお前はこれだけ強いんだろう。アビやカンナビスよりもずっと」

「……」

「でも、今あの二人を殺す理由はなんだ？　依頼主から命じられたからか。あの二人が多くの人を脅かす極悪人だからか。

いや、殺す理由なんてどうでもいい。ただ……わたしは、お前が『そういうものだ』なんて言葉だけで人を殺すところなんて、見たくない」

　はっきりそう言うと、ユルマンは不意を突かれたような表情で、わたしを見ていた。

　──その立ち居振る舞いには悪意も敵意もなく、常にどこか軽薄だ。でも、この男が〈帳〉で『調整役』として弄した小細工は、全て不殺に徹していた。そんな彼が仕事としてアビとカンナビスを始末すると口にしたときに、その顔をつい自嘲で翳らせていた。

「今のお前は、納得していない建前で自分を正当化しようとしているだけだ」

　汚れ仕事で生きてきた男。計算高くわたしに近付き干渉してきた男。そして──出会った当初からずっと、わたしを窮地から助け出してくれていた男。〈帳〉を荒らすわたしのことなど、見殺しにした方が手っ取り早いはずなのに。

　その行動こそが、ユルマンの本質ではないのだろうか。善人ではないが悪人にはなり切れない。面倒であろうと、誰も殺さない選択も取ることができる。なぜなら──

「ユルマン。お前自身も、この世界は『そういうもの』だと諦め切れていないんだろ」

　わたしと対い合う先で──ユルマンは、今まで見たことがない表情をしていた。色も温度も失った、朽ちた死骸のような虚ろな顔を晒している。

　無意識だった本心を突かれたことを悟ったのか。

その唇が、心の深淵からえぐり取ったような、低く重い声を漏らした。

「甘いぜ、ゼロフィスカ。そんな理屈じゃ、俺は止められんよ」

「いや、止めて見せる。その生ぬるい正当化で人を殺すつもりなら、お前に『調整役』の引導をくれてやる。それが嫌なら、渋ってないでわたしを殺してみろ。

言われた通りに人を殺すだけの、そんな安い力でわたしは殺されたりしない」

わたしは言い放った。相手の急所を穿って煽り、全力で攻撃に向かわせる。

そしてそれを迎え討つ。

わたしはあらためて気力を尖らせた。躰中の細胞を、全身の神経を、そしてわたしの魂と親和する【火】の精霊を研ぎ澄ます。

ユルマンの昏い眼がわたしの姿を捉えていた。彼の心身精霊全てが、わたしを殺すためだけの力として収斂しているのが判る。そこには気怠げな表情も、芝居じみた言い回しもない。

「後悔するなよ」

その刀がひときわ大きく振り薙がれた。刀身にまとわりついていた炎が辺り一帯に解き放たれ、舞台を越え幕壁にまで迫る。

やがて炎が捌けると、彼の刀から【火】が消えていた。鈍い銀の刀身が腰の鞘へと納まる。柄に手を添え、その身が低く腰溜めに構えられた。

抜刀術。己が持てる最速に【火】の瞬速を足し、神速でもって殺しに来るか。

昨日アビとカンナビスを一掃した一刀、いや、それ以上のものに違いない。

速さを極めたあの刃が、わたしを殺すためだけに疾かれようとしている。正面対峙し、わたしも身構えた。今までのように、躱して凌ぐつもりはなかった。

躰中の流血は止まらず左目は開かない。それでもわたしは今の自分の全身全霊でユルマンを迎え撃つために、右の拳だけを強く握り、開いた。腰を低く据えると、緩く構えた右掌を自らの視界を遮るように顔の前に据え——さらに右の目を閉ざす。

「！」

自らの視界を完全に封じたわたしに、ユルマンが目を剥いたのが気配で伝わる。動揺よりむしろ殺気が増幅されていた。

わたしの姿に捨て身の戦術でも感じたか。

違う。これは今ある己の力全てでお前を迎え討つ一手だ。

完膚なきまでに、叩きのめすための。

ユルマンが動いた。最速で間合いを詰め、瞬速でわたしを殺す刃を疾らせる。

同時にわたしは心身に注ぐべき力を途絶させた。

視覚だけではない。〈帳〉を圧倒している一切の音が無となる。皮膚で感じ取れる気配も削がれ、舞台に立ち込める焦炎と血煙の臭気すら絶たれた。

ユルマンが神速で迫る。その剛重く、疾速い刃が抜刀を経てわたしを斬る。

【火】を帯びて。

——!!

凶暴な振動が〈帳〉を劈く。同種の精霊がぶつかり合う音だ。

そこには瞬きを超える速さで疾るユルマンの刃を受け止める——わたしの右手があった。

摑んだ刀をその手で喰らうように、【火】の力で刃を握り潰す。

わたしは右目を開く。砕いた刃越しに、驚愕したユルマンの顔面が触れ得るほど近い。

捉えた。

彼が神速と必殺のため刀に注いだ【火】の精霊の力を。

わたしの〈火喰〉が牙を剝き、一瞬で喰らい尽くすと同時に放たれた。爆ぜる炎が真上に突き上げた拳とともにユルマンを真正面から撃つ。

ユルマンの躰が高々と弾き飛ばされ、舞台に叩きつけられた。

「……………っ、かっ、ぁ……！」

ユルマンは折れた刀を持った腕を押さえてその場で悶えた。転げて立ち上がれない彼の許にわたしは静かに歩み寄る。

「――その様子なら、骨は無事だな」

彼の強大な【火】を受け止めて痺れた自分の右腕を振りながら、言ってやった。

「…………!?」

腕の激痛、その手が持つ折れた刀、そして自分を見下ろしているわたしの姿をまじまじと眼にして――ようやくユルマンは己の状況を把握したようだった。

その顔面には、刀を受け止められた瞬間から今もなお驚愕だけが溢れていた。右手首を押さえながら上半身を起こし、混乱しながらも口を開く。

「……なんだあの返り討ち!?　きみは俺の速さには及ばなかったはず……『霊髄』か……いや、なぜ急に俺より速くなった？　どういう奥の手で、」

「奥の手なんてない」わたしは素っ気なく答えた。

「お前の【火】を喰らうために、わたしの全てを精霊に委ねただけだ」

「……！　いや……嘘だろ…………!?」

情報足らずのわたしの言葉からユルマンは察してくれたようだが、その顔は愕然としたものをますます濃くしている。

圧倒的なスピードと戦闘経験値をほこるこの剣士を討つため、わたしが採ったのは唯一にして最大の一択。

精霊への一極集中。

五感を中心に己の力を心身から極力絶ち、その分【火】の精霊への注力を極大まで振り切ることで、ユルマンの攻撃を迎え討ったのだ。

勝算はあった。それほどまでにわたしの〈火喰〉は【火】に対し貪欲なのだ。

【火】さえ感知すれば、いかなる神速の攻撃であろうと「喰らう」という本能で凌駕する。

己の精霊への確信がなければ、今頃ここにあったのは真っ二つになったわたしの死骸だっただろうが——そんな読み違えはしない。

ユルマンはなお立ち上がれないまま、畏れに似た眼でわたしを見上げていた。

「信じらんねぇ……この局面で精霊に全賭けできるなんて」

——ただ一つだけ引っかかっていた。ユルマンの【火】を喰って増幅した自分の【火】が予測よりも強大すぎたことだ。まさかこの男を花火のように宙に吹き飛ばせるとは。アイザックとの一戦でも感じたが、〈帳〉でわたしの火力はいやに強くなっている。

わたしは気を取り直すと、座り込んだままの男を静かに見据えた。

「利き腕は満足に使えないし、得物もない。これなら『仕事』どころじゃないだろう」

「……そうだね」

「気が変わったか」

「ああ」ユルマンは右腕を抱えながら、ゆらりと空を仰ぎ見た。

「しかし……俺ぁきみを殺す気だったのに、こんな鮮やかな決着をつけられるとはね。いや、完敗だ。例の仕事は降ろさせてもらうさ。報酬も惜しくないし」

「そうか」

「あー……そうだ、忘れないうちに例の銀板の情報教えようか」

「頼む」

「例の番号の持ち主はクーマ・リツィオって男だ。南方で用心棒稼業を営んでいて、直近では南西の代議士のボディガードをしていたらしい。銀板の登録自体は一か月前。だが予選には姿を見せず、今も消息は不明みたいだ」

「──そうか」

今まで気配すらなかった仇の姿を、ようやく捉えられた。用心棒、南西、代議士のボディガード──その男の仇たりうる要素を耳にしたわたしは、昂りを必死で抑え、頷く。

「ありがとうユルマン。わたしも約束は果たす」

わたしはそう言って、周囲に示すように片腕を掲げてみせた。きっかり五秒。

その様をポカンと眺めていたユルマンが「え」と呻き、

『ええええええええッ⁉⁉』

実況をはじめ、叫びとも悲鳴ともつかない観客の奇妙な大音声が〈帳〉に響き渡った。

『コッ、降参のサインです！　闘いを制したはずの〈女徒手拳士〉が⁉　いやしかしなぜッ、一体何があったのか⁉　どういう事でしょうか⁉　わたくしもこの目で見ていたにも拘らず、今、目の前で起きた事態が全く把握できませんーッ‼』

「どうなってんだよ⁉」「説明しろーッ！」「わけがわかんねぇ」「また死なないのォ？」

各々騒ぎ出す観客らの野次罵声にも惑乱があふれ出ている。

「……いや、ほんとだよ」

ユルマンは呆れかえったように、やっと緩んだ声で呻いた。

「この状況で俺ぁ決勝進出しちゃうってことかい？　やりづらいなー……」

知ったことではない。わたしはユルマンをこの場で止められればよかった。決着をつけ、彼ははっきり『仕事を降りる』と言ったのだ。それなら当初の取引に戻るまでだ。

わたしは銀板からの手がかりを得て、引き換えにユルマンがこの闘いの勝利を得る。

「約束通りだろ」

なおも驚愕と混乱に揺らぐ闘技舞台上を、わたしはあとにする。

ようやく摑み取った手がかりを、一刻も早く手繰(たぐ)るために。

◆

空々しいほどに美しく整えられた特別観客席通路を抜け、カトーとパトラッシュがその部屋に差し掛かったとき、分厚い扉越しに甲高い声が聞こえて来た。

「どうして……どうして！　お姉さま降参してしまわれたの……!?」

「何を言っているの、もうこれ以上【火】の精霊持ちと関わるのはやめて――」

「これだと決勝に行けない、優勝もできなくなるのに！　お引き止めしなくちゃ！」

「まちなさいっ、どこに行くんだコルレス――」

聞き覚えのある大人たちの声を振り切り、ばん、と扉が開かれた。反射的に後ろに退くと黒いワンピースを翻(ひるがえ)して少女が飛び出し、わき目もふらず通路を疾走してしまった。

開かれた扉から中を覗(のぞ)き込むと――老夫婦が項垂(うなだ)れている。オーレン・マルス・ペフェルタクスとその夫人。ひどく疲弊した様子で、飛び出した少女を追う気力すらないようだ。

カトーとパトラッシュは無言で顔を見合わせると――同時に頷きそのまま室内に足を踏み入れた。

「どうも。お取り込み中のところすみません」

声に反応して顔を上げたオーレンは、こちらを見るなりぎくりと顔を引き攣らせた。

「お前たちは……！」

「お耳に入れておきたい速報がありましてね。あなたを『風雅の会』に招き入れた政務関係者のお二人――エンブリケ・トッド氏とアイリーン・モルオー氏が今朝未明に拘束されました」

その言葉に、オーレンの顔からみるみる血の気が失せた。

「……なんだと……!? 一体なぜ、誰が、そんな、」

「国家機密重要資料奪掠の容疑です」カトーは問われた順に淀みなく答える。

「スフォルツァ帝国の外務エージェントによってね。多少手荒な拘束だったようですが、先方も帝国のものを無許可で奪い取った――なのでここはお互い様というやつです」

「…………！」

途端。老代議士は、がくりとその場で膝をついた。おそるおそる、口を開く。

「では……お前たちは……帝国の……！」

カトーは答えず、肩を小さくすくめた。オーレンが蒼白の顔で見上げてくる。

「昨日からすでに、私に目をつけていたんだな……」

「そんなところです。話が早くて助かりますよ」

カトーは素性や関係者の線から、予めペフェルタクスの御大には目をつけていたのだ。〈帳〉にいると知ったのを機に、さっそく情報を集めていた。

「調べによれば、あなたは元・医者のコネを利用して『治療実験のため』と称してずいぶんな数の治験者を集めていたようですね。この治験者を使って、帝国から奪掠した精霊移転技術の試験手術をした——というところでしょうか」

技術の入手経緯が後ろ暗い以上、おそらく治験者のほとんどが消されているはず。問答無用にえげつない所業だ。

政務官らのコネと元医者の権威を全力で使い切っての、まさにこの御大ならではの犯行——ちなみに、追及の決め手となった政務官らの拘束と治験者に関する情報は記者のヨヨットの資料のものだった。あとであの女記者には礼でも言っておこう。

「なぜ……せっかく、やっとここまできたのに……」

膝をついたままのオーレンの茫然としたつぶやきは、自白も同然だった。力なくひらいた唇が破裂した水道管のように、だくだくと言葉を零し続けている。

「あの帝国技術さえあれば、きっと、全てが上手くいくと……なのに、あれでは……」

パトラッシュは膝に手をつくと、項垂れた老人の顔を覗き込んだ。

「にしたってリスクが過ぎるっスよ。相手はあの帝国っスよ？　一体なんでこんなマネしたんスか？」

オーレンは疲れ切った顔をゆっくりと持ち上げた。暗い眼は正面のパトラッシュを見ているようで、虚空にしか向けられていない。

「我々は由緒正しき【風】の精霊持ちだ。それ以外の精霊持ちなど、断じて許されん」

「はあ……。ていうか、昨日から気になってたんスけど、精霊の加護って別に遺伝じゃなくねーっスか？　由緒正しき精霊の家系なんてそもそも変な話なのに――あイテ」

露骨に呆れるパトラッシュを、カトーは肘で軽く小突いて制する。

しかし――二人に構わず、突如オーレンは鬼気迫る表情で叫び出した。

「我が子は【風】の精霊持ちたらねばならん！　我々の一族に、宗家の実子に他の精霊が、ましてや【火】の精霊持ちが生まれ落ちるなど断じて赦されないのだ！　たとえどんな手段を使ってでも、あるべき精霊の加護を手にしなければ……！」

「ははぁ。お宅のお子さんは【火】の精霊持ちだった。お家のために【風】に転換したい。そこへ帝国の精霊移転の技術の話を聞きつけて、子どもの精霊を変えようとしたのか」

お偉方による奪掠となれば、共和国の軍事転用にでも使われたのかと思いきや――予想よりはるかに卑小な使われ方をしていたことに、カトーの緊張も凪ぐ。

「彼女は私たちの実子、正当なる跡取りだ！　たとえ後に帝国から追われることになろうと【風】の精霊持ちにさえなれば——そうすれば、あの子もきっと変われると……！」

　すると突然わぁっと奥から声があがる。オーレンの伴侶である老夫人が泣き叫んでいた。顔を覆う腕が露わになり、皺だらけの枯れた肌には異様な火傷の痕がいくつもあった。

「結局無意味だったのよ！　あの子は……変わらなかった！　【火】の気配は消え、『禍炎』ではなくなったはずなのに……！　何が主導たる【風】の精霊よ！　結局あの子は……あのまま。ああ、もう、どうすれば……！」

　老婦人の嗚咽に打ちのめされたように、オーレンはがっくりと手をついて、とうとう動かなくなってしまった。

　カトーとパトラッシュはそろって怪訝な顔を見合わせた。

「たしかに隊長の言うとおり『ヤベェ奴』だったっスね。お家のためだけに帝国相手に盗みを働いてまで、身内の精霊を弄るなんて——イカレてらぁ」

　当人を前に無礼極まりない言い草のパトラッシュだが——やはり老夫婦はこちらのことなど意にも介していない。

　帝国からまんまと精霊転移技術の情報を奪掠し、漏れる話によれば実子への精霊移転の手術は成功したはずだ。政務関係者を巻き込み、元の職業のコネを利用し、持てるもの全てを駆使して、ついに大願を成し遂げたはずなのに——彼らはひたすら悲嘆に暮れている。

カトーは鹿撃ち帽をとって一度頭を軽く撫でつけた。

「妙に話が見えねぇな……」

『あの子』とは、先ほど部屋を飛び出した黒ワンピースの少女のことなのだろう。昨日彼女が老婦人を「おかあさま」と呼んでいたのも見ていた。

だが、眼の前の老夫婦と彼女は祖父母と孫にしか見えない。それ以上に——

「あの子供の精霊を転換したのに、まだ難ありってことっスよね。それってそんなに深刻な問題なんスか？　帝国に捕まるよりも？」

「そうだな」カトーは頷いて老夫婦を見やる。

「あんたらさっきから、なにを恐れているんだ？」

それを恐れているからこそ、他国の情報を奪い取るなんて蛮行を働いた——ともいえる。

問いかけに、老夫婦は力を失った口から全てを吐き出し始めた。

【第七幕】すべていつわり

闘いを終え舞台を去ったわたしは、薄暗い通路を進んでいた。

傷を治す時間も惜しい。わたしは左目の上の裂傷を【火】で塞ぎ、眼に付く箇所の血を拭い取りながら先を急ぐと、廃墟然とした回廊の一角に出た。相変わらず人気はない。まっとうな出入り口を使えば人目について面倒なことになりそうだったので、この崩れた壁から《繭》をあとにすることにした。

ユルマンとはこれきりだろうし、昨日までに見知ったアイザックやローズリッケともこれでお別れだ。あらたまった挨拶などする暇はなかったが——今は何より、やっと得た手がかりをもとに動き出すことが先だった。

例の銀板の持ち主クーマ・リツィオ。南方で用心棒をし、最近まで代議士のボディガードをしていたという人物。間違いなくわたしの仇か、それに強く関わる者のはずだ。

「お姉さま！」

回廊の奥から響いて来た声に、わたしは眼を見開いた。

黒いワンピース姿の、小さな少女がぱたぱたと駆け寄って来る。

「コルレス」

「お姉さま、大変ですっ。警備兵がお姉さまを捕まえるって、探し回っているんですっ」

立ち止まったわたしを摑まえるように、コルレスは強い力でわたしの腕をとった。

「さあこちらへ、」

「警備兵が……？　なぜわたしを」

「あたくしもつい先ほど耳にしたんです。お姉さまがこれ以上悪いことをしないよう、捕まえて閉じ込めるようなことを」

「……」

子どもによる説明だからか、まったく話が見えない。ユルマンとの闘いを終えたばかりのわたしのなにが「悪事」として扱われたのか――

「とにかくこちらの方へ！」

戸惑うわたしをコルレスがぐいぐいと裏の通路へと引き戻す。が、周辺にまだ人の気配はない。あの壁穴を抜けて《繭》を脱出することもたやすそうだった。

「コルレス、わたしはこれ以上《繭》にいるつもりはない。警備兵がなぜわたしを捕まえようとしているのか知らないが、このまま《繭》を抜ければ振り切れる」

「……！　どうして!?　お姉さま、どこかに行ってしまうの……？」

今にも泣き出しそうな声と潤んだ瞳に、思わずわたしは「すまない」と返していた。

わたしの勝利を心待ちにしていた彼女の期待を裏切る形になったのは事実だ。

「やるべきことがある。今すぐ行かないと」

「それは、【火の祭典】のたたかいより、大事なことなんですの？」

「そうだ」

「あたくし、お姉さまが一番つよいんだって、そう信じていましたのよ」

「どうだろうな。だがわたしは〈帳〉で闘って勝つために来たわけじゃない。わたしを此処に呼んだものを探しに来ただけだ。手がかりが見つかったから、もうこの場所にも用がない」

「……」

素っ気ないわたしの返答に、コルレスは無言でうつむいた。説明が足りなかったのかもしれないが、今は時間がない。

わたしを通路まで引き戻した、思いのほか強い力のある少女の手がふっと離れる。

「そういうことでしたの……」

幽かなつぶやきを、わたしは耳に留めていなかった。

「すまないが、コルレスとはここでお別れだ。一人で出歩くのは危ないから、早く親のいるところに戻れ」

うつむいたままの少女にそう言い残すと、わたしは回廊に出て崩れた壁に向かう。と。

何の前触れもなく、凄まじい衝撃が背中を打ち据えた。

炎に焼かれるよりも鋭く、皮膚を裂いて肉をえぐる一撃に意識が白化する。

気づけばわたしはその場に倒れ、背面の重みに起き上がれなくなっていた。

「……っ、ぁ……」

臓腑が圧迫され空気が絞り出る。何かに浸される音に目を開けると、全身が自分の血に沈んでいた。びしゃ、と音をたて手足を動かそうとした瞬間、背中に激痛が走る。

背中を斬られた。

誰に。一人しかいない。わたしの背後にいた、親愛の思いを寄せてくれていた少女だ。

上等そうな革靴でわたしの血だまりに踏み込み、彼女は大きく安堵の息をついていた。

「なぁんだ、そういうことでしたのね、お姉さま」

明るい納得の声とともにしゃがむと、倒れるわたしの顔を覗き込む。小さな虫の巣穴でも見つけたかのように。

「あたくしったら、とんだ見込み違いをしてしまってました。だって【火の祭典】での目

的はただひとつ、勝ち進むこと。だからお姉さまもここで為すべきことは勝利し優勝することだと思ってくれるかと。

ですからお姉さまのため特別に、見込みのない者は先に排除しておきましたのよ。第三戦目の二人——予選の時点でお姉さまにははるか及ばないことが自明でしたからね。実際そうでしたわ。背後からとはいえ、二人とも一撃で即死してしまいましたもの」

排除……？　まさか、昨日、第三戦目の参戦者を殺したのは——

少女は口元に指先を添え「ふふ」と小さく笑う。茫然とするわたしに、コルレスは無邪気な眼差しを注ぐ。

「でもまさか『手がかり』を得たなんて、予想外でしたわ。そりゃあお姉さまなら祭典の闘いそっちのけで、そちらへ行きますよね。

たしかにそうでしたね。祭典で優勝すれば会ってやるとか、そういうわかりやすいメッセージを銀板には付け加えておくべきでした。あたくしったら、ぞんざいな招待のせいでお手間をかけさせてしまって——ごめんなさいね、お姉さま？」

「……クーマ・リツィオ」わたしは掠れた声でその名を吐き落とした。

「あの銀板の、持ち主だ……いま、どこにいる」

「どこにもいませんよ。もう殺しましたから」

　コルレスは昨日の天気でも告げるように、簡単にそう言った。

「用心棒として、我が家に自分を売り込みに来た方でした。もうすぐ【火の祭典】にも出る予定だというので、お手合わせしてみたんですが……お話にもなりませんでした。

　あたくしは【火の祭典】に参加できないので、あいつの銀板は記念に頂戴しましたの」

　殺していた。すまし顔で上品に微笑んで見せる、このあどけない少女が。銀板の持ち主を、そして、〈帳〉参戦者までも。

　激痛がわたしの意識を徐々に削ぐ。残された力で、わたしは声を絞り出した。

「………コルレス、お前に、訊きたいことが、ある」

「はい、何なりと！」

「少数民族居住区域に入った時……お前は、本当は、どこで、何をしていた……？」

「代議士の皆さまに同行していました。でも、途中で大人たちのお散歩から抜け出して、ひとりで森を散策しましたの」

　少女はあっさりと、昨日喋っていたこととは違う「本当」を答えた。

「ワ族の者たちと、会ったな」

「ええ。若い方々が集まっていらした。みなさんと仲良くしてみたかったのですが、最初にお会いした男の子とご挨拶がうまくいかず殺してしまいましたの。なので、全員殺しました」

　返された言葉に――

「どうして」

　わたしは皆の骸を目にしたときと同じ言葉を零していた。なぜ。なぜだ。どうして。

「止まらなかったので！　実はね、お姉さま、これはあたくしの実体験なのですが、【火】よりも【風】の方が壊したり殺したりがお手軽ですのよ。人の肉も骨もって簡単に斬れますから」

　わたしの脳裏に、あの日の惨状が無理矢理に押し広がった。殺されていた皆の姿。全てが巨大な力で斬り裂かれていた。

　あれは今わたしの背を盛大に裂いた一撃と同じ【風】の刃だったのだ。

「それに殺すなら一人も全員もいっしょですわ」

　少女は全く理解できない理論を言い放つと、喘鳴の中で睨み上げるわたしの頬に触れ、輪郭を辿るように指を這わせた。

「でも、みんな殺しておいてよかった。だってこうしてお姉さまに会えたんですもの！あの方、嘘を言っていなかった。『私の半身が、お前を許さない。必ずお前を討ちに来る』『私よりはるかに強い【火】の精霊持ち』だって」

「……！」

「それなら、と思って【火の祭典】の銀板を残しておきましたのよ。少数民族の『強い方』がどれほどのものか、お目にかかれるのを心待ちにしておりましたわ」

頬に触れる指先に、わたしはついに感じ取る。わたしの半身の首に残された銀板の、邪悪の残滓（ざんし）を。

そうだ、この少女は初めて会った時に言っていた。

（お待ちしていましたわ）

あの言葉は、彼女がわたしを〈帳〉に招待していたからに外（ほか）ならない。

「しかもお姉さまのような強くて美しい方が現れるなんて、夢のよう」

うっとりと蕩（とろ）けた声が、悪夢のようにわたしの耳に流れ込む。

奥から鋭い警笛とともに、ものものしい足音と尖（とが）った怒声が近づいてきた。警備兵か。

「せっかくいらしてくださったお姉さまを逃したくないので、さっき警備兵にはあたくしが嘘を言ってけしかけたんです。『褐色の参戦者が悪いことをしている。すぐ捕まえてくれ』って。せっかくですから、このままお姉さまを拘束してもらいましょう」

禍々（まがまが）しい招待の言葉を吐く少女を前に、わたしは昨日までの彼女の言動を思い出す。

親に嘘を言ってこっそり回廊に来たんだとあっさり告げていた。それだけじゃない。自分の挙動も、わたしへの激励も、親愛ですらも。全てが嘘だったのだ。

復讐のため、ここに来たわたしを眼の前にしながら。

コルレスは、昨日と全く同じ無邪気な笑顔をわたしに寄せてきた。

「さあ、これでお姉さまはあたくしのものよ。仲良くいたしましょうね」

血腥さが意識を覆う。それがわたし自身の血の臭いか、少女から醸される気配なのか、はっきりとしないままわたしの世界は暗闇に落ちた。

あの日。わたしは荒れた風の中で、一人野宿の準備をしていた。

〈族長儀式〉の前日。一族の子どもたちのみで行われる儀式からわたしを追い出すために、老人たちは遠方にある材木の調達をわたし一人に言いつけていた。相も変わらず陰湿なやり口に、ロロクをはじめ儀式に集う子たちは食って掛かろうとしていたが、やめさせた。老人の気のすむようにさせておけばいい。

大切なのは彼女が無事に儀式を全うし、皆が認める族長となることだ。

わたしの心はどこか清々しかった。見たことのない儀式や、そこに集う成長した皆の姿を思うと、ささやかで安らかな一族の未来を確信できる。

だから野宿用のテントの向こうから明日族長となるはずの彼女の姿が見えた瞬間、わたしは阿呆（あほう）のように突っ立ってしまっていた。

「……なにしてるんだ、こんなところで。儀式は——」

「問題ないよ。明日は予定通り儀式ができる」

荒い風に黒髪を躍らせ、低く、それでいて透き通る声が答える。

正面に立ったその眼にわたしの姿が映っていても、まだ信じられなかった。大切な儀式の直前なのに。今から戻って明朝の「黎明（れいめい）の光」を授かる時間に間に合うのか？　予定されている儀式の流れや時限を思い出し、慌てたわたしは担（かつ）いでいた材木を足元に落としていた。

「私が『姉ぇを呼んでくる』って言ったら、みんな喜んで準備を任されてくれたんだ」

「え……」

「大事な儀式は一緒に迎えたいって。みんな、心からお前のことを慕っているんだよ」

そう言って彼女はわたしへ手をそっと差し出す。

（もう大丈夫。みんないっしょだから）

かつてそう言ってくれた時と変わらない強く優しい瑠璃色の眼を見つめ返しながら、わたしはゆっくりと首を横に振った。

「その言葉だけで、もう充分だ。儀式は長老たちに言われた通りやれ。奴らと徒に波風を立てるべきじゃない。わたしは最初の約束の通り、儀式が終わる少し前にそっちへ行くよ」

「……お前は、耐え忍んでばかりだな」

哀し気に翳る眼に、わたしはすぐさま否定を返した。

「わたしがしたいようにしているだけだ。充分満たされているから」

一族の儀式などより、わたしにとって大切な者たちがわたしを思ってくれているんだとあらためて知ることができて、それが何よりも嬉しかった。こんな遠くまで、わたしを喚びに来てくれた彼女自身の思いも。

「私が族長になったら、ワ族をもっと自由にするよ」

ふっと切り替えるように両手を広げて見せた彼女に、わたしはきょとんとする。

「自由？」

「そう。この地区の代議士と波風立てたくないとかで、今の族長はなかなか居住区域から出ることを許してくれないだろう？　わたしなら、一度は必ず皆に区外へ出かけてもらうよ。そこでたくさんの、いろんなものを見聞きしていってほしいからな」

「それはお前自身の願望じゃないのか」

「ふふ――そうだよ。なあ、知ってるか？　この国の高原湿地帯のどこかに、『竜翼蓮（リュウヨクレン）』っていう幻の花が咲くんだよ」

「幻の花？」

「そう。三百年に一度、前触れなく開花するんだって。その瞬間、周囲にある他の花をも咲かせるから『奇跡と導きの象徴』と言われているんだ。ぜひこの目で見てみたい！」

「そんな花があるのか。でも、いつ咲くのかわからないんだろう？」

「大丈夫。お前も来てくれればいい」

「……どういうことだ？」

「お前が一緒だと、奇跡が起こる気がするからだよ。きっと到着した瞬間花が咲く」

何の根拠もない言葉の、あまりの真っ直（まっす）ぐさにわたしは苦笑してしまった。

「そんな、適当な――」

「私は本当にそう思っている。お前の【火】が傍（そば）にあると、私の【風】は頼もしさを得られるんだ。力強く、前に進むことができる。

いつか二人の合わせ技なんて作ってみないか？　風と火で『風炎（かえん）』、なんて素敵だろ」

幻よりも儚（はかな）いものに触れた心地で、わたしはぎこちなく笑うことしかできなかった。

すると彼女は、ふと思いに沈んだ眼でわたしを見た。

「〈族長儀式〉の日が決まる十日前――、ワ族の領地を奪おうとしていたレンド族を退けたのはお前だろう」

「……さあな」

「本当は奴らが夜襲をけしかける算段だった。だが周囲の土地が探索されていて、襲撃に気づいたお前が先手を打った――ちがうか？」

「…………」

「奴らは二度と現れなくなった。無理もない。屈強な戦士たちをお前がたった一人で討ち倒したんだから。何人か殺し遂せたほどの強さだ」

「見ていたのか？」

「お前と同じで、奴らの夜襲を返り討ちにしてやるつもりだった。でも――お前が強すぎて、助ける手だしすらできなかった」

すまない――苦し気につぶやく彼女の肩に手を置き、わたしは顔を上げさせた。

「きっとこれがわたしの役割なんだ。仲間が皆安らかに、幸せにここで生きていくためなら、わたしは何でもする。どんなことからも守ってみせる」

この先もずっと、皆を脅かすものがあれば、わたしはそれを躊躇いなく殺す。

そういう守り方ができるのは、きっとわたしだけだ。

「だめだよ、そんなの」

突然彼女がわたしを腕の中に抱き寄せた。

「お前だけが傷ついて、一人闘う生き方なんて、そんな悲しいだけの道を選ぶな。お前はもっと、みんなに愛されるべきなんだよ」

「………」

全身にその柔らかい温もりを感じながら、それでもわたしはその言葉を受け入れられずにいた。愛されるべきではないと、誰よりわたし自身が思っている。

わたしは「災厄」の、【火】の精霊持ちだから。

「――どうしてお前は、わたしを助けて、いつも長老たちから守ってくれるんだ？」

初めてわたしを助けてくれた時、彼女は「おまえはいいやつだから」と答えたことがある。

だが、今あらためて問い質したかった。親代わりの老人たちからは、わたしに関わるなと教わっていたはずなのに、彼女ははじめから今まで、ずっと屈託なくわたしに接してくれる。わたしは【火】の制御ができず、その手に大火傷を負わせたことだってあるのに。

すると彼女は、腕の中からわたしを放し、目じりをくしゃっと緩めてわたしを見つめた。

「私は、お前のことが好きだからだよ」

わたしを助け出したあの時と同じ笑顔でそう言った。

「ずっと昔、いろんな花が咲いてた平原にみんなで遊びに行った時があっただろ。お前は自分の手が花を焼いてしまうのを見て、すぐに花から離れていた」

それは【火】の制御が覚束(おぼつか)ないころの、朧(おぼろ)な記憶だった。周りの子たちのように色々な花を摘み、花束や花冠を作ろうと手を伸ばしたが叶(かな)わなかった。だからすぐに皆から離れた。哀しかったが、わたしの手は花を焼いてしまう。皆が楽しむ花を消してしまうから。

「優しいやつなんだ、って思ったんだ」

彼女はそう言うと、風で乱れ続けるわたしの白い髪を守るように撫(な)でた。

「一人傷ついてばかりなのに、皆の事を大切に思っている。誰よりも優しいやつなんだって。だからこんなに優しいやつに、哀しい顔をさせたくないと思った。

ずっと一緒に生きていきたいって」

耳朶(じだ)に響く真っ直ぐな言葉が、わたしの目鼻の奥を震わせてゆく。言葉が何も返せない。

彼女はわたしを見つめたまま、片手を自分の胸に添え、厳かにつぶやいた。

「ラピス・ラズリ」

彼女の言葉と音に、わたしは魂を射貫(いぬ)かれたように固まった。

「私の『真名』だ。お前に名の半分を渡したい」

「――どうして」

絞り出した声が揺らぐ。濡れて滲む視界の中、彼女が微笑んでいる。

「この先、私がお前のことを守れるように。

私は、この命をかけてお前と共に生きていきたいから」

堪えていた力が熱になり、溶けて落ちる。わたしは泣いていた。彼女は火傷の痕が残る手でそっとわたしの顔を包み込む。

風が触れるように、その手がわたしの涙を撫でた。

わたしは彼女の『真名』の半分を受け取り、彼女へと自分の『真名』の半分を渡した。

交わされた『真名』が互いの力を分け合い、精霊を分かち合う。

だが、翌日に命を奪われた彼女の力は、わたしから永遠に失われた。

交わし合った『真名』の響きだけが、わたしにのこされた。

◇

全身を貫くような鋭い痛みと錆(さ)びた金属の臭いに、あどけない声が入り混じる。

意識を逆なでするような五感への不快な干渉に、わたしは眼(め)を開けた。

そこは鉄格子(てつごうし)の牢(ろう)だった。膝立ちの体勢で足が固定され、両手は天井から伸びた鎖で吊(つ)られている。薄暗い床を見下ろすと、わたしから滴(したた)る血が数多(あまた)点在していた。

血が足りないせいか、意識は茫洋(ぼうよう)としていた。鳴り響いている声を、やっと拾う。

「お姉さま！　気が付きましたか？」

鉄格子の向こうから、異様に朗らかな声が飛び込む。

全身の痛みを無視して顔を上げると、灯(あか)りの少ない空間で自ら発光しているかのようなまばゆい金髪の持ち主が立っていた。

「ごきげんよう、お姉さまっ。生きていて本当によかった。警備兵たちが有無を言わさず牢に放り込むんですもの。お姉さまは大怪我(おおけが)をしていたのに。酷すぎますわ！」

「……ここは、どこだ」

「《繭(クリザ)》地下にある牢屋ですわ。この真上が祭典の舞台なんですって」

――たしかに警備兵の猪首(いくび)の男が、そんな場所があると説明していた。猛獣を収容するための牢だったか。

「あの警備兵ったら、どさくさに紛れて殴る蹴るの暴力まで加えていましたのよ。あたくしがお伝えしたお姉さまの『悪さ』は方便だったのに。痛めつけてしまってごめんなさいね。でも足止めには警察官憲より警備兵の方が、こちらの顔が利いて都合がいいものですから。

さきほども家の名前を出したら見張りがあっさり通してくれたので、こうしてお姉さまのお見舞いにきましたのよ」

お澄まししたその笑顔は、道化じみていて異様だった。ここが地下牢だからか、わたしが死にかけて血まみれだからか、この少女が虐殺の張本人だと知ったからか。

それら異様な要素は、しかし全てが厳然たる事実として、わたしの目の前にある。

「コルレス。お前は何者だ」

「最初にご挨拶申し上げた通りですわ、お姉さま。

あたくしはコルレス・フロル・ペフェルタクス。南西都市ケルビウの代議士、オーレン・マルス・ペフェルタクスの娘。お転婆で無邪気で、花のような少女」

コルレスはその顔に、自ら朗々と述べた通りの笑みをたたえてみせた。

「と、見えるのですが、実はお姉さまより年齢は上になるの。だってペフェルタクス当主オーレンが齢三十九の時の子ですから。今、当主は六十七。あら、あたくしの年齢は詮索しないでくださいませ?」

こちらの反応を面白がるように、少女の姿をした者はいたずらっぽく笑った。

「お姉さまにもお話ししたでしょう？　あたくしの家系は南西都市を統治する由緒正しき家柄で【風】の精霊持ち。けれどあたくしは【火】の精霊持ちとして生まれてしまったの。だからおとうさまは宗家の威信をかけて、あたくしに【風】の精霊の加護を授けようとした――文字通りの、死に物狂いで」

突如声が昏く沈む。格子の隙間に顔を寄せ、彼女は静かに語り続ける。

「色々と試されましたわ。心身の鍛錬やセラピー療法、胡散臭い術士が除霊を試みたり、変な色の薬品を飲まされたり。【火】の精霊を追い出すためだと火あぶりにされたことも……無茶が過ぎるばかりでたくさん死にかけましたわ。何度肉体改造させられたことか！　でも、親には莫大な『貸し』が出来たので、よしとしますわ。今ではあたくしが『おねがい』すれば、どんなことでもあの人たちは絶対に叶えてくれる。ふふ、それに今の姿はなかなか可愛くて気に入っているの。失った青春を取り戻す！　――なぁんて」

何も面白いことなどないはずなのに、彼女は口に手をあてて笑い出した。

「試行錯誤の末、おとうさまはよその国から精霊の力を転移できる技術を盗み出したのよ。大量の治験者を使って実験も重ねて、ついに三か月前、あたくしは【風】の精霊持ちになることができましたの！　おとうさまもおかあさまも大喜びでしたわ」

家柄ゆえに特定の精霊に拘泥する一族。その妄念の結晶として、この可憐で異形なる少女が今目の前に存在するのだとしても——全く腑に落ちないことがある。

「それが、どうしてワ族の者を殺すことにつながるんだ」

何の関係もない。必要性すらないはずだ。晴れて【風】の精霊持ちとなった少女が、遠路はるばる、辺境の居住区を訪れて少数民族を殺すなんて。

するとコルレスは、あっさりとした声で答えた。

「つながりなんて、ありませんわ。

だってあたくし、あの方たちが少数民族のどこの部族だったかなんて、昨日お姉さまに教わって初めて知りましたもの。あの時ついうっかり、殺した女の人が着ていた服の色を口走ってしまったので、とっさに『少数民族に興味がある』『仲良くしたい』って嘘をついただけですのよ」

わたしはあらためて思い知る。

全てがいつわりだったのだ。

わたしを慕っていると言い寄って来たのも、力になりたいと励ましてきたのも。全てを知っていながらそう振る舞ったのは、わたしに接触して強さを推し量るためだった。

その完璧な欺きに、愕然とする。

惨状に残った残虐さを、あの気配を僅かでも感じ取ればすぐに気付けると思っていた。それなのに。眼の前の少女に、わたしの恃みのはずの直感は完全に封殺されていたのだ。

今も眼の前で滑らかに語る少女の何が真実で偽りなのか——わからない。

そんな区別はつまらないことだとばかりに、彼女の気配は黒く深い闇をたたえている。

「…………なら、どうして」

「もっと言うなれば、保持する精霊すらも関係ないのよ、お姉さま。だってこれは、生来のあたくしの性分だから。あたくしね、ちょっと気が昂ると、持てる力を全て使って相手にぶつけてしまうの。小さいころ、たくさん集めた虫を一気に燃やしたくらいなら良かったけれど、力が使いこなせるにつれ燃やした使用人は数知れないし、おとうさまやおかあさまに大火傷も負わせてきた。

保持する精霊が【火】から【風】になっても、結局この性分は変わらなかったわ。要するにね——これは肉体や精神、精霊よりもこの身から剝がせない『性』なのよ」

少女の形をした者が、鉄格子に頰を沿わせてわたしを見る。暗がりで仄かに照る眼の光が、うっすらと浮かぶ笑みが、あの日の虐殺の光景を思い出させる。

「——あたくし、強い者に目がないんですの」

コルレスのその言葉は、核心のように響き渡った。

「【火】の精霊持ちだった頃から、自分の力でたくさん殺すのが楽しくてたまらなかった。特に手強い相手を殺す時。虫やただの使用人相手でははるかに及ばないあの手応え……おとうさまもおかあさまも、あたくしのこの『性』は【火】の精霊のせいだと思っていらしたわ。都合の悪いものは【火】のせいにして。ほんとうにだめな大人ね。でもやっぱり関係ない。【風】の精霊持ちになって、最初にあの子を殺した時、確信しましたわ。仕方ない。そういうものなの。だからみんな殺してしまいました」

◇

異民族を押し込めている荒漠とした土地は、退屈な風景しかない。

移動の最中時折見える山や森、川の眺めに、コルレスはすっかり飽き飽きしてしまった。

今は広い土地をいいことに大人たちがゴルフクラブを振り回し、ボールをあちこちに放り散らしている。

ようやく【風】の精霊持ちとなったことで、晴れて『自慢の娘』として父親から代議士たちにお披露目されていたコルレスは、早くも放置されていた。娘から【火】が失せ、すっかり安心しきっていた父親の監視はゆるい。彼女は早速単独行動を開始していた。

気まぐれに、手近な森に足を向ける——長い一本道を進んでいくうち目にしたのは、艶（つや）めく褐色の肌に強い光を大きな眼に宿した、凜々（りり）しい横顔の一人の少年だった。

コルレスは、退屈をしのげそうなものを見つけ、嬉（うれ）しくなって駆け寄った。

「こんにちはっ！」

はっと振り返りコルレスを見た瞬間、少年は携えていた槍（やり）を大きく振り回して身構えた。

「何者だ！」

幼くも勇ましい声。全身から警戒心を漲（みなぎ）らせた姿に、コルレスは驚いて立ち止まる。

「あっ、ごめんなさいっ、驚かすつもりはありませんわ。あたくし、ケルビウの都市から遊びに参りましたの。みなさまとぜひ、仲良くなりたくって——」

「……去れ！」

言葉は通じる。だが少年はコルレスの言葉を遮り、強い声で言い放った。

その眼と声は、勇壮すら帯びていた。まるで巨大な魔物に立ち向かう勇者のように。

「何者だ、お前……！　お前のようなもの……族長に近付けさせないぞ！」

少年の鋭敏な直感は瞬時に察知したのだ。目の前の、少女の形のとてつもない邪悪に。

同時に、少女もまた少年に察せられたのだと気づく。

「——まぁ。ひどいわ」

裡(うち)に起きた衝動は一瞬にして迸(ほとばし)った。

「『お前』だなんて！」

コルレスの殺気に、少年が動いた。彼は逃げずに、目の前の邪悪に向かって走る。

その躰(からだ)を、コルレスの振り上げた腕から走った【風】の刃が斬断した。

大きく仰(の)け反(ぞ)ったその身から血が飛沫(しぶ)く。倒れた躰が痙攣(けいれん)する。脚がその場を掻(か)き、手が槍を握りしめて動こうともがく。もうすぐ死ぬのに、この少年はまだ闘おうとしていた。

「――あは」

コルレスは感激の声を上げた。

【風】の力を宿すようになっておよそ三か月。人に使うのはこれが初めてだった。

すごい。【火】とは全く違う壊れ方をする。終わりの反応も違う。【風】ってすごい。

面白いな。もっと見たい。壊したい。楽しい。殺したい。たくさん。

その欲望が軸となり、コルレスを突き動かした。笑いが止まらない。彼女は笑いながら亡骸(なきがら)となった少年を飛び越えると、自分自身が風になったような心地で疾走した。少年が阻(はば)んでいた道の向こうへ。

道が開けると、そこは何かの式典でも行われるのか、祭壇や華やかな装飾が設(しつら)えてある。

まぁ、すてきな光景。でも、そんなことより、今は殺したい。

突然出現した少女とその笑い声に驚き、間近で立ちすくんでいた少年少女に向かってコルレスは両腕を薙ぐ。至近距離からの【風】が、二人の躰を上下真っ二つに両断する。噴き出した返り血を浴びて茫然としていた別の少年の喉元を今度は指先でさっと斜る。噴き出した血が、高らかに飛沫く。

それからも一方的だった。目の前の状況に意識が追い付いて悲鳴をあげようが、怯えて逃げ出そうが皆同じだ。コルレスは舞い踊るように両手を振り薙ぎ、次々とその場にいる者を切り刻み、裂き断ち、全てを殺していった。

「襲撃だ！」「あれは【風】が」「はやく逃げろ！」「族長を守れ！」

まだ子供も同然の声が、戦慄を帯びつつも猛々しく交わされる。

武器を持つ者が向かってきたが、それでもコルレスの演舞は変わらない。向かい来る者も、逃げる者も、全て【風】の刃で屠ってゆく。

「やめろ！」

鋭い声と分厚い風がコルレスの舞を遮った。少し驚いて視線をやると、武器を持った二人の少年の中心に、鮮やかな碧の衣服を身にまとった一番の年上であろう少女が、凄まじい怒りの形相でこちらを睨み据えている。

武器を持っていない方の手が、庇うように二人の少女を背後に寄せていた。

「――アネモネ、イリスを連れて逃げろ」

「や、やだ、だって――」

「皆の姉ぇを連れてきて。あいつが来れば、きっと大丈夫だ」

その言葉に、アネモネと呼ばれた少女が涙目にハッと強い光を取り戻す。強く頷(うなず)くと、泣きじゃくる小さな少女の手を引いて森の外へと通じる道へと走り出す。

「あ。逃げちゃった」

恐怖でよろめく足取りの少女二人に、コルレスが【風】の刃を向けようとする。

その腕を重い【風】の一撃が阻んだ。鉄棒でも振り下ろされたような衝撃に、コルレスは顔をしかめる。

「お前の相手は私だ」

碧い服の少女から放たれる上質な殺意を前に、コルレスは全身をぞくりと震わせた。

「――あは！」

喜悦が弾(はじ)ける。そんな眼(め)で見られてしまったら、もう止められない。

コルレスの躰が滑空の速さで疾(はし)る。俊敏に間合いを詰めると、指先を小さく斜(はす)らせ一人目の少年の頸動脈(けいどうみゃく)を切り裂き、振り下ろした腕でもう一人の躰を【風】で圧(お)し潰す。

あっという間に残りは【風】と長槍とで立ち向かう碧い服の少女だけになった。

「さっきの子供が助けを呼ぶの？」

顔中に返り血をあびたまま、コルレスが小首を傾(かし)げて問う。

「そうだ。誰より強い、わたしの半身――【火】の精霊持ちだ。お前を必ず殺せる」

そう言って少女が放った【風】は強く重いが、それだけだった。相手の動きを一時的に封じ込めるだけ。こんなもの、切れ味のない鈍(なまくら)の剣も同然だ。

コルレスは、相手をおちょくるように小首を傾げて見せた。

「半身……へええ、ふぅん？　【火】の精霊持ちかぁ。たしかに手強そう。まぁ、あなたは大したことないわ、ねっ！」

そう言ってコルレスが軽やかに両腕を振り上げると、交差した【風】の刃が少女の躰を斜め十字に切り裂いた。

吹き飛ばされ、祭壇に叩(たた)きつけられた躰にコルレスは飛び込む。

「それなら今から、作戦でもたてようかしら！」

血まみれの躰を起こして応戦しようとする少女の躰をまたぐと、コルレスはくるくると人差し指でその場につむじを描く。

絶叫が森の緑に響き渡った。

コルレスが指先で操った【風】の力で、少女の両脚を捻(ひね)り折ったのだ。

苦痛に呻(うめ)きながらも手にした槍を身構える彼女に、コルレスは無造作に顔を寄せた。

「あなたの言う【火】の精霊持ちは、とても強いのよね。それってあたくしよりも？　そんな方を殺すにはどうしたらいいかしら」

「――こんなこと、決して許されない」

濁った声が血とともに吐き出される。すかさずコルレスは鋭い錐状(きりじょう)の【風】でその腹部を何度も突いた。少女は血反吐(ちへど)を吐いて口答えを止める。

「やっぱり備えが欲しいわ。そう、切り札が！　ねぇあなた……その強い【火】の精霊持ちの『真名(サウンド)』を知っているんじゃなくって？　だってあなたの半身なんでしょう？」

刺すような視線に、瀕死(ひんし)の少女の眼が揺らぐ。コルレスはそれを見逃さなかった。

「うふふっ、やっぱりそうなのね？　ねぇねぇ、その方の『真名』を教えて！　『霊髄(クオリア)』の使い手ほどの強者(つわもの)だろうと、『真名』さえあれば屈服させられるものっ」

「……ッ！」

答える代わりに、少女は血まみれの形相で槍を振りかぶる。だが刃が届く前に、コルレスの【風】が彼女の袈裟(けさ)斬りの傷痕を抉(えぐ)る方が速かった。

「教えてくれたら、あの逃げた子たちを見逃してあげようかな」

邪悪な囁(ささや)きに血まみれの表情が歪(ゆが)む。コルレスはさらに追い立てた。

「今は助けが来るよりも、あたくしがあの子たちを殺す方が早いわよ。だから、ねえ、教えてくれない？　あの子たちの命とひきかえに、その方の『真名』を」

――鈍い呻き声が、血に塗れた少女の喉からせり上がってきた。限界に達しているのだ。死ぬ寸前の人間からこぼれ出る、独自の声音だとコルレスは知っていた。

深い苦悶の果てに、その口が血とともに言葉を落とした。

「――ラピス」

「ラピス？　それがその方の『真名』なのねっ」

そう言って覗き込んでくるコルレスを、少女は深い光に凝る瑠璃色の眼で睨みつけた。

「私の半身が、お前を許さない。必ずお前を討ちに来る」

「へえそう」

相槌とともに、コルレスは少女の首を手刀で斜った。その一瞬で彼女の首は綺麗に断たれ、その頭が足元に転がり落ちる。

反射的に動いていた自分の指に、コルレスは少し驚いたような視線を寄せた。

死に際のはずの眼の迫力に、思わず指を動かしていた。びっくりした、とは違う。ただその凄まじい気迫に圧されていた。自分よりずっと弱い者だったのに。

コルレスは気を取り直すように、辺りを見回した。全部殺した。自分以外には何もない。

誰より強いと言っていた【火】の精霊持ちは、このまま来ないかもしれない。

でも、ここで去ったら、さもあたくしが逃げたみたいだわ。

「そうだ、あたくし、その方のために招待状を残しておきますわ。これさえ見れば、その方もここへ来てくださる。ね？　別にあたくし、怯えて逃げ帰ったわけじゃないのよ」

誰にともなく口にして、コルレスは先日自分を用心棒として雇わないかと売り込んで来た男が持っていた【火の祭典】の参加票である銀板を懐から取り出した。

自ら実力者だと誇っていたくせに、手合わせしてみたら数秒でことされてしまった。こちらは精霊の力を使ってもいなかったのに。殺すのが下手な奴だったな。

でも、思わぬ収穫がここで活かせた。【火】の精霊持ちなら、この参加票で招きやすい。きっとその「強い【火】の精霊持ち」もこの招待状に気づいてくれる。そうしたらきっと祭典に来る。あとは当日、お待ちしていればいい。

物言わぬ少女の手元に、いや、分かりやすい位置の方がいいか、と首の断面に銀板を置いて、転がっていた首を据え戻した。

「では、ごきげんよう」

満足いく体裁をととのえられ、コルレスは上機嫌だった。軽やかにその場を立ち去ると、帰り道に、必死で息をつきながら逃げている少女二人の背中を見つける。

さっき、あの人に女の子らを見逃すって約束してたっけ？　どっち？　まあいいか。

ひょいっ、と振り薙がれた【颪】が三蓮の波となって少女二人に襲いかかる。

手を引かれながら、背後に迫るものを見た小さな方の少女が、先を走る子をかばうようにその身をよじった。【颪】は小さな子の方を切り裂き、顔を潰す。

衝撃につんのめった少女が、泣きながら、それでもことされた小さな子を引きずって前に進もうとする。

その悲鳴を旋律に、コルレスは小躍りするようなステップを踏んで近づいた。

「姉ぇ……っ！」

引き絞られた声が、命乞いではなく、虚空に向かって何かを呼ぶ。

コルレスはその首を派手に斬り飛ばした。

声は届かなかった。

◇

絶叫が爆ぜた。

わたしは狂ったように吼え、「その時」を語り終えたコルレスに襲いかかる。

だが両手足の拘束は解けず、【火】の力は鉄格子を越えない。手足が引きちぎれるのもかまわず力づくで圧し迫ろうとするわたしに、コルレスは髪を耳にかけつつ口を開く。

「お怪我に障りますわ、お姉さま。暴れても無意味ですわよ。祭典の幕壁と同じで、この牢は【火】を封じるんですって」

血走らせた眼で言語にならない慟哭を吐くわたしに、彼女は微笑みかける。

「かわいそうなお姉さま。大切なものを全て失い、仇を討ち取りにここまで来た。けれどそれが果たされることはない。だってあたくしは、お姉さまの『真名』を知っているから。

実はね、あたくし、自身の【風】の精霊移転までに精霊についてはいろいろとお勉強したのよ。少数民族には『真名を交わし合う』ってしきたりがあるんですよね？　だからあの女の人が『私の半身』と言った時、ぴんときたんです。お姉さま、あの人と『真名』を交わしたのでしょう？　だから死に際に『真名』を訊き出したの。

あの女の人、その場しのぎの適当な名前を言ってませんでしたわ。だってあたくし、嘘つきは見破れる自信があるのよ。みんな嘘をつくのが下手なんだもの。死に際の人間は、特に。偽る余裕がないからでしょうね」

ますます吼え猛るわたしに、コルレスが上品な口調で話し続ける。

「『真名』を交わし合ったお姉さまは【火】と【風】両方の精霊の力を持っていた。確かに誰よりもお強いはず。けれど、あの女の人は死んでしまった。そうすると精霊の力はなくなり『真名』だけが残る——でしょう？」

殺しておいて大正解、とコルレスはつぶやく。

「だからこの先お姉さまがあたくしを殺そうとしても、それは決して叶わないのよ。あたくしがお姉さまの『真名』を口にすることで、魂を支配できるから」

なおも喚き、鎖をむしろうと暴れるわたしを、コルレスは艶然と眺める。

「ねぇお姉さま。あの女の人は『こんなこと許されない』とか言っていたけど、あたくしはそうは思わないのよ。だって、この世界を動かしているのは正義でも悪でもないし、公正や平等でもない。皆が受け入れている『こういうもの』だという『仕組み』なのよ。だから我が家は【風】の精霊持ちたれ、という家の習わしのためにどんなことでもするし、あたくしが癇癪で使用人を殺しても、統治に支障が出るからいくらでももみ消す。【火の祭典】は、【火】の精霊持ちを見世物にしてさんざん盛り上がっているけど、人々は大きなお金が動かせる、一体感を享受できるという建前でこの野蛮な催しを正当化する。多くの者が納得している『仕組み』にのっとれば、この世界はなんの問題もないのよ」

そう言い切ると、コルレスは振る舞いを少女のものへとパッと切り替えた。

「そういうわけで、お姉さまがあたくしの虐殺を世に訴えたとしても、特に意味がないということですわ。だって、どこぞの少数民族が死に絶えようと、大多数のための『仕組み』には何の関係もないんですもの。それに——みて、お姉さま?」

薄ら笑いとともに、コルレスは自分の顔の横にそれを掲げた。

わたしの半身の血が付いた銀板。

不意打ちでわたしを倒した直後、懐から奪ったのだ。

「あたくし、すごいこと思いついたの。まず、この銀板をお姉さまが持っていたって《繭(クリザ)》にいる警察官憲に教えるの。この銀板の血が誰のものか——ちょっと気になるでしょう? そこであたくし、遠回しに居住区で少数民族が大量に虐殺された惨劇についてお伝えするわ。そうすると——この国の官憲はすぐに閃(ひらめ)いてくれる。

お姉さまが、自分の仲間をみぃーんな殺したんだって!」

絶叫し続けているわたしの声を、コルレスのけたたましい笑い声がかき消した。

「だってお姉さまは【火】の精霊持ちなんだもの! 災厄の化身。自分の仲間の血だけじゃ足らず、とうとう【火の祭典】まで姿を現した邪悪な『禍炎(かえん)』。みんなそうだと信じて疑わないわ。だって、『禍炎』ってそういうものだから。理屈や辻褄(つじつま)なんて関係ないの。

ああ、お姉さまはどうなるのかしら? 死刑になるの? 世にもおぞましい大量殺戮者(さつりくしゃ)として、『禍炎』の歴史の一ページを刻むのかしら。ふふっ……あはははははは!」

その笑い声は怒り狂うわたしを圧し、地下全体に響き渡る。

「……あーあ、おかしい。仇討ちを返り討ちにする方法としては、我ながら痛快だわ。でも、お姉さまのお名前を悪の歴史に刻む前に、あたくし明日以降の【火の祭典】を楽しもうと思うの。残った参戦者がどれくらい強いか、いちおう興味ありますもの。それまでは、もうしばらくここでお待ちになっててくださいませ。祭典が終わったら、お姉さまのことを歴史的な虐殺者にして差し上げますから！」

小鳥が謳うように、コルレスはそう言うと軽やかな足取りで牢の前から去る。

わたしは叫び続けた。喉が裂け肺が潰れる痛みの中、意識が途絶えるまで叫んでいた。

耳の奥であの唄が聴こえる。

あの時。ゴミ山で燃えて死ぬところを同胞と半身に救われた後、大きな声で泣き叫んでいたわたしを慰めてくれたあの唄声だ。

だが、今のわたしの叫びは耳朶で微かに残っていたその唄を掻き消していく。

どんなに叫び、求めても、その声たちは戻らない。

己の悲鳴が耳を埋め尽くしたのを最後に、全てが真っ暗に、落ちる。

——聞き覚えのある靴音に、朧（おぼろ）な意識が浮き上がった。

目を開ける。だが顔を上げる力はない。それでも視界に入った足元で、それが誰なのかがわかった。

「……ひどい姿だな。アイザックが見たら卒倒するんじゃないか。ただでさえ俺ときみとの対戦が番狂わせだったんだ。あの後すげぇ怒られたんだぜ」

ユルマンはわたしの微かな反応を見て、静かな声を寄せた。

「元『調整役』のよしみでね、警備兵に多少顔が利（き）くんだ。きみが地下牢に連れ込まれたって聞いて慌てて来てみたら——とんでもない極悪がいた」

それならあの話も聞いていたのか。

「時間があまりない。フィスカちゃん、俺ぁ明日の準決勝で警備が手薄になった機を狙ってここからきみを助け出す。《繭（クリザ）》から抜け出せれば、奴を撒（ま）ける。あるいは、きみが望むのなら、仇を討ちに行ってもいいだろう。

けど——たとえこの先、仲間殺しの汚名を背負うことになっても、きみには逃げる方を勧めたい」

ぴく、と小さく震えわたしは顔を上げた。そこにはユルマンの深刻な眼（め）があった。

「奴は狂っている。地獄からひり出されたような極悪の化身だ。聞いているだけで殺したくなった。誰が奴を殺そうと、文句を言う人間なんていないだろう。

だが——問題はきみだ。きみは、もしかしたら……もう人が殺せないんじゃないか」

「…………」

言葉が出なかったのは、喉が嗄れていただけではない。その指摘にわたし自身が思い当っていたからだ。〈帳〉の予選で闘った時から、その予感はわたしの裡に漂っていた。

戦闘にも慣れている。人を殺したこともある。死体にも臆さない。

だがわたしは、あの日の惨状を目にした時から変わってしまった。

殺しも許可されていたはずの予選では誰も殺せず、舞台上にあった幾多の死体を見た瞬間も、反射的に目を逸らしていた。

カンナビスが目の前で警備兵を殺して見せた時も、自分でも戸惑うほどに動揺していた。

そのとき、ようやく自分でも気づいた。

——わたしは、殺せない。

死者を見ることすら恐れている。たとえ仇が目の前にいても、はたして殺せるだろうか。

「だから俺ぁ、逃げる方を選んでほしい」

わたしの無言を肯定と汲み取り、ユルマンははっきりとそう言った。

「きみの仇はすでに暴走している。いくら家の力があろうと限度がある。いつか奴の行いが明らかになれば——この世の中が歪んでいようと、さすがに見過ごされないはずだ」

「……それまで逃げて、息をひそめていろと？」

「そうして欲しい。今のきみでは奴を殺す寸前、確実にためらう。それだけ心の傷を負ったんだ。対して、その躊躇をあいつが見逃すわけがない。奴は絶対にきみを殺す」

殺せないわたしを見抜いたユルマンの言葉は予言のようだった。否定できない。

どれだけの怒りや殺意があろうと、わたしはもう、殺すことができない。

それでも。わたしは。

あのとき誓ったのだ。皆を殺した「何か」を、わたしの仇を必ず暴き出すと。

わたしは格子の向こうのユルマンを見つめた。強い気配を感じ取り、ユルマンの眼差しが硬くなる。

「たとえわたしに殺すことができなくても、必ず裁きを受けさせる」

「……法にでも訴える気か？　今の共和国の法は権力者の味方だぞ」

「あいつは非道だ。誰もが見過ごせないほどの」

「それが認められるのは、奴自身がそれを明かし、この世の中の大多数の目に入ればだ。そんな都合のいい舞台なんて存在しない」

「必ず暴き出す。皆に晒してみせてやる」

枯れ果てたはずの力が、眼の奥で熱を帯びるのを感じる。

「〈帳（ここ）〉で」

【火】の力を帯びたわたしの眼の紅が熾（お）きる。呑（の）まれたようにユルマンへ、わたしは拘束の可動の限り近寄った。

「ユルマン、力を貸して欲しい。わたしが脱走すると知れば奴は必ず動く。そこを狙う」

殺せなくても、奴のしたことを暴きたて、この世界に晒してやる。

仇は討つ。たとえわたしが死んでも、必ず。

◆

つつがなく準決勝一戦目を終えた《繭（クリザ）》は、黄昏時（たそがれ）を迎えていた。

繰り広げられた死闘と、それを見た観客の狂喜の名残を漂わせる人の捌（は）けた観客席。その片隅の貧乏席に、二人の男がいる。

カトーは手元の通信機でスフォルツァ帝国対外諜報（ちょうほう）室への調査報告を済ませると、パトラッシュの方を見やった。

座席で胡坐（あぐら）をかいている青年は、かつてないほどの険しい表情で闘技舞台を睨（にら）んでいる。

「……納得いかねーっス」

「報告完了。仕事は済んだ。オイ、引き上げるぞ」

「隊長、そんなんでいいんスか？　そりゃ帝国の情報盗んだ泥棒は見つけられたっスけど、泥棒が作ったイカれたバケモンは野放しってことじゃないっスか」

機密情報奪掠の首謀者・オーレンがその後明かしたのは、家の威信のために精霊を転移した娘――コルレスによる今日にいたるまでの狂気とおぞましい凶行の数々だった。

【火】の精霊を宿していた幼い頃から、戯れに物を壊し、しまいに快楽を求めて人を殺して来た彼女を、ペフェルタクス家は死に物狂いで改良しようとしていた。娘が殺す度に死体を隠蔽しながら、「これ」をなんとかするために合法違法問わぬ手段が行使され――その延長に帝国からの機密奪掠があった。

だが精霊を移し替えても、彼女は変わらなかった。

つい先日。少数民族居住区の視察に娘を同行させた折、目を放した隙に彼女は居住区にいる少数民族を大量虐殺して戻ってきたのだ。返り血を浴びたまま、笑顔で戻って来た娘の姿に、オーレンは絶望した。

その後も彼女の横暴は変わらない。言われるがまま【火の祭典】に連れ出したら――今度は参戦者を二人も殺していた。

昨日、あの娘がカトーとパトラッシュの脇を横切って部屋に戻って来たあの時。彼女は二人を殺害した直後だったのだ。頰に僅かに残っていた返り血にそれを察した母親は、慌てて身を挺して娘の姿を隠した。あれは娘にカトー達の姿を見せないため、ではなかった。殺戮者を、よそものの目に触れさせないためだったのだ。

「俺たちの任務は調査だ。標的の特定であって、捕縛じゃねえ」

「老夫婦からあのガキの悪行に関しては、充分言質が採れてたじゃないっスか！」

「勘違いするな。あの小娘が元からイカれてたのか、改造の繰り返しであなったのか知らんが、奴が精霊の力使って人を殺しまくってた極悪サイコだろうと、帝国にも俺達にも関係のない話なんだよ。

それに——今までは家柄の力でもみ消してたようだが、帝国がオーレンを確保すれば多少は家の勢いも失われて、世間に公にされる可能性もある」

正直カトーも内心歯噛みする思いだった。昨日、真横を通り過ぎていた異常殺戮者。その気配を嗅ぎ取ることすらできなかった自分の間抜けさに。

「……とにかく今は、オーレンを帝国のエージェントが拘束するのを待つだけだ。あの娘は、今のところ勘定に入っていない」

「じゃあやっぱり野放しなんじゃないっスか」

「任務優先だ。お前の正義感を否定するつもりはねぇが、今は堪えとけ」

娘の狂気と凶暴を結局変えられなかったことに、オーレンもその夫人も完全に打ちのめされており、下手な逃亡を試みる気力すらない。明日にはエージェントが彼を拘束、帝国へ問題なく移送することだろう。自分たちはそれを待つだけだ。

「…………胸糞悪ィ」

舞台を睨み据えたまま、パトラッシュが唸る。

「いい加減にしろ、パトラッシュ」

カトーはその横顔を見据え、語気を強めた。

「これが共和国の現実なんだよ。【火の祭典】だけじゃない、この国は〈帳〉という隔りを以てあらゆる歪みを正当化することで収まってるんだ。帳の向こうのことなら、どんな酷いことや理不尽でも、何も感じずにいられる。そうして鎖された平安を成立させている。

今ここでお前がまっとうな正義感であの小娘の悪事を暴露しようとしても、それが国の調和を乱し得るのなら帳の向こうに隠しちまう――それが共和国だ」

「なにわかったようなこと言ってんスか隊長！」

パトラッシュが険しい顔で立ち上がって叫ぶ。

「このクソみたいな国がそういうもんだとしても、オレが嫌なんスよ！　あのガキが野放しのままじゃ、この先もなんの罪もない人がどれだけ殺されるか、わかったもんじゃない。そんなのゆるせねえ！　隊長は違うんスか⁉」

「パトラッシュ、」

「答えろよ隊長！」

声を荒らげた直後、パトラッシュの顔がはっと変わった。対峙するカトーの、その向こうに目線がある。

カトーが振り返ると、長身痩軀の青年が、真っ直ぐにこちらを見て佇んでいる。

「あんたは――」

アイザックだ。だがその目に先刻対話していた時の穏やかな雰囲気はない。

「お取り込み中のところすみません、今すこしお話よろしいでしょうか」

一言ことわりつつも、有無を言わさぬ強い声だった。反射的にカトーは身構えた。

「悪いな、本当に取り込み中なんだ。この後も忙しい」

「――そう言うなよ」

真後ろから、声。ぎくりとして振り向くと、そこにはユルマンが立っていた。

口元をゆるませてにやけるが、その姿は薄暗い黄昏の中、魔物じみた気配すら感じる。

「実は骨のある記者の方にちょっとした協力をお願いしたくてね」

「協力……？　俺たちがあんたらにできることなんてないだろ」

「自分たちでは顔も素性も知られている。だからできないことがあるんです」

反対方向から、アイザックが静かな声を投げてくる。

「それに、記者の方が立ち回れる場所は多い。だからお願いしたいことがあります」

「無理だ」遮るようにカトーは答える。「丁寧にお願いされてもな。その先も聞けない」

「だからそう言うなよ」

と、今度はユルマンが声を挟んできた。

挟み込まれ、左右から交互に言われてひどく落ち着かない。その上、こいつのターンは尋常じゃなく殺伐としているのだ。

「いくら帝国のおつかいで緊張してるとはいえ、今のところ余裕そうじゃねぇか。だったら行きがけの駄賃に、俺らの話に付き合ってくれてもいいだろ」

「なんのことだ。帝国ってのは」

「あれぇ、とぼける気かあ？　あんたらあの帝国の間諜（かんちょう）か、調査員の類（たぐい）なんだろう？」

急にユルマンが声を張り、舞台役者のように台詞（セリフ）を響かせる。

「昨日、アビとカンナビスが場外乱闘してた時に巻き込まれてたのってあんたらだろ。聞いたぜ、そこの兄ちゃんが『帝国のための資料』だとか必死に宣ってたの。帝国あての調査も情報も資料も大事だろうけど——まずは自分の命じゃねぇのか？」

「…………うえ」

思わず潰れたカエルのような呻き声を零したパトラッシュに、カトーは容赦ない睨眼を放った。アホな部下はすぐさま首を捻って目を逸らし、こちらの視線から逃れようとする。すぐにでも胸ポケットの通信機を破壊したかったが、奴の眼の前では微動すら許されそうにない。

「……よくわからんな。気のせいだろ」

「そうかそうか。じゃあ俺の空耳ってことだな」

ユルマンは鷹揚に頷くと、ふっとわざとらしく肩を竦めて見せた。

「じゃあ、善良な一市民として、念のため《繭》にいる警備兵か警察官憲に報告しておくかな。鹿撃ち帽のオッサンと金髪の兄ちゃんが帝国のスパイっぽいから拘束してくれって。俺ぁどっちの組織にも顔見知りがいるし、共和国は未だに戦争の名残で帝国憎しだし、すぐに反応してくれるに違いない。

もし俺の勘違いだったら——その時はスマンな」

「……え。まじスっか」

力なく呟くパトラッシュの横で、カトーはげんなりと観念して重い息を吐いた。

「…………なんだよ、その協力ってのは」

アイザックが静かな口調で切り出した。

「明日、地下牢に囚われてる人を脱出させたいんです」

「……脱出だと？　穏やかじゃないな。一体だれを」

するとユルマンがにやりとしながら口をはさむ。

「今回の〈帳〉で一躍時の人となった〈女徒手拳士〉――と聞けばわかるだろ」

「！　あのかわいコちゃんっスか⁉」

「彼女はゆえあってこの〈帳〉に来たんだが、権力者にはめられて今や囚われの身だ」

「……そうか、あの娘。もしかして、先日虐殺された少数民族の関係者だったのか」

はっと閃いたのは、オーレンが自白した娘による凶行の一つだった。口にした途端、あの〈女徒手拳士〉の行動の筋が見えてくる。

ユルマンが意外そうな表情になった。

「ほう、さすが凄腕の記者。その件を摑んでいるのなら話が早い」

「協力するっスよ」

パトラッシュがきっぱりと言い放った。「おい、」と諫めかけたカトーを強い眼で制す。

「隊長、あのコに助けてもらったの忘れたんスか？　今度はこっちが助ける番っス。受けた恩は必ず返さないと、帝国男子が廃るってもんスよ！」

「…………堂々と言うな」

はっきり帝国人と宣った上に、話にまで乗ってしまった。

カトーは呻くしかない。

そういうわけで、二人はえらく居心地が悪い場所にいた。

黄昏も落ち、宵のころ。《繭》の回廊、派手な戦闘が二日連続で繰り広げられて崩壊したままの一角で、カトーとパトラッシュは片隅の瓦礫に並んで腰かけていた。

眼の前では距離を置いて三体の化物が鼎立している。

カンナビスとアビ、そしてユルマン。

薄闇の中、彼らは無言を貫き動かない。だが、三者が三様に放っている殺気に圧され、石のようになるしかなかった。次にまばたきした瞬間殺し合いが始まるんじゃないかと思うと、股間あたりの血が奪い取られるような心地だ。

「……隊長。オレちょっとトイレ行ってきていいっスか」

「いいわけねぇだろ」

本気か軽口かわからないが、この状況下で口を開けるパトラッシュの図太さが羨ましくなってくる。

と、そこへさらに遠慮のない気配がずかずかと近づいて来た。

「ったくもー！　なによ話って！　今あたしはやさぐれてるの！　丸一日かけて落ち込んだから、今から《繭》出て、浴びるようにお酒飲むつもりなの！　やけ酒ってやつよ！」

むくれた声とふくれっ面(つら)のローズリッケだった。宵の昏(くら)さでも判然とする喧(やかま)しい存在は、その場に集められている者を遠慮なく見渡し、きょとんとする。

「あれ？　なんか見たことある人もいる？　あのひと――」

「連れて来たよ、ユルマン」

ローズリッケの背後からアイザックが声をかけてきた。

「おう、助かるぜ、お医者サマよ」

「これで全員だ。――ずいぶん便利に使ってくれるね」

「そう言うなよ。なんならここでみんなと待機してた方がよかった？」

「……いや、それはちょっと」

この場にいる面々――とくにカンナビスとアビを意識していることは言うまでもない。

アイザックは集まった面々と話し合いがしやすい位置に立つと、先を促すようにユルマン

を見た。彼に関しては、ことの計画をすでに知っている様子だ。

「――それで？」

ゆったりと、刃物を鞘から抜くようにカンナビスが問いかける。

「あなたの話って何よ」

「悪くない話さ」ユルマンの笑みが暗がりにもわかる。「特にカンナビスとアビ、二人にとってね。明日きみたちは準決勝でぶつかるだろう？　ぜひ付き合ってほしいんだよ」

「今さら何を言ってるんですか、政府の犬」

カンナビスよりも剣呑を露わにしたアビの声が鋭く差し込まれた。

「あなたという存在、発する言語、何一つ聞く価値はありませんよ」

「ご挨拶だねぇ。だったらなぜわざわざ来てくれたのさ？」

「ろくでもないことを企てているようですからね。僕の邪魔になると判明次第、あなたを排除するつもりで来ました」

「おいおい……喧嘩はやめようぜ」

宥める台詞を吐くユルマンは、しかし相手の苛立ちを煽るようなにやけ顔だ。

「それに俺ぁ今日限りで政府の『調整役』は降りたんだ。正確には降ろされたんだが。見たろ、今日の闘い。形の上では決勝進出っつっても、フィスカちゃんにあんだけ派手に叩きのめされたんだ。今じゃどこに出しても恥ずかしいツラになっちまった。だからそんなに警戒する価値もない」

「信用できませんね」

「――どうでもいいわ。話を聞かせなさいよ」

次に切り込んで来たのはカンナビスだった。睨み合う二人の男の様子に、つまらない茶番でも眺めるような目をしている。

「私もアビと同意見よ。あなたの企みなんて大概ろくなことじゃないもの。それもわざわざ、こちらに予告して協力まで持ち掛けるなんて。その内容によってはこの場で殺すわ」

強烈で明確な殺気に、ふ――、とユルマンが気の抜けた笑いを零した。

「つくづく俺ぁ信用ないね。これも日頃の行いってやつかな」

「そうよ、あんたずっと胡散臭いんだから！」

唐突に、ローズリッケの声が飛び込んできた。呼び出された早々ほったらかしにされ、しびれを切らしたように一歩前に進み出る。

「なんか怪しいのよね、あんたって。余裕ぶってるけど、昨日は予期せぬ不幸と不運であたしが不戦敗になって、そのおかげであんたは今呼吸ができてるようなもんなのよっ！」

「そう言うなよ。記者たちにちやほやされて楽しかったろ？」

「なんで知ってんのよ！　あれ、ていうか、昨日もあんたあの記者たちになんか指示出して……て、まさか……あたしにあの記者をけしかけたの、あんただったの⁉」

「あれ、今さら？」

「こん……のぉ……！　このッ、卑怯卑劣ド外道野郎ぉぉぉぉおおおー！」

沸騰したヤカンのように怒りに猛ったローズリッケが拳銃を振りかぶる。

あわてて背後からアイザックが押さえ込んだ。

「まってまって、落ち着いて！　気持ちはわかるけど……っ、ユルマン！　ふざけてないで早く話を進めてくれよ！」

全員にきっちり嫌われたのを確かめたように、ユルマンはひょいと肩を竦めた。

「俺の話じゃ聞く気もしないってのは、俺だって充分承知してるのさ。

だが――この『悪くない話』がフィスカちゃんからのものなら、違ってくるだろ？」

「……へ？　フィスカって、あのゼロフィスカ？」

アイザックに羽交い絞めにされていたローズリッケがぴた、と動きを止める。

「そういえば、あいつも何だったのよ。あんたをこてんぱんにした後、自分から降参して舞台降りたんでしょ？　結局何がしたかったの？」

「あの子にもいろいろあるのさ。その彼女からある協力を求められてね。これが上手くいけばきみらの目的も果たし得ると思って、今こうして話を持ちかけている次第さ。アビ、きみの目的は〈帳〉で優勝すること自体ではなく、この共和国体制を揺るがすことだろう？　欺瞞に満ちた安寧に浸かっている国中の奴らに『現実』を思い知らせる――明日ならそれが可能だ。それにカンナビス、きみにとっても悪くない話になる」

「……」

「口だけなら何とでも言えるわ。それに、当の娘はどうしたのよ」

「拘束された。明日のうちに動かなければ、イカれた娘のおもちゃにされる」

「……なぁに、その物騒な話は」

　そこにある不穏を嗅ぎ取り、カンナビスが眉根を寄せた。

　ローズリッケも怪訝な顔を傾げてユルマンを見る。

「……え、どういうことよ。拘束って、ゼロフィスカ、今ピンチってこと？」

「そうなんだよ。正直きみへ引き換えにできるメリットはこれといってないんだが、単純に彼女を助ける協力をしてほしいんだよね」

「なーんだ！　そういうことなら早く言ってよ。もちろん協力するわっ！　任せなさいっ。あたしファンは大切にするタイプだし！」

　堂々と胸に手をあてて放ったローズリッケの宣言に、やっと話がまとまる雰囲気になる。

アイザックがほっと息をつくのを見て、カトーとパトラッシュもそれに倣いたい気分だった。話の輪から外されているものの、巻き添えを喰らう位置に置かれているのだ。

そこへ、剣呑な殺気を多少納めたアビが口を開いた。

「――一つ、確かめたい。あなたが彼女に協力する理由は何なのですか」

油断のない眼がユルマンを見る。ユルマンもまた一縷のたじろぎもなく視線を返した。

「それはもちろん、俺のためさ。

俺はね、あの子が選んだ道がどうなるのか見てみたいんだ。同じ【火】の精霊持ちでありながら、俺とは全く違う選択をしているあの子の行く末を。あの子は俺と違って、大切なものを何一つ捨てずにここまで来た。今までも、これからも」

――これから為そうとしていることに、彼女が己の命すら懸けているのだとユルマンはうっすら気づいていた。

それを止めることはできない。そしてそれを、自分は見届けなければならない。

なぜならそれは、自分には決して齎されないものだからだ。割り切れないものを抱えながら、しかし結局所どころで斬り捨てながら今日までの世を渡ってきた自分には。

「あの子の選択を、その結果を、俺は見てみたいのさ。それは俺にとって、この国が寄越してくる報酬や名誉なんかよりはるかに価値がある」

ふざけた調子から一転、一切の衒いなく言い放ったユルマンの眼を、アビは無言のまま見据え——やがて素っ気なく頷いた。

「そうですか。では、話だけ聞いておきましょう」

そりゃありがたい、とユルマンは言って全員を見回す。

「——協力とはいっても、目的はシンプルだ。標的は一点、あるイカれたご令嬢。そして、フィスカちゃんの目的のため俺たちがやるべきことも至って簡潔だ」

ユルマンは『考えることは苦手だ』と言っていたあの少女らしい策に、小気味よい笑いを浮かべて一同をみやると、言い放った。

「帳を破る」

——ユルマンの言ったとおり、各自が為すべきことは「至ってシンプル」だった。

その内容に、カンナビスにいたっては薄ら笑いすら浮かべている。自分の本来の目的以上にそそるものを見出したようだ。

ローズリッケ、アビ、カンナビスの三人は話を聞き終えると、詳細を詰めることもなくあっさりと場をあとにした。協力する、と決めた以上あとは実践のみといったところか。

その道のプロの潔さを見たような心地だった。

瓦礫に座りっぱなしだったカトーとパトラッシュに、ようやくユルマンが視線をやる。

「お疲れさん。てなわけで、明日は協力のほどよろしく頼むぜ」

「…………正直、ここに俺らが立ち会う意味あったのか？」

「そうっスよ、こんなんただの恐怖体験っスよ。アビもカンナビスも、ただの修羅じゃないっスかあれ！　殺されるかと思ったんスけど！　ただ座って話聞いてるだけなのに」

「気にするなって。結果オーライってやつさ」

まったく悪びれもせず涼し気な笑みを見せてくるユルマンを、カトーは見上げた。

「あの言葉……あれはお前の本心なのか？」

「ん？」

「あんたが例の〈女徒手拳士(ゼロフィスカ)〉に協力する理由だよ」

作り物のような台詞(セリフ)と振る舞いを続けるこの男の、唯一の本音に触れたような気がして、カトーは思わず問うていた。

するとユルマンは、口の片端だけをにやーっと持ち上げて見せる。

「なかなかの説得力だったろ？　こう見えて交渉事は得意でね」

――真偽不明の、どちらとも取れそうなふざけた回答しかしてこない。結局はっきりしたのは、この男は胡散臭い、ということだけだった。

「それはさておき、二人も明日は例の件頼むぜ。言ってみれば、お二人の働き次第で結果が大きく変わっちまうからな」

「はあ……やるべきことは分かるんスけど、あれってどういう結果狙ってるんスか？」

「なに、わかんねぇか？」

「しょーじきピンと来ないっス」

「あの場で見聞きすべきことを、余さず拾い上げてくれればいいんですよ」

静観していたアイザックが、ふと柔らかく声を挟んで来た。

「お見受けしたところ、そういう能力があるみたいですから。ぜひ活用してください」

「んー……はい。だいたい、なんとなく、わかったっス」

こめかみを指先でちょいちょいと軽く掻きながら、パトラッシュは頷いた。

その曖昧な反応にカトーは思わず「大丈夫かよ」と言いたかったが、今はこれ以上ここに長居したくない気持ちの方が強い。

挨拶もそこそこに、カトーは部下を連れてその場を立ち去った。


翌日。【火の祭典】準決勝。

昨日の苛烈な激闘と番狂わせの勝敗結果という、誰もが予想し得ない決着によって、観客たちは今日の一戦への期待と興奮を増幅させていた。

運営が急遽立ち見席を設けたことで、普段の倍近い人数を収容した観戦席は通路までも人で埋め尽くされている。

《繭》周辺もまた場外へ漏れ出る気配を拝む、多くの人でごった返していた。

その興奮は《繭》擁するカルファルグのみならず、舞台に設置した撮影機によって共和国中に伝播していた。政府主催の国内最大規模の祭典が、まったく予想だにしない展開を重ねるにつれ、普段祭典に目を向けない民衆の関心にも触れ、高揚に拍車をかけている。より楽しめ、と実況は吼える。さらに盛り上がれと、賭博に興じる者たちが莫大な大金を注ぎ込む。凶暴だ、怖い、と眉を顰める者すら、命を懸けた勝敗の行く末を気にしだす。

あらゆるものの注目が、一つになる。

そして——その日の準決勝対戦者の二人が現れ、舞台上で対峙した。

会場の銅鑼と太鼓が一斉に打ち鳴らされる。ひときわ昂る観客の嬌声と相まって、野蛮な合唱が空間に押し拡がっていった。

舞台の周辺で、いくつかの気配が尖る。

「そろそろ動きそうっスね」

貧乏席にて双眼鏡を構えたパトラッシュが小さくつぶやく。彼がレンズを向けているのは、舞台上で対峙するアビとカンナビスではない。特別観客席にいる一人の少女だ。

《繭》でもっとも見晴らしのいい場所に設えられたその一室は、こちらからも充分に様子を窺うことができた。奥には糸の切れた人形のように憔悴している両親がいるが、少女はおかまいなしに、開戦を今かと待ち望んで窓から身を乗り出している。昨日と同じ黒いワンピースは、今や大量の返り血を呑み込んだ魔物の毛並みを彷彿とさせる。

が、少女はいつまでも開始の合図がないことに、小首を捻り始めた。

――暴動があったらしい。

ふと、近くの席にいる観客からそんな情報が流れてきた。

《繭》のどこかで暴動が、――地下に警備兵が大挙して、――この対戦にも影響が――

あちこちで囁かれ始めたそんな情報を聞き流しつつ、カトーとパトラッシュは標的である少女の様子を双眼鏡で観察していた。

「動いたな」

カトーがつぶやく。どうやら周囲で騒がれている地下の暴動騒ぎを聞きつけたのだろう。無力に等しい両親の制止を無視して、部屋を飛び出していったのが見えた。

双眼鏡を握る手に汗が滲む。いままで感じたこともない緊張を全身で感じながら、カトーは会場全体を睨み据えた。

これから起こることを、余さずその眼にするために。

始まる。

【第八幕】死してなお、

いくつもの鉄格子で区切られた地下牢は、迷路のように入り組んでいる。

その中で手元の拳銃から派手な砲撃を炸裂させ、なだれ込んでくる警備兵を吹き飛ばしているのはローズリッケだった。

「ゼロフィスカぁー！　助けに来たわよー！　いま牢屋から出してあげるからね！」

声と砲撃が地下に響き渡る。混乱で統率のとれていない警備兵の怒号が入り混じって、地下一帯が騒然としていた。

――そこに、一つの足音が駆けこんで来た。

「お姉さま！」

驚きで眼を見開いたコルレスが叫ぶ。ローズリッケが暴れている地点とはだいぶ離れた地点、わたしが収容されている檻の前に立ち、愕然とする。

「……！　いない、どうして……!?　ほんとうに逃げたのっ？」

彼女の眼の前には、無人の牢屋がある。地面に広がる血の痕だけが残っていた。

眼の前の光景が信じられないのだろう、コルレスは瞬時に精霊の気配を宿すと振り薙いだ両腕から鋭い刃となった【風】を幾重も放つ。

鉄格子があっさりと斬り崩れる。

その瞬間、視界がろうそくの灯のように揺らいだ。

わたしの眼の前でコルレスが放った【風】の刃は、動揺のせいか乱れていた。鉄格子のみならず、その先にいるわたしの手足を拘束していた鎖をも切断していた。

そう、わたしは牢に繋がれたままだった。コルレスには空の牢の虚像を見せていたのだ。

牢が破壊されると同時にアイザックが仕込んでいた視界撹乱が払われ、歪められていた視界が一気に解放される。

その瞬間、突如眼前に現れたわたしの実像に驚愕露わにしたコルレスの顔がある。

【火】を帯びた拳で、わたしはその臓腑に強烈な打拳を喰らわせた。

鈍い呻き声が弾け、その躰がすぐ背後にあった別の牢の鉄格子へと打ち付けられる。

「痛ぁい！」

いたいけな少女の声が牢にこだまする。

千切れた拘束から解放されたわたしは、不退猛攻の型を構えた。全身の乾いた血も痛みもそのままに、ただ神経を研ぎ澄まし全身を牙のように凶暴にする。

痛みに身を縮めていた小さな躰が、きっとこちらを見た。

「ひどいですわ、お姉さま！　あたくしをだまして、いきなり殴りつけるなんて！」

「こんなもので足りると思うな」

「──うふ」少女の顔が一変し、喜色で満ちる。

「なるほど、そこで暴れている連中は囮だったのね。地下で脱獄騒ぎがあると聞きつければ、あたくしが慌ててかけつける。【火】では牢を破れないので、まずはあたくしをけしかけた──そんなところかしら？」

何事もなかったように、コルレスはひょいと軽々立ち上がった。

「おいたがすぎるわ、忘れんぼさん。言ったでしょう、あたくしはお姉さまの『真名』を」

言い終えるより速く、わたしは【火】を帯びた拳をその頭上へと振り下ろす。

ひゃんっ、と声を上げてコルレスは身を躱した。瞬時に【風】を帯びたその躰が軽やかにわたしの拳を逃れて横っ飛びする。

「すてき！　あたくしに『真名』を言わせる隙すらも与えないのね！　だけどあたくし、元【火】の精霊持ちですわ。【火】の扱いも心得ておりますのよ！」

辺りを灼く熱気すらも楽しむように、コルレスは高らかに言う。

その身に向かって拳から【火】を数多の矢にして撃ち放った。

すかさず【風】に薙ぎ払われる。風圧に潰された炎の断末魔が爆音と化した。

轟きに耳が聾される。灼熱で視界が煙る。

判るのは眼の前のコルレスの動きだけだ。それしか見えない。感じ取る必要もない。

一足飛びで迫近すると、左脚を強く踏み込んだ。それを軸に【火】を帯びた右足の蹴撃がコルレスの頭を狙う。瞬間。

「あは」

衝撃が下から突き上げ、わたしの肢を弾き飛ばした。宙で回転し着地すると、今度は狙いすましたように真横から風圧がわたしの躰を叩く。

流れに逆らわず地面を転がって衝撃をいなし、鉄格子に激突するのを避けた。

全て【風】による攻撃だ。風圧を殺傷能力に特化させただけの、単純なようで洗練された手数。——強い。

彼女の攻撃を受けて一瞬で判った。今日まで殺し続けたことで彼女の戦闘は殺戮のためだけに仕上がっている。精霊ですら、殺すために洗練されているのだ。

手足を地に着けたまま身構えると、対するコルレスは指揮者のように両手をふわふわと動かしている。

「お姉さまのお名前を大量殺戮者の歴史に刻んで差し上げるつもりでしたが……気が変わりましたわ。せっかくですもの、お手合わせいたしましょう！　ねえお姉さま！」

柔らかく舞っていた腕が突然高らかに振り上げられた。さらに下に、横に、角度を変えて。何かを奏でる代わりに、数多の風刃が生まれわたしに向かって襲いかかる。

真正面で、わたしはそれに向かって走った。目に見えないまま急速に迫る風刃を、精霊の気配だけを感知して躱し、いなし、【火】で撃って軌道をそらす。

滑るように地を駆け、一気にコルレスに迫近する。

「わぁい！」

後退するかと思っていたコルレスが、前に進み出てわたしの懐で笑みを浮かべていた。【風】をまとった高速移動。そのスピードはユルマンを軽く凌いでいる。

「っ」

咄嗟に後退しようとするが、全身に警告が走った。即座にその場で防御に徹する。

【風】を帯びたコルレスの手刀がわたしのみぞおちを何度も刺した。

「ぐうっ」

鋭い衝撃が臓腑を突き潰す。呻き声が喉にせり上がった。後退していれば、不完全な防御の中でこの刺突に襲われていた。

わたしの半身の腹を何度も刺していた攻撃だ。思い当たった瞬間、血の気が爆ぜる。

獣の咆哮とともに、わたしは突進した。

すかさずコルレスが【風】の風圧で不可視の壁を築く。

わたしは自分の腕全体を【火】で覆い、槍のようにしてその壁を突いた。

異種の精霊同士がぶつかり合う不協和音が絶叫と化す。

わたしの腕は【風】に抗い、突進した箇所に喰らいついたままだった。

両脚で地を刺すように踏ん張り、そこから退かない。

やがて亀裂の感触が腕に伝った。【風】の壁に生じた罅に、燃える力を更にくべる。

雄叫びとともにまた一歩、迫る。

突如拳の切っ先が、腕が軽くなった。【風】の鉄壁を突破したのだ。

瞬時に全身を加速させる。コルレスを討つ。そのために全身を振りかぶった瞬間。

「よくできましたぁ」

間近で甘やかな声が蕩ける。【風】の瞬速で迫近した奴の姿が、わたしの懐にあった。

「お姉さまはやはりお強いのね。力強い火でしたわ。結構な御点前ですこと」

わたしの間合いをたやすく破ったコルレスは、余裕の笑みでほめたたえると、わたしの胸——心臓の位置に手を伸ばす。

たしましょう、ね！」

「【風】で斬るとお姉さまのお姿が崩れてしまう。せっかくですから、これでしまいにい

コルレスはわたしの胸を摑んだ。その奥にある心臓をむしるような力で。

そして高らかに叫ぶ。

「ラピス！　止まりなさい！　あたくしにひれ伏し、意に従え！」

鋭い一喝が、持ち主の魂を支配する『真名』を唱えた。途端、一帯の音が止んだように空気が張り詰める。

言葉を放ったコルレスの顔が、支配の確信に笑みを刻み——

その顔面を、わたしの拳が真正面から打ち据えた。

「……っ⁉　え、げ、あ？」

呻き声とともに、潰された鼻から血が噴き垂れる。コルレスは顔を押さえた手に滴った血に目を瞠り、驚愕の面でわたしを見上げようとする。

その顔に、わたしはさらに一撃を食らわせた。よろけた躰の逆側から、側頭部をえぐり殴ち、茫然と無防備に突き出された顎へと脳を揺さぶる打撃を叩き込む。

悲鳴を上げる暇すら与えず、わたしの打撃と蹴撃がコルレスに襲いかかった。

コルレスの見開かれたままの眼が左右に揺れる。よろめく足が不細工なステップをその

場に刻む。

これ以上立てない、糸の切れた操り人形のように頽れかけたその躰に、わたしは持てる力を集約した全力渾身の足蹴りを喰らわせた。

アバラが折れる鈍い音が、靴裏越しにはっきりと伝わる。

吹き飛んだ躰が鉄格子に叩きつけられた。今度は痛みを訴えるふざけた声はない。

乱れた息と混乱した声が、その口から垂れ落ちている。

「え…………え、え、え？　ええ？　なに？　なぜ、なんで、なんでどうして？」

尻をつき、鼻血塗れの顔面で茫然と声を零し続けている奴へと、わたしは歩み寄った。

「『真名』を使ったのに！　躰に、心臓に近い位置に触れ、直に呼び、命じたのに！

だって昔、使ったこともあるのよ？　使用人に『真名』を吐かせ、間違いなく支配した。

どうしてお姉さまは、従わないの……？」

コルレスはハッと何かに気づいたように顔を上げ、正面に立ったわたしを見上げた。

「まさか……！　あの女の人、嘘をついてたの⁉　あんな死に際で？　何のために⁉」

驚愕に歪んだその顔を、わたしは怒れる眼で見下ろした。

「何のために、だと」

わたしの半身が死に際にコルレスに告げたのは間違いなく『真名』だ。

「ラピス」と「ラズリ」。わたしと分け交わし合った正真正銘の『真名』。

うち「ラピス」とは、半身の方のものだ。

彼女は死の淵にありながら、アネモネたちを逃すため、嘘偽りと見抜かれないよう本物の『真名』を口にしていた。わたしのものではなく、自分自身の『真名』を。

いつか必ず来るこの日この瞬間のために。

わたしの半身はその命を、魂をかけてわたしを守ってくれていたのだ。

わたしは何の説明もくれてやらず、ただ一言断言した。

「――お前には、死んでも理解できない」

「ええ……？　ほんとうに？　あれだけ痛めつけたのに、逃げた子たちを見逃すって言ってあげたのに、嘘だったってこと……？

ふ、ふふ……うふふふふ……！　ふふぅわはははははははは‼」

突然コルレスは大笑した。上品さをかなぐり捨てた、大笑いを響かせる。

「すごぉぉおーい！　すごい、見上げたものだわ、あの人！　死ぬ間際だったのに！」

鼻血が垂れ、赤く汚れた歯を見せながら、コルレスはげらげらと、笑い続けた。

「だって、死ぬ間際といったら、だいたい命乞いとかしょうもないぼやきですもの。あたくしをだまし討ちするためだけに、そんな嘘を⁉　普通では考えられませんわぁ！」

笑いながら賞賛する様は、わたしの半身を侮辱している態度に外ならなかった。

「……それ以上口にするな」

「だって、本当に弱くって、ふふっ、死にかけてて、ブタのいびきみたいな呻き声まで漏らしてたんですもの！　あんな死にかけの状態で、普通嘘なんてつけませんわよぉ！」

「黙れ」

だがコルレスは黙らなかった。わたしの神経を逆撫ですることに情熱を燃やすがごとく、凄絶な笑みでさらにまくしたてる。

「最期の最期にあんな嘘をつくなんて。うふはは、やっぱり所詮は少数民族なのね。弱くて、野蛮で、薄汚い……あんな卑しいやつ」

眼の奥が――全身の血管が、千切れ飛ぶ。躰中から血潮が噴き出そうになる。わたしの形相をまじまじと見つめながら、コルレスは高笑いした。

「死んで当然の腐れ魂だわぁ！」

「黙れ外道が‼」

叫び声と咆哮がぶつかり合うと当時に、互いが放つ精霊が至近距離で激突した。

風が火を呑み、吹き乱れて拡大する。

火が風を屠り、狂い猛って膨張する。

地上、〈帳〉の舞台。戦闘開始を待っていたその場が、地下から突沸した強大な力によって一気に破砕された。

石礫が固い雨と化して降り注ぐ。

突如地下を破り天を衝いた凄まじい衝撃に、わたしとコルレスの躰が宙に投げ出される。

体勢を整えて地上に立ったわたしに飛び込んできたのは、コルレスの哄笑だった。

「うぅうふぁはははははははははははははははっっ！」

小さな躰を爆風で舞わせながら、彼女は笑い続けていた。やがて飛び散った舞台の破片の上に降り立つ。血みどろの顔面に、天使のような笑みをたたえて。

「やっぱり力いっぱい精霊を使うのって、堪らなく楽しい！」

心のままに力を解放したその姿は、完全に正気の箍が外れていた。派手やかに両手を広げると【颪】が漣状に広がり、周りの瓦礫を弾き飛ばす。

「お姉さまぁ！　あたくしを殴ったご覚悟はよろしくて⁉」

広げたままの手を【颪】で覆うと、空中の虫を捕獲するツバメのように少女は滑空した。

その眼前に――鋼線が伸びる。

「あら」

きょとんと停止しかけたその目の前で、深紅の火玉が爆ぜた。

「…………っ！　ひゃああんっ、なにっ？」

恐るべき反射神経で爆発の直撃を躱すと、奇矯な声を上げる。

わたしとは違う【火】だと気づいたのだろう。素早く周囲を見回している。

その視線を翻弄するように、今度は目に見えない鋭い衝撃が降り注いだ。触れた瞬間に皮膚を焦がしながら裂く、不可視の炎刺。

「やんッ、もう、痛ぁあいぃ！」

虫を払うように両手を振り回し、苛立たし気な声を上げる。その身を。

狙い澄ましたわたしの【火】が貫いた。天を衝く紅蓮の火柱がコルレスを焼く。

「ひゃぁんっ、熱ぅぅうい！」

火柱が割れ、奇矯な声とともにコルレスが飛び出した。顔や服のあちこちに擦過傷があるが、あらかたの炎は【風】で弾いたのか、表情には余裕すらある。

「もうっ、さっきのは何っ？　別の【火】がいくつか混じっていたわ！　あっ、そうか……舞台に上がり込んでしまったのはあたくしの方ね。これはこれは、失礼あそばせ！」

そう言い放つと、彼女を中心に、圧を帯びた豪風が漣状に押し拡がった。撒き散らかっていたあらゆる炎が一瞬にして一掃される。

視界が開けるとともに、音の瀑布(ばくふ)がよみがえってきた。

「やれえええ！」「血ぃ見せろ！」「死ね殺せ！」「くたばれ『禍炎(かえん)』どもが！」

〈帳〉の開戦を待ち望んでいた観衆たちの声だ。幕壁越しに、彼らは突然爆発した舞台も、突如現れた乱入者も、全てがこの祭典の演出だと思い込み歓喜と興奮で迎えている。【風】が混じっているにもかかわらず気に留める者などいない。舞台の上で満を持して始まった殺し合いに、ただひたすら盛り上がっていた。

——会場のあちこちでは、【火の祭典】を生中継している撮影機が、不可視の圧力に弾かれたようにレンズの角度を変えていた。映像機器に携わる者らは予定にない光景に混乱し、それに気づいていない。

ここにあるもの全てが、ありのままに映し出される。

崩壊した舞台で笑いながら【風】の刃で破壊の限りを尽くすコルレスのみならず、その凄惨な舞に高揚し歓声を上げる観客たちも。

わたしは爆ぜる【火】で躰を加速させ、飛ぶようにコルレスに迫近(はくきん)した。奴の攻撃を誘い、それをいなして方々に散らすことで、舞台を囲む帳(とばり)を破らせる——

カンナビスが過去にあったと語っていた、【風】による帳の破壊を狙っていた。ユルマンを通じ、協力者には彼女の【風】の攻撃を煽(あお)るよう頼んでいる。帳を破れば、興奮する観客たちも異常事態に気づく。全員が注視する中、奴(やつ)の姿を晒(さら)しその行いを吐かせる——

そのためには、奴の標的であるわたし自身が的として前に飛び込み続ける必要があった。

「うふぁ」

好物を見つけた子供のような声を上げて、コルレスは斬断の【風】を繰り出してきた。

それを【火】で覆った拳で受け凌(しの)ぐ、そのまま弾き飛ばそうとして——

腕が鈍い衝撃で貫かれる。

まともな受け身も取れず、後ろへ転がっていた。

強い。重い。まさか、今までの【風】は抑え込まれたものだった——？

こいつはまだ、力を温存していたのか。

愕然(がくぜん)と見上げたわたしに、コルレスはたっぷりと邪悪に満ちた笑顔を見せる。

その間隙(かんげき)に、方々に散っていたカンナビスとアビによる爆破と炎撃が襲いかかった。

コルレスはそれらを振り上げた腕からの【風】で易々(やすやす)とはじき返すと、ついでのようにわたしに向かって指先を翻(ひるがえ)す。

すぐ横に転がるが、鈍い衝撃が右足を襲う。太股(ふともも)が【風】で大きく斬り裂かれていた。

「……………！」

左肢を支えに立ち上がる、が、それ以上動けなかった。ただの的と化したわたしへと、コルレスが嬉々として腕を振り上げる。

「ゼロフィスカぁっ！」

威勢のいい声とともに、地下から這い上がって来たローズリッケが発砲した炎が、眼の前にぶちまけられた。視界が遮られる。その隙にわたしの周辺に炎の気配が顕った。

アイザックの【火】だ。瞬時に相手を惑わす視界撹乱がわたしを囲む。

「お戯れね！」

コルレスの腕が振り下ろされた。眼でも捉えられる分厚さをともなった【風】の刃が疾り、ローズリッケの炎を、さらにアイザックの【火】を断ち砕いてわたしに迫る。

眼の前に鋭い熱が割り込み、風が弾け散った。

衝撃で弾き飛ばされる。灼けた視界に、尖った黒い炎が散っている。

わたしの首を飛ばそうとしていたコルレスの【風】を寸前で撃ったのはユルマンの〈炎刀〉による一撃だった。離れた地点にいたユルマンの顔が、かつてないほど険しい。

彼もまた、奴の【風】が持つ途轍もない力を感知したのだ。

この場にいる【火】の精霊持ちによる炎が群れを成しても、ただ一人の化物を討つことができない。

「うふ」

自らの力で圧倒した【火】に取り囲まれながら、己の全能を堪能するようにコルレスが微笑み、その瞬間【風】が放たれていた。

真っ直ぐに、俎上の獲物となったわたしに向かって。

わたしは身構える。自分の裡にあるもの、全部を引き摺り出す思いで精霊の力を奮い顕たせた。この身が千切れたとしても、どうにか奴の一撃を弾き、〈帳〉を破るため――


そのとき。

今までに聞いたことのない音が耳を圧迫した。真正面で起こった衝撃に痺れる。

「…………!、!?」

声も上げられない。だがわたしの躰は弾かれもせずその場にあった。

正面に――驚いた顔をしているコルレスの顔がある。

「え……?　あら……【風】？」

その言葉に、わたしは眼を見開き手元を見る。そこにあるのは、わたしの精霊の気配だ。

【火】と――そして【風】の。

「…………あ…………」

その気配に、わたしは思い出したように震えていた。

――それは、わたしの半身の【風】だった。

その死によってわたしの身から消えていたはずのわたしの半身の【風】が、微かにわたしに残されていたのだ。その深い意思でもって、死してなお、わたしを守るために。

やっと思い当たる。〈帳〉に立って以来、自分の制御を超えた火力に戸惑わされていた、あれは――半身の【風】によって火力が増幅されていたからだったのか。

「…………！」

わたしは眼に力をこめる。裂かれた下肢で強く地を踏みしめる。

彼女の死後わたしに残されていた【風】はもはやごく僅かだった。わたしが使える【風】は、これで終わる。いなくなってしまう。

だがわたしは躊躇いなくそれを全て引き出した。

わたしに残されていた半身の形見。それを自らかなぐり捨てる。

眼の前にいる仇を討つ。そのために。

周囲で爆ぜ散っている【火】の精霊持ちたちによる炎。帳と化して取り囲む【火】の群

勢を、わたしは【風】で招き寄せた。大量の火群が一気に収斂する。

その全てにわたしは触れた。

〈火喰〉で、そこにある【火】を全て、余すことなく喰らう。

加熱する躰を御し、わたしは疾った。肢の痛みも感じない。ただ真っ直ぐに迫ったわたしに、不意を突かれていたコルレスが咄嗟に【風】を起こしている。

真正面で、腕を振りかぶる。全ての攻撃力を叩き込むための、正突の型。

右腕に【火】を凝固させ、さらにその炎を【風】で覆った。

わたしが持てる【火】の全てを【風】でさらに鋭利に、増幅し、強大化する。それはわたしが見たこともない色の【火】となった。強く鮮やかな瑠璃の炎。

〈風炎〉の一撃。

獣の咆哮のような轟音とともに、衝撃がコルレスを貫いた。

その余波はさらに周囲へと波及する。飛び散った【風】帯びの【火】が、客席を取り囲んでいた絶対の壁であるはずの祭典の帳を引き裂き、破り散らす。

幕壁越しだった観衆らの怒号が、罵声が、歓声が、突如鮮明に舞台に響き渡る。

次いで客席の一角に飛び込んだのは、〈風炎〉の直撃を喰らったコルレスの躰だった。

その爆音と立ち込める煙に、周囲のみならず観客席全体がようやく異常に気付く。興奮が驚愕と困惑から、怪訝に、そして緊張へと移り変わるのに時間はかからなかった。

皆がその異様に気付いたからだ。

客席に叩き付けられ、クレーターと化した窪みの中心にいる少女。そこから発せられる、奈落から這い出し響き渡るような、おぞましいほどの笑い声に。

「うぅふふぅぁあははははははひゃははははははははは！」

顔中を鼻血で汚し、全身を戦闘で乱し、仰臥したまま動かない。その有様は祭典の絶対を象徴する幕壁が破れたことよりも、観衆一同に戦慄をもたらしていた。

わたしは片足を引き摺りながら、奴のもとに歩み出る。

破壊された観客席をしとねに笑い続けているコルレスの姿に、周囲へ逃げおおせた人々が凝然と固まっている。

前に立ったわたしの姿を、瞬きも忘れた大きな眼で見据えながら、コルレスは狂喜の声を張り上げた。

「ああ、あぁ、すごい、最高ですわ、お姉さま！　あたくしこんなの初めてですわぁ！」

　耳障りでいやに煽情的な声音。その声はわたしにのみならず、周囲に、いや、この会場全体にまで響き渡っていた。

　拡声されたコルレスの言葉が、さらにわたしへと傾けられる。

「強いものを殺す――これに優る手応えなんてこの世にありえないと思っていましたのに――ああ、こんなこともあるのね。あたくしより強いものに討たれる……なんて気持ちがいいのかしら……！」

　コルレスはそう言って両腕を軋ませ、広げて見せた。

「さあ、お姉さま！　あたくしを天国へ連れて行ってくださいませ！　その手で、あたくしより強いその力で！　あなたの手で天に召されるなんて――ほんとうに夢のよう！」

　そうして笑いながら、とどめを刺せと我が身を晒して見せる。

　――わたしは今までのどの瞬間よりも、この娘をおそろしいと思った。

　なにもかもが、わたしの知る人間とは違う、その存在に。

　わたしは、とどめの代わりに言葉を放つ。

「……お前は、わたしが殺すに値しない。自分が何をしてきたか、判っているのか」

微かにも殺気を見せないわたしに、コルレスはつまらなそうに口を尖らせた。

「いじわる。やっぱりお姉さまはつれないのですね。祭典ではあたくしお姉さまのために尽くしていましたのに。言ったでしょう？　第三戦目で闘う予定だった出場者を二人とも排除したのはあたくしなのよ？　大好きなお姉さまの、手間を省いて差し上げたんだから」

その言葉もまた、観衆一同が余すことなく聞き取れるほどの音量で響き渡っていた。観客たちからざわめきが生まれる。

自らの行いが自分の言葉によって引きずり出されていることに、コルレスは気づいていない。さらに何かを思いついたように口をぱかっと開き、笑みの形にした。

「うぅふあはは。遠慮なさることはありませんわよ、お姉さま？　だってあたくし、お姉さまのお仲間を殺した張本人ですのよ？　何の罪もない、まだ幼い子供もいた、弱くて、無抵抗な者たちを、みーんな斬り刻んで差し上げましたもの」

わたしの怒りを煽ることで、自分を殺すよう仕向けている。コルレスは、さらに愉悦に歪めた凶悪な眼でわたしを見つめた。

「みんなみんな、泣いて、苦しんで、死んでいったわ。首を斜られた子も、躰を真っ二つにされた子も、お腹から中身を出してた子も……。とっても痛かったんでしょうね、泣いて赦しを乞う子もいた。そうしてね、ゆぅっくり、静かになっていくのよ。みんな死んでしぃんとした所に、いちばんつよいあたくしだけが残る。ぅふふ……。【風】でたくさん殺せて、とっても楽しかったわ！」

強く握りしめていた拳から、血の雫が垂れる。それでもわたしは動かなかった。

とどめを促すように、コルレスはおどけた笑顔をわたしに差し向けている。

そこへ——大勢の足音が押し寄せた。見覚えのない制服に身を包んだ、厳つい体形が多い男女数名。

寝転がったまま動けないコルレスが暢気に首をもたげ、その姿を見て笑いかけた。

「あら、ごきげんよう、警察官憲の皆さん。どうかなさって？」

「何者だ、お前は——」

「まぁご挨拶ね。あたくしはコルレス・フロル・ペフェルタクス。南西都市ケルビウの代議士、オーレン・マルス・ペフェルタクスの一人娘ですわ。お見知りおきを」

仕掛けのように滑らかに名乗った少女に、官憲が、そして観衆が動揺をさざめかせる。

前に進み出た官憲の一人が、硬い声で問う。

「……今言ったことは真実なのか。お前——あなたが祭典の参戦者を殺害した、と」

「ええそうよ。言ったでしょう？　あの程度の殺し、嘘なんてつく価値もない」

その声は明確に会場に響き渡り、そこにいる者を凍り付かせた。だがコルレスは周りなどまったく気にしない様子で、

「今あたくしは取り込み中なの。これからお姉さまに殺してもらうんだから。だってあたくしを殺せるのは、あたくしよりつよい方。それ以外の者に興味はないのよ。だからあなた方は袖で黙っていらしてくださらない？」

「――あなたを緊急逮捕します」

戦慄に顔をこわばらせながら、官憲ははっきりと告げた。周りに控えていた別の官憲が動き、緊張と畏れを含みながらも、倒れたままのコルレスを抱え上げ、左右で両腕を拘束したまま引き立てる。

全身が壊れてぐにゃぐにゃと定まりがつかない自分の躰に、コルレスはへらついた笑みを浮かべだした。

「あはぁ痛い。躰がぜんぜん動かせない。お姉さまったら……ほんとうに素晴らしいわ」

「連行しろ！　はやく！」

コルレスがそれ以上何かを喋り、動き出すことを恐れるように、官憲が語気を強めて部下に命じた。

凍り付いたままの観客達の前から、一刻でも早く「これ」を排さんと、官憲たちは足早に会場をあとにする。

引き摺られていくコルレスが、最後にわたしに首をよじってきた。明るく無邪気な声で。

「ごめんあそばせ、お姉さま！　ちょっと急用みたいなの。ですがきっとまたお会いしましょうね！　その時はきっと、あたくしを殺してね！」

――「その時」などない。

わたしは客席を去ると〈帳〉の舞台を降り、裏の通路に向かって歩き出す。

〈帳〉に存在する観客、運営の者、記者たちは、誰もが時間を奪われたように動きを止めていた。

わたしは舞台の袖で最後に一度だけ、念じこめるように〈帳〉にいる者たちを見回した。

――見ろ。ここであったことを、全て。目を逸らさず。そして聞け。奴の言葉を。

あいつはこの世にあった歪みを食い物にして成長した化物に外ならない。奴の行いを知り、それでもその行いをなかったものとして蓋をし、「そういうものだ」とこの先も野放しにするというのなら、その時は。

今度こそ、わたしが奴の息の根を止めてやる。

◆

雲一つない吸い込まれそうな蒼穹を仰ぐ。はるか遠くへ目をやると、おぼろな水平線と蒼に煌めいて揺れる海原が、どこまでも広がっていた。

「はぁ……いやぁ、絶好の航海日和っスねぇ」

桟橋に立ったパトラッシュが金髪パーマを潮風に梳かしながら深呼吸していると、ポイ、と丸めた紙切れがその額を直撃した。

「いてっ、なんスか隊長！」

桟橋に浮かべたボートからカトーが不機嫌そうな顔で見上げていた。

「何が航海日和だ。今から国境抜けて帝国まで辿り着かにゃならんのに、暢気丸出しが」

「自然環境に依存した共和国のヌルい警備なんて入るのも出るのも余裕じゃないっスか。あ、もちろん海上の国境警備の動きは把握済みなんで、実際に心配無用っスよ！　取り舵面舵全力前進全速力のマッハでゴーっス！　――ぃよっとお！」

「ああもう、ハシャいでボートに飛び乗るな！　床抜けて沈むだろが！

……これで仕事は毎回きっちり果たしてんだから、わかんねぇんだよなぁ」

ぼやくカトーをよそに、パトラッシュはてきぱきとボートの点検をすすめていく。

「てーか、帝国もヒドくないっスかぁ？　例の〈帳〉の大混乱で予定してた戻りルートが使えなくなったからって、こんな池に浮かべるよーなシャバいボートしか用意できないって。オレと隊長じゃなけりゃ海境越えなんて不可能っスよ、フツー」

「しょーがねぇだろ。これ以上共和国内に留まって捕まるよりマシだ。

そもそも、お前があんな協力するっつーから、こんな面倒なことになったんだぞ」

「へへ……それほどでも」

「ホメてねぇんだよ」

「うぎゃ痛ぁ！　隊長、髪掴むのヤメて！　オレの家系ただでさえ薄毛なんだから！」

「ついでに共和国内の近況レポートする仕事まで追加されたんだ。ったく、今回の調査は割に合わねぇことしかねぇよ」

「でも、後日談はそれなりに把握できたっスよね」

――〈帳〉で明らかにされた代議士令嬢による殺人と虐殺の告白。拘束後も令嬢は一貫性のある自供をし、その供述通り、屋敷や少数民族居住区域では大量の死体も発見された。

「こんな状況になっても、あのバケモンのガキはまだ『世の中の仕組みが自分を裁かない』と思い込んでる節があるんスよね。マジでぶっ壊れてる」

「家ぐるみの悪事であることも判明して、代議士は権力を剝奪され、ペフェルタクスは廃氏処分が決定している。それを知ってもなお、化物は化物のまま、か」

「共和国の死刑制度がどんなもんか知りませんけど、これじゃあの小娘、ギロチンで首吹っ飛ばされても、現実を理解できそうにないっスよねー……」

「どうしようもねえ。たまに出てくるんだよ。人の形をしながら人から逸脱した、法律も正義も道徳も倫理も一切通用しないド外道が」

準備を終えたパトラッシュが、やれやれとカトーの対面に腰を下ろす。

「せめて共和国の法律制度が健全に機能するのを祈るばかりっスねぇ」

「体制側も強引に押し切ってうやむやにする、今までのやりかたじゃ通用しないだろ。なにせ今やシャレにならんくらい国内の治安が乱れてるからな」

きっかけは共和国全土にも放映された、あの日の〈帳〉の映像だった。

そのとき共和国民が目にしたのは、【風】の精霊持ちによる暴走はもちろん、〈帳〉での殺し合いに盛り上がる閥族や市民たちの姿だった。怖い、忌々しいとみなしていた『禍炎』以上に禍々(まがまが)しく野蛮で残忍な、人間たちの表情。

こんなことは間違っている——そう唱える者は【火】の精霊持ちだけではなかった。国内各地で【火】の精霊持ちに対する不平等の改正を訴える運動やデモ、暴動があちこちで起こり始め、今も拡大している。共和国が、揺らぎ出していた。

「〈帳〉きっかけの混乱といえば、帝国エージェントがペフェルタクスの御大の拘束に失敗したらしい。令嬢が官憲に取っ捕まった直後、両親も捕縛されたからな。

おかげさまでやり手のエージェントにさんざん嫌味言われたわ。あーこわい」

「でもまぁ、オレ的には為すべきことを果たせたってカンジっスけどね～」

組んだ手を頭の後ろにやって満足そうに躰を伸ばすパトラッシュに、カトーはジト眼をくれてやった。

「しれっと言うな、主犯格が」

――あの日、ユルマンとアイザックに求められた「協力」とは、映像の操作だった。

全てはあの殺戮鬼をこの世に晒し出すため。万が一、運営側に隠蔽されないように生中継機器を制御する――今こうして共和国全土を揺るがせた結果を考えると、かなりとんでもない役回りだったと気付かされる。

「おまけに追加サービスまでしやがって」

「…………んん？　なんのことっスか、隊長」

「すっとぼけんな。お前あの令嬢がてめぇの悪行を喋り散らしてた時、大音量で奴の声を拡声させてただろ」

「……いや、でもそれは〈帳〉特有の音響効果かもしれないっスよ？」

「収容人数五万以上の施設で、人の肉声が仕込み無しのまま通るわけねぇだろ。あれは【颪】の能力だ。それも人の声を拾い上げたり声量を調節できるような、並の精霊持ちじゃできねぇ、超絶技巧と言っても過言ではない技能だよ」

途端、ボートを揺らしてパトラッシュが立ち上がった。

「たっ……！　隊長ぉおおー！　マジっスか、そんなにオレの能力を真正面からホメてくれるなんてぇ！　ヤハー、嬉しすぎ！　オレ今、感動で震えてるっス！」

「あっさり自白してんじゃねぇ！」

「へへ。【颪】でカメラの操作まではちょろかったんスけど、ここは決定打があるべきと思ったんスよ。あのインテリ青年のアドバイスを俺なりに解釈したんス！」

見聞きすべきことを拾ってくれ――アイザックがそう助言したのは確かだが。

「拡大解釈しすぎだ。かなり私情混じってんじゃねぇか」

「いいじゃないっスか。おかげで悪事はきっちり国中に暴露されたんスから」

「調子に乗るな。そーいうイレギュラーな動きすんなら、報告しろっつってるだろ」

「それは……えと、すんませんっス」

「まずは上司である俺に話を通せ。でないとこの先お前のフォローに苦労するだろが」

「……隊長ぉぉぉぉぉおおおおー！」

「抱きつこうとすんな！　ボート沈むぞ！」

「不意打ちでデレるなんてマジ反則っスよ！　もうオレ一生隊長についていくっス！　隊長の掌の上ならいくらでも踊り狂えるっス！　ツイストにジャズ、なんでも来い！」

「ボートの上で踊ろうとすんな！」

「……仲いいねー」

どんぶらと揺れるボートを、一つの黒い影が眺め下ろしていた。

きょとんとする二人にその女性は「よす」と手を上げ、気のない挨拶をしてくる。

「んあれ？　あの時の記者だ！　カメラマンだっけ」

「どっちでもいいよ」

人気のない桟橋にいつのまにか現れた黒ずくめの女性――ヨヨットは、何の前置きもなく無造作に懐から取り出した紙の束を手渡して来た。

「帝国戻るんでしょ？　ついでにこれも運んでくれない？」

「ああ、いいよ」

カトーはすんなりとそれを受け取り懐にしまう。あまりにスムーズなやりとりだが、それを眺めるパトラッシュもさほど驚きはしていない。

「やっぱりあんたも帝国の調査員だったんスねー」

「言ったじゃん、同業者だって」ヨヨットは肩をすくめる。

カトーもまたこうしたやりとりには慣れた様子だ。

「いくら記者って触れ込みでも、そう簡単によそ者とは情報交わし合うことはねぇよ」

帝国から派遣されている間者は共和国内に点在している。もちろん事前に互いの素性が判明しているわけではないが、彼らの間では仲間と交わし合える〈暗号〉が存在するのだ。

「そちらさんの資料、役に立ったよ」

なんの感情も乗っていないヨヨットの声に、カトーは鼻を鳴らす。

「こちらも同じく、助かった。ちなみにおたくの調査ってなんだったんだ」

「スカウトだよ」壁打ちのボールのごとく、ヨヨットはそっけなく返す。

「共和国にいる『虐げられた【火】の精霊持ち』。その象徴になりそうな存在を帝国にお招きするためのね。だから【火の祭典】に目をつけたってわけ。一番の候補は医者見習いの青年。次点で〈学者〉さんってところかな。

けど、両方とも帝国じゃ手に負えなさそうだから、見送りになっちゃった」

「スカウトねぇ……何のために」

「言ったでしょ、『虐げられた【火】の精霊持ち』を世に知らしめるためだよ。共和国制度のもと、多くの【火】の精霊持ちが苦しめられている。【火の祭典】なんてその最たるものでしょ？　彼らを帝国に亡命させ、共和国の蛮行として告発してもらう」

「何のために」

「決まってるじゃん、また戦争したいんだよ」

ヨヨットの即答は淀(よど)みない。

「共和国は特定の人々を迫害し苦しめる、制裁に値する国家だ──そういう大義名分のもとスフォルツァ帝国はドゥール・ミュール共和国にリベンジマッチを挑みたいんだよ。そして今度こそ征服する」

「……あやうく戦争のきっかけになるところだったのか」

「ご安心を。当面スカウト自体見送るらしいからさ。……じゃ、元気でね」

唐突にヨヨットは会話を打ち切って、勝手に桟橋を歩いて港の向こうへと立ち去ってしまった。──あの怠惰な雰囲気からして、おそらく会話そのものが面倒になったのだろう。

取り残されたようになる二人だが、パトラッシュはふむ、と考えるように口をすぼめた。

「帝国は未(いま)だに、十年前共和国を攻略できなかったことが悔しいんスかねぇ」

「一部の派閥だろ。戦争が主食の軍人ってのは、たしかに居るからな」

「そんなマジかったるいっスよぉー、オレ戦争反対っスー」

「まぁヨヨットじゃないが、当面はその流れもないだろ——なにせ今の共和国にはうまみがあるからな」

潮風に、カトーは独り言ちた。

他を寄せ付けず、差別思想を根付かせ、停滞した思考のまま動かない——まるで国そのものが巨大な〈帳〉に鎖された一国繁栄主義国。それがドゥール・ミュール共和国。

ここでは帝国でも類を見ない精霊の使い手をはじめ、伝承扱いでしかなかった「『真名』を交わす」少数民族の文化——いや、特異技術までも確認できた。

どれもが開かれた諸外国ではお目にかかれないものだ。

これこそが、独自の歪みを持つ共和国だからこそ醸し出せる「うまみ」だ。当面帝国もこの利点を吸い尽くそうと考えているはず。

もしや——ペフェルタクスに機密情報を盗ませたのも、帝国側の采配ではないか……？

「んーと、じゃあつまりは当面平和ってことっスよね？」

「そういうこと。さぁ、撤収。帰るぞ」

カトーはそう言ってどっかとボートに腰を据えた。

「帆を張ってお前の【風】使って、全速前進。昼過ぎには帝国の港に着くようにしろよ」

「了解っス！　いやぁ、隊長が【水】の精霊持ちのおかげで進行方向が凪いでるから、ボート移動も快適っスねぇ」

「とってつけたように褒めんでいい。船動かせ」

部下をこき使って快適な船旅を決め込もうとする鹿撃ち帽の男に、部下の青年がにんまりと笑みを返す。

そうして共和国に紛れていた二人の男は、すんなりと水平線の向こうへと去っていく。

【閉幕】

陽光を含んだやわらかい風が流れる。

動かすだけでも痛む全身を、労(いたわ)るように撫(な)でてくれている。

少数民族居住区域の境目となる平原に、わたしは一人佇(たたず)んでいた。

風の向こうにふと気配を感じて振り返ると、だらしない足取りと笑みの持ち主が、ふらふらと手を振ってこちらに歩み寄ってきた。

「よう、フィスカちゃん、久しぶり。もう歩けるのかい」

「問題ない」

そう言ってわたしは再び平原の向こう、少数民族居住区域へと目をやった。

報(しら)せによれば、殺された皆の骸(むくろ)が一度墓から出され、裁判に向けた検死を経て再び墓地へ埋葬されたという。

やっと皆を弔うことができる。

一族から追放されたわたしがワ族の居住区に立ち入ることはできないが、なるべく近いところで見届けたかった。風はあの森の方向へと流れている。

どうか、わたしの思いが届いてほしいと願った。

――コルレスの正体を〈帳（とばり）〉で暴（あば）き、警察官憲に連行されたのを見届けた直後。わたしは《繭（クリザ）》を脱し、ユルマン自前の「隠れ家」とやらで匿（かくま）ってもらっていた。

アイザックものちに合流すると、付きっきりでわたしを治療してくれた。

コルレスに斬り裂かれたわたしの背中を縫合し、そのほかの負傷の経過を看（み）る日々の中で、ふと彼が自分自身の今後について訥々（とつとつ）と話してくれたことがある。自分の生まれ育った土地から各地を巡り、助けが必要な人を治す「流れの医者」になってみる、と。

彼ならどこに行ってもきっと良い医者になる。

何かあれば力になる、と言うとアイザックは嬉しそうに笑った。

その後も彼は診察の都度おいしい飴（あめ）をくれる。ほんとうにいいやつだな、と思う。

あのときわたしの「作戦」に協力してくれた三人も、あの後上手（うま）く逃げおおせていた。

ユルマンの話によると、その後の彼らは「相変わらず」らしい。要するにカンナビスは違法な依頼を仕事としてこなし、アビは反政府主義者として政府に目をつけられながらも暗躍しているということだ。

ひとり、ローズリッケに関しては〈帳〉の騒ぎでにわかに高まった知名度を利用して大規模なイベント企画会社を立ち上げた、という話が飛び込んで来た。【火】を使った派手な催しをあちこちで繰り広げるつもりらしいが、どうみても採算度外視らしい。

「来月には倒産してるね」というのは、ユルマンの予測だ。わたしもそう思う。

そうして――〈帳〉での決着から、十日と少しが経っていた。

傷の完治はまだ先だが、弔いのため、わたしはアイザックの許しを得てこの平原にいた。いつどこで聞きつけたのか、神出鬼没でつかみどころがない男・ユルマンが突然目の前に現れても、すっかり慣れている自分がいる。

わたしは躰の痛みを抑えつつ、ゆっくりと隣に立つ者へと向き直った。

「――いろいろと、ありがとうユルマン。助かった」

「なぁに、これも何かの縁さ」

ユルマンはすまし顔で、芝居くさい台詞を返して来た。

「ご縁のついでにつかぬことを聞くけど、フィスカちゃん、今後はどうするつもりだい？」

わたしは目を遠くへやった。ふと、わたしの声に耳をそばだてるように、風が止む。

「……細かく考えてない。ただ、いろいろな所に行って、多くの人に触れようと思う」

今までわたしの世界は居住区域にあるワ族だけだった。だけど世界はそれだけじゃない。

わたしにはまだ知るべきものや出会うべきものがあるはずだ。

〈帳〉でわたしが知り、出会ったものは復讐に関わるものだけではなかった。

歪んだ世の中で抗う者、それを変えようとする者、自分のルールで生き抜く者——彼らに出会わなければ知らなかったものがあった。

わたしにはこれから知るべきものや出会うべきものが、まだたくさんあるはずだ。

だけど、まずは——

「見てみたい花があるんだ」

「……花？」

「そう。わたしの半身が、見たいと言ってたから。まずはそれを探そうかな」

「さすらいの旅か。いいねぇ。サマになるじゃないか」

ユルマンのにやけた笑みが柔らかいものを帯びる。優しい笑顔——この男もこういう表情をするのか、とわたしが見ていると、ユルマンはすぐにおどけた表情に転じた。

「それじゃあしばしのお別れ、ってやつかな。

もしどこかで偶然再会したら、人目もはばからずハグとキスしてもいいかい？」

「首をへし折るぞ」

「うそうそ。ああ、じゃあ一つだけ」

ユルマンがぴっと人差し指を立てて見せた。

「きみの本当の名前、教えてよ。いくら老人に嫌われていたって、大切な仲間たちがきみを〈名無し〉と呼んでいたとは思えないな。

この先再会した時、俺ぁきみのことなんて呼べばいい？」

その通りだった。わたしを〈名無し〉とする長老たちのいないところで、子どもたちはわたしに名前を付け、呼んでくれていた。

わたしの眼（め）と同じ色をした花の名前を。

——だが、わたしはその名前を彼らの亡骸（なきがら）のもとに葬（ほうむ）ろうと思う。

わたしは、皆を助けられなかったから。名前をくれた、命をかけて守るべきだった、何よりも大切なものたちを。

ふと、わたしの半身の姿が浮かんだ。彼女の死後、ずっとその名前を口にすることができなかったと思い出す。その名前を呼ぶたびに、もういないのだと思い知るのが怖くて。

だけど、今や名前とは、わたしにのこされた唯一の繋（つな）がりになった。

ラピス・ラズリ。彼女の『真名（サウンド）』が、その意志が、わたしを守ってくれ、わたしのもとに今もある。この先も、ずっと。

——わたしの『真名』はルビィ・アイという。わたしは彼女に、「アイ」の『真名』を渡していた。

それだけだった。わたしが彼女に与えることができたのは。

それでも彼女と交わし合い、分け合った『真名』は、今もわたしと半身を繋いでいる。

「ラピス」

風が湧き上がりわたしを包んだ時、わたしはその言葉を口にしていた。

彼女の『真名』。わたしはこの名前で生きていこうと決意する。この名を誇れるよう生きる。大切なものたちとの繋がりを確かにしながら。

「ラピス。――それがきみの名前かい」

「そうだ」

わたしは頷く。燃えるような熱い決意をこめて。

風の中に音がした。皆が唄ってくれた子守唄のようにも聞こえた。この先もその音色はわたしのもとにある。わたしが生きている限り、ずっと。だから――

――どうか、どうか、安らかに。

ふっと空を見上げた眼から涙がこぼれた。

その雫をそっと拭うように柔らかな風が頬を撫で、はるかへと流れていった。

あとがき

このたびは本書をお手に取っていただきありがとうございます。

大いに暴れて闘う物語となりました。深遠なテーマだとか重い問いかけなんてものは一切ないです。ただ、読んでいる間だけでも皆さまの憂さ晴らしになっていれば、欲を言うと、読んだ後も貴方に残るようなものになっていれば、これに優る幸せはございません。

本作にて第三十四回ファンタジア大賞《金賞》を受賞いたしました。と、書いても未だそれに見合う実感が伴っておりません。選考委員の偉大なる先生方の総評を頂戴した際はあまりの衝撃と感動で「あの先生って実在したのか……」とアホ丸出しの感想が湧く始末でした。やたら攻撃的なこの物語が受賞作の末席に加わるという身に余る栄誉をいただきましたこと、ファンタジア大賞の懐の深さには感謝の言葉が尽きません。あらためて選考に関わる皆様方に深く御礼申し上げます。

自分が書きたいように書いた投稿作を改稿するにあたり、担当編集の田辺様には大変ご尽力いただきました。今まであとがきで担当編集さんへの謝辞を必ずと言っていいほど目にしていたので「担当さんてそんなにすごいのか」と思っていましたが、本当にすごい。まじで。自分のおっちょこちょいで打合せのたびにお手数おかけしておりましたが、田辺さんなしではこの『火群大戦』は存在しないといっても過言ではありません。ありがとうございます！　どうか今後ともよろしくお願いいたします。

ひたすら素敵な、かっこいいイラストで本作の世界を彩ってくださった転様にも感謝申し上げます。主人公の凛々しい姿を目にした瞬間の感動は一生忘れません。イメージイラストをいただいた時は、あまりのすばらしさに天国の扉が見えました。嬉しすぎて。世界観の設定に及ぶご助言までいただき、恐悦の極みです。ほとんど採用させて頂きました。『火群大戦』が本になり、世に出るまでに関わって下さった皆様方にも御礼申し上げます。そして何より、本作に出会ってここまで読んでくださった貴方にも、熱く深く感謝いたします。こうして御礼をお伝えできることが本当に嬉しいです。

最後に家族と友人にも感謝を。とりわけ、自分が物語を書くことをいつも歓迎して面白いと言い続けてくれた、友のくりさんに感謝とこの本を捧ぐ。よかったら読んでくれ。

それでは、運とか縁とか色々うまいことといって、また皆さまとお会いできますように。

Large House Satisfaction「ドッグファイト」聴きまくりつつ

熊谷茂太

火群大戦

01. 復讐の少女と火の闘技場〈帳〉

令和4年1月20日　初版発行

著者――熊谷茂太

発行者――青柳昌行

発　行――株式会社KADOKAWA
〒102-8177
東京都千代田区富士見2-13-3
0570-002-301（ナビダイヤル）

印刷所――株式会社暁印刷

製本所――本間製本株式会社

ISBN978-4-04-074400-1 C0193　◇◇◇